文学运河 衢通四省

四省边际文学采风作品集

余风 主编

时代文艺出版社
SHIDAI WENYI CHUBANSHE

图书在版编目(CIP)数据

文学运河　衢通四省：四省边际文学采风作品集 / 余风主编. -- 长春：时代文艺出版社, 2024.6
ISBN 978-7-5387-6252-5

Ⅰ.①文… Ⅱ.①余… Ⅲ.①中国文学—当代文学—作品综合集 Ⅳ.①I217.1

中国国家版本馆CIP数据核字(2024)第055651号

文学运河　衢通四省：四省边际文学采风作品集
WENXUE YUNHE　QUTONG SISHENG：SISHENG BIANJI WENXUE CAIFENG ZUOPINJI

余　风　主编

出 品 人：吴　刚
责任编辑：余嘉莹
装帧设计：石悦兰策
排版制作：赵海鑫

出版发行：时代文艺出版社
地　　址：长春市福祉大路5788号　龙腾国际大厦A座15层（130118）
电　　话：0431-81629751（总编办）　0431-81629758（发行部）
官方微博：weibo.com/tlapress
开　　本：710mm×1000mm　1/16
印　　张：17.5
字　　数：268千字
印　　刷：廊坊市海涛印刷有限公司
版　　次：2024年6月第1版
印　　次：2024年6月第1次印刷
书　　号：ISBN 978-7-5387-6252-5
定　　价：98.00元

图书如有印装错误　请寄回印厂调换（电话：0316-2516002）

目 录

散文

溪口，创客的故乡 …………………………………… 一兵 003

柚花飘香 …………………………………………… 王云 007

这里是幸福衢江 …………………………………… 王志兰 010

太公山上柚花香 …………………………………… 王海福 014

贤良宗祠名称的由来 ……………………………… 王海福 016

我见莲花 …………………………………………… 王耀忠 019

欢迎你到莲花来 …………………………………… 毛光武 024

胡柚缘 ……………………………………………… 毛香菊 027

花令 ………………………………………………… 石红许 031

在小村聆听唐朝的回音 …………………………… 石红许 037

堰畔歌声 …………………………………………… 田志宏 040

天赐之果 …………………………………………… 乔夫 044

霞洲的枫杨林 ……………………………………… 孙红旗 048

装满乡愁的老街 …………………………………… 麦田 051

生为盈川令，死为城隍神 ………………………… 杜洪莲 055

樟树下的思考 ……………………………………… 李享 059

龙游文旅：从石窟时代迈入"95联盟大道"的两江风情游 …… 李慧 065

通向未来的驿站 …………………………………… 杨叶根 072

流水的注视 ………………………………………… 杨青 073

最是柚花醉人时	连中福 076
畲乡风情入画来	连中福 079
下淤蜂景	连中福 082
四省作家走进常山	吴贤林 085
常山小记	张蓓 089
窑变——走进音坑乡姚家村红窑里	陈才 097
油茶花香	罗小成 100
凤凰山的秘密	罗小成 103
在常山，走不出胡柚花的香	罗俊霞 107
听取蛙声一片	罗俊霞 110
参观"改革担当精神传承馆"	季风 113
黄茶帖	周华诚 115
桂花饼、灌肠香以及老街面孔	周华诚 117
杨炯的盈川不了情	周晓清 120
蛙鸣的夜	赵春媚 124
近处的未来	桔小灯 127
音坑——传出时代"好声音"	徐金渭 129
那一泓水，绽放了异彩	徐金渭 132
我的家乡团石湾	徐建红 135
留住"三味"，书写"三人"新诗篇 ——溪口乡村未来社区文学采风实录	徐寅 140
千古奇迹姜席堰	联心 144
关于开化音坑乡的几个词	紫含 148
一生低首胡柚花	鲁海燕 153
一棵胡柚荡常山	鲁海燕 155
铺里莲花	谢华 157
伯益美名　峡上井河	嘹亮 159

红窑里，窑里红……………………………………………………戴如祥 161
下淤初行………………………………………………………………戴如祥 164
谢高华的水利情……………………………………………………戴如祥 169
四省边际作家龙游采风掠影……………………………………戴鹏 172

诗歌

常山行采风诗………………………………………………………一度 179
大路章港口……………………………………………………………一度 182
云上上山溪……………………………………………………………一度 183
溪口流泉………………………………………………………………一度 184
衢江港……………………………………………………………………凡人 185
铺里印象………………………………………………………………凡人 186
诗意衢州………………………………………………………………木易南 187
龙游三题………………………………………………………………叶大洪 190
千里岗，一根红色的骨头………………………………………叶大洪 193
常山采风诗……………………………………………………………加加 194
杜泽古镇记……………………………………………………………加加 197
千里岗记………………………………………………………………加加 198
乡愁………………………………………………………………………江宏伟 199
浙西有条宋诗之河…………………………………………………江宏伟 200
美丽乡村………………………………………………………………江宏伟 201
耕耘是不错的选择…………………………………………………江宏伟 203
会说话的瓦罐………………………………………………………麦田 206

蛙鸣	麦田 207
亲爱的，带我去 95 号联盟大道吧	李红 208
红木缘	李红 210
背着生命的行走——致常山金钉子	李祉欣 212
常山吟	杨叶根 214
在衢州，在南孔圣地	汪远定 215
常山行	张蓓 218
常山印迹	陈剑 221
常山行	胡青丝 225
与赵丽华做个邻居	荞安子 228
在龙游，我能说出八个美人的名字	荞安子 229
再见衢江	桔小灯 231
衢州港	桔小灯 232
半个午后	桔小灯 233
溪口老街	晓雨花石 234
轮回	晓雨花石 235
也说龙山蛙鸣	晓雨花石 236
夜听芹江	涧星 237
偶得	涧星 238
杜泽三吃	涧星 239
盈川怀古	黄菁华 242
余东·余西	黄菁华 244
龙游行记	崔岩 245
白鹭	崔岩 247
龙山蛙鸣	崔岩 248
印象·宋诗之河	蒋丽英 249
柚园雨中遐想	谢章华 250

花开时节…………………………………………………………谢章华252
芳村老街…………………………………………………………谢章华254

小说

四月，当柚花爱上了员木………………………………………杨小玲259
我驮着你绕村一圈………………………………………………周建新266

散文

溪口，创客的故乡

一兵

对溪口这个地方，似有特别的情感。四十年前，我就是从溪口扛起背包，走向远方，到部队这所大学校学习、锻炼、成长。不过，此溪口非彼溪口，此溪口在我入伍出发地浙江省衢州市常山县，而彼溪口则是浙江省宁波市奉化区溪口镇。

溪口，青春创客的样板。

走进溪口乡村未来社区，扑面而来的是一阵阵浓郁的青春气息。接待我们的是"80后"小伙应逸，我称他小应。创业园内，一块蓝天下的牌匾显得格外轻盈、醒目，上书：溪口青春联合会。小应说，未来乡村发展，就是要召回一批原乡人、归乡人和新乡人，给他们一个平台，让他们明白自己的梦想不只是在诗和远方，生我养我的这片热土，依然可以书写优美的青春诗行，品味青春之歌旋律的铿锵和悠扬。

青春是什么？这是一道没有等号的方程式，是一篇人人都在为之思考，却又找不到标准答案的论文。在创业园展示厅的堂柱上，悬挂着多幅名言，让我看到创客们一直在苦苦追寻。塞缪尔·厄尔曼说：青春并不是指生命的某个时期，而是指一种状态。李大钊说：为世界进文明，为人类造幸福，以青春之我，创建青春之家庭，青春之国家，青春之民族，青春之人类，青春之地球，青春之宇宙。

七十多年前，将最后一滴青春热血洒在衢州这片土地上，被后人们称为"衢州六英烈"之一的李子珍，在抗日救亡运动中，为了团结进步青年和民众，凝聚抗日力量，组织了"溪口联谊会"，开展了广泛的抗日民族统一战线宣传和抗日救亡运动。七十多年后的今天，一群年轻人为纪念英烈，继承烈士未完成之遗志，实现为中华民族伟大复兴奉献我青春之力量的理念，重新组织起"溪口青春联谊会"。他们说：青春是一群充满激情、充满信念的年轻人，为着乡村振兴、家乡共富、实现理想的共同目标而努力的每一次云破日出。

青春创业联盟，就是在青春联谊会基础上，为汇聚创客理想、实现创客梦想而成立的，通过环境打造、场景塑造、社群营造，实现新型社群重构，成为共建共创、共享共治、共生共荣的未来乡村示范。

"青春你我，创业乡村。"或许，这就是身在溪口的创客为青春书写的答案。相信明天，会有更多的年轻人来到溪口，或加入这里的青春创业联盟，或为这里带回青春样板，把自己的青春融入美丽乡村建设这块肥沃的土壤。

溪口，创客游子的港湾。

灵山江，这条极富灵性的河流，发源于遂昌的千米高山，河面开阔，奔腾至溪口时，水流渐渐缓慢，形成了一个停泊船只和集聚游人的港湾。千百年来，溪口百姓便沿江而居，那条从最初简陋寂寥渐渐走向繁华热闹的老街，也顺着缓流的江水走向鼎盛。

在溪口创业园的创客，基本为三类人：一是本想外出创业的原乡人，二是在外创业回乡的归乡人，三是外乡加入创业的新乡人。这些曾经身在异乡或准备奔赴异乡的游子，在灵山江即将奔腾而出、留下这个宽阔而带几分温馨的港湾处，停了下来，融入了这富有诗意的青春联合会，开辟创业新天地。

顺着一个小山头的自然缓坡，我们看到数幢依然保持着红砖裸墙的二层或三层排房。这是一个原来厂矿留下的办公生活区，在改造和更新中，溪口乡村未来社区就坐落在这里。本着将乡愁浸润于一草一木、将记忆承载于一砖一瓦、将未来开辟于人来人往之理念，在改造中，保留原生态的建筑和植被，输入现代未来社区理念与技术，让时光与未来共同成就创业者的乐园。

走进能容纳一千五百多名职工的文化礼堂和共享食堂，这里曾经的热闹与繁华依稀可见。时光变迁，带走了昔日的人来人往，却留下了独属于创业者的人文底蕴和奋斗情怀。正逢中餐时点，共享食堂有点忙，但居民们依然是有条不紊。用餐结束，可在对面的邻里中心取一杯饮料，找个树荫浓密的角落，打个盹儿，或在共享书屋找本闲书翻翻。所以，创客们称之为快乐老家。

留住原乡人，召唤归乡人，吸引新乡人。

小应说，上周六一家甜品店在乡村未来社区联创公社开业，未来社区的甜度又上升了一格。店主是沐尘人，之前在县城开店创业，获悉未来社区联创公社鼓励创客入驻，就抓住契机，成了一名回乡创业的归乡人。

像甜品店老板这样的创客，在未来社区还有很多：把乡愁打包成"一盒故乡"的创始人姜鹏、应轶，带着龙游文创走出家乡的"瓷米乡创"创始人吴琴芬，把年轻创造力注入未来社区的衢州学院团队……

而小应自己，就是一名已有多年创龄的归乡人。

溪口，创客热恋的故土。

以共享办公模式运营的联创公社，为创客提供一站式服务与支持，让创客能无后顾之忧，在创业平台大显身手。

地处龙南山区的溪口，抱定打造乡村振兴、山区共富的典范；探索一条发挥优势、抱团发展、共同富裕的新路子，以六春湖、大竹海、老街为支撑点，建设龙南旅游集散中心；以"游玩在周边，吃住在溪口"为着陆点，组成创业大板块，为创客提供更多的创业机会和展示平台。

竹子，在溪口山区随处可见，把竹林打造成可吃、可看、可玩、可听、可拍、可带的美食和艺术品，吸引创客回归，助力山区共富，成为乡村未来社区一大亮点。

以竹兴业。以乡村振兴的"百年·百竹"为主题的乡创论坛和艺术品展，吸引了无数的竹艺爱好者，也使浙江开放大学、浙江树人大学、浙江嘉兴学院、衢州学院等大专院校和职业技术学校的学子们，欣赏到竹编艺术的至精至美，见证了当今竹编艺术仍然具有旺盛生命力和感召力。

在古香古色的溪口老街，有一家"香山堂"店面，内藏数以万计的竹编艺术品，大的有中国地图、大象、梅花鹿等，小的有小珍珠、小钱币、小首饰等，价位有数百上千元，也有一二十块钱的，可谓应有尽有，琳琅满目。

置身其中，让人目不暇接。

这里也是"一盒故乡"文创基地和溪口未来社区——巾帼创业实验基地。

走在挂满油纸伞的老街，仿佛置身仙境。这是溪口最具烟火味的地方，辣辣的龙游小辣椒、香甜的龙游发糕、咸味的茴香豆干、柔软的糯麻糍……

溪口，有着让人难忘的味道；故乡，是人们心中永远的依恋。

柚花飘香

王云

最早关于柚子的记载是《尔雅》,称柚子为"条"。郭璞注:"似橙,实酢,生江南。"柚子在中国被视为吉祥之果,外形浑圆,象征团圆;柚与"佑""有"谐音,寓意护佑平安,富贵常有。

在人间最美四月天里,我和友人们走进了"东南阙里,南孔圣地"的礼仪衢州。衢州是一座历史文化名城,始建于东汉,地处长江三角洲地区、浙江省西部、钱塘江上游,南接福建南平,西连江西上饶,北邻安徽黄山。

走在暮春的衢州街头,惊喜地发现空气里弥漫着馥郁的花香,正疑惑间,友人告知,这是柚花的香气,因柚子树多花盛,故花香浓郁。

因醉心于花香,我伸长了脖子贪婪地深吸这熟悉的香气,思绪恍惚间回到多年前的屯溪,一个春末夏初的清晨,晨光洒落在花木扶疏的小院里,空气中弥漫着淡淡的同样味道的香气。窗前坐着一位年轻恬静的女子,着一件藕色碎花中式风格雪纺百褶裙,遮住了微隆的正孕育着新生命的腹部。她静静地望着窗前高大的柚子树,那繁茂枝丫绿叶间花香四溢的白色小花……

鸟儿兀自在鸣啼婉转,带着花香的空气、满树纯白的花儿、年轻恬静的女子,构成了一幅有声有色的画卷。时光如歌,温柔香暖,柚花香飘浮在光影中,氤氲着如歌的朝与暮。一切是那样静谧、柔和,如同柚子花的花语,清纯、淡雅、恬静、动人。

岁月流转,季节更迭,韶华已逝,让女子沉淀了一份岁月静好的从容和恬淡。每段岁月都是极美的,但她最爱那一年一度柚花飘香的季节。花,是平凡无奇的小白花,而那淡淡的一缕柔香,让人愉悦,让人欢欣,抚慰了她初为人母的焦虑，叩开了她柔软母爱的心房。

柚子的雅称有香栾、朱栾、文旦、内紫等，宋代韩彦直《橘录·香栾》曰："香栾大如朱栾，形圆色红，芳馨可翫。"

又是一个"露浴梧楸白，霜催橘柚黄"的金秋，用特制摘柚子的工具将柚子摘下，女子笑眯眯地取来一只给小宝把玩，胖乎乎的小手如何捧得了这大大的柚子？或拿了放在案头，果香萦绕。女子的闺密们也来了，嬉笑打闹间摘几只带走，多年后的聚会，还会说起高大的柚子树和硕大橙黄的柚子所带来的温暖美好。闻着柚子花香果香的小宝七岁那年，城区改造，老房拆迁，柚子树被绿植公司连根拔起，拉走了。

新房在戴震公园附近，没了柚子树就没了柚花香，好在小城树木繁多，春夏交接，四周的空气里若隐若现地飘浮着温柔的香气，但只闻其香，不知其踪了。柚子属芸香科，芸香科的植物繁多，据资料统计有一千七百多种。没有柚子树，每年只有闻闻不知名的芸香科植物的香气了。

此时衢州的街头，夜凉如水，花香袭人。"语言到不了的地方，文字可以；灵魂到不了的地方，音乐可以。太美好的东西都具有侵略性，不是迷了眼就是醉了心。"在这醉人的花香里，不知不觉就醉了心，让人思绪万千不由想起了屯溪老房子里的柚子树和柚花香曾经留下的美好。

感恩所有，于此邂逅这熟悉的香气，如痴如醉徜徉在这花香的海洋里，如老友重逢，让人回忆起那年那月柚花香里的幸福时光。友人们笑道：你如此喜爱柚花香，明天一定要到常山胡柚种植基地看看，连片的柚花正开，香气扑鼻，那才是最美哩。听这么一说，我满怀期待了。

衢州常山胡柚，中国国家地理标志产品。胡柚起源于常山县青石镇澄潭村，果实风味独特，肉质脆嫩，汁多味鲜，甜酸适口，甘中微苦，具有很高的经济和药用价值，是"旺季补优、淡季补鲜"的水果珍品，有柚中之王、水果之王美称。

友人连老师是衢州常山本地人，非常自豪地介绍起家乡特产，说胡柚是一味中药。《本草纲目》有载："去肠胃中恶气，解酒毒，治饮酒人口气，不思食口淡，化痰止咳。"柚子皮还是顺气清火、去油解腻的佳品，对于女士而言还有护肤养颜的功效。

  不凑巧的是第二天因临时有事，我未能到花开胜雪的胡柚基地打卡寻香，但好客的、美好的芳香的衢州已给我留下了深刻印象，如同柚花散发的袅袅迷人香气，久久不散。

这里是幸福衢江

王志兰

衢江,是一座城。以水为名,活力之城;因水而美,幸福之城。

秋阳红艳,丹桂飘香,大道通达,绿水迤逦,直到衢江莲花镇。铺里,一座乡间自然村,高端大气、文化范十足,只见古宅建筑、旧庭院、原有的邻里古巷等建筑都得到修葺改造,小村不动声色地把平常化为神奇,返璞归真,香气四溢。

魅力铺里。走在多彩花伞下,走在一米菜园边,走进红岭驿站,走进舒中胜工作室,走进玻璃墙读书屋,走在潺潺小溪边,走在盒子空间前,处处都有景观。我不知不觉闯进令人惊讶的美丽之地,我的耳边有清风,眼里有风景,脚下有故事。我来到了一个崭新的现代村镇,我走进了充满生机活力的时尚铺里。

这里是幸福莲花、乡村国际未来社区的样板。从未想过,我原本俯瞰的灰色农村已经升级,成为须仰视的胜景。这里人来人往,各地游客纷至沓来。这里的人们身处整洁村镇,为美丽的环境而用心劳作,使这里的一景一物都令人愉悦。铺里是美丽,是欣赏,是让人向往的乐土。生活在这里的人们,获得的幸福感与日俱增。

民宿在铺里。参观铺里鹊巢,方格木门,低矮竹墙,门口红灯笼喜气洋洋,门前各色红花笑吟秋风。院落里,绿草地、青莲池、独木长桌、原木凳子,素朴而有意趣。室内装修别致,看竹篾灯罩,状如小斗笠,清雅可爱。登上三层观光台,举目金黄,正值稻穗成熟之际。阡陌交通,如画如诗。天高云淡,视线开阔,心底一切烦忧皆散。不远处还有一大片甘蔗地,红红的高秆甘蔗随风摇曳。一问才知道莲花镇还是衢州著名的甘蔗之乡，心里顿生甜蜜。

铺里民宿有多家，各具特色，到民宿住宿游玩，走进田野，亲近山水，在画卷中行走，在画卷里入眠，能不幸福吗？

在衢江高家镇划船塘村，生活着一千余头幸福的奶牛。喝上一杯牧场的新鲜牛奶，鲜香浓郁。休闲农业牧场——荷鹭牧场，地域开阔，环境优美，大草坪亲子互动拓展区、奶牛观光体验区、综合娱乐区、餐饮休闲区等，个性鲜明。牧场投资人对于产业的独特眼光，令人敬佩。

杜泽老街，各色小吃广聚，特别的家乡风味任你吃。这老街是美食中心，遐迩闻名。这里的小吃诱惑着你来了又来，吃了还想吃。我记不清自己来过几次，每次还未走进老街，鼻子就被各种香气宠爱，陷入各色香味的幸福旋涡。多种特色小吃，出自杜泽人的巧手与创新，展示杜泽镇曾经的辉煌与百姓的智慧。桂花空心饼，甜香可口；灌肠，细腻入味；各色糕点，甜蜜暖心。

杜泽老街的整改是注重环保的，一湾清水穿行在老街上，青石板路上承载着人们的愿望与喜悦，桐油板门的老店铺唱响新时代歌谣，老街清爽蓬勃的模样真好。铜山源水库的清流滋养这片土地，这里的夜晚更是灯火辉煌，让人流连。常年居住在老街的人们——大多是老人，衣着整洁，怡然自乐，幸福在他们的笑意里流淌。与老人们聊天，老人们咧着嘴，笑哈哈："遇到这好时代，还要多活几年。"

美丽城镇大洲之行让我惊喜。曾经的大洲镇，我来过，有些肮脏、有些破烂、有些灰暗，但这次大洲镇的邀访却让我眼前明亮。"这哪里像农村？比城里还舒服！"有个声音在耳旁响起。你看，街道整洁美丽，人们淡然有礼，大洲镇大变脸了，变得让人震撼！

美丽大洲镇有模有样，端庄年轻，有活力、有格调、有气质。且不说绿春湖春花冬雪的大美，且不说徽州会馆文化礼堂的书香，且不说映山红老干部工作室员工的热情有礼，且不说大洲工业功能区的腾飞，单是说说上山溪湿地公园，就足以让我赏心悦目。

在大洲镇小镇客厅，观赏过大洲镇的3D全息影像沙盘，我心潮澎湃：来大洲镇，与美丽相逢。我走向溪边，白墙高楼静立溪畔，上山溪白色清流在欢乐跃动，对着蓝天吟唱，溪水的大合唱、小吟唱有着各自的欢快，奏响一支欢乐的乡间圆舞曲。一群鸡儿在溪边草地上自由啄食，自在追逐，农村的鸡们就是这样欢快。一条清流的欢歌，唱出一个城镇的时代旋律。

此时，站在大洲镇美丽的溪流旁，我品尝着美丽乡村建设的成果，感受到乡村的理想就在这时萌芽，会在未来茁壮成长，结出丰硕果实。"人们在明媚的阳光下生活，生活在人民的劳动中变样。"美丽的大洲镇走在希望的田野上。

脚踏衢江大地，这边风景真好。全面建成小康社会的东风吹遍衢江，干部群众欢欣鼓舞，争着投入到创建美丽乡村的洪流中。谁也不想落后，谁都想看到幸福生活，趁"路上春色正好，天上太阳正晴"，抢早种下全面富裕之花，让老百姓享受到富民政策的福利，衢江人民今天的幸福生活是历史上所未有的。

要问衢江幸福的源泉在哪里，我说，在衢江这一片晴空下，在衢江这一块大地上。

"宁为百夫长，胜作一书生"，一千三百多年前的唐朝，盈川县令杨炯，千里赴任，初心为民；秉公执法，造福百姓；大兴水利，真情为民；为公殉职，城隍护民，唱响一曲清廉之歌，谱写一首爱民之诗。杨炯祠是永远矗立在衢江天地间的一座丰碑。

中国土地革命战争时期，一批批革命志士，怀抱推翻旧社会、建立新中国的理想，英勇战斗在衢江这块土地上，抛头颅，洒热血，前赴后继，勇往直前。星星之火可以燎原，灰坪乡红军村的泥墙上至今还保留着红军书写的标语，革命烈士永垂不朽纪念碑高高耸立，这是历史的辉煌，也是现实的敬仰。

高山茂林里，街巷阡陌间，革命者把爱国种子撒播在衢江大地上，然后，这些种子像繁花一样盛开。而今，一代代革命者传承红军精神，坚韧不拔，自强不息，为美丽中国而奋斗，为百姓幸福而实干，"先天下之忧而忧"，无私奉献，让梦想在勤劳智慧的手掌上开花。

走进改革担当精神传承馆，衢江的骄傲——谢高华这个响当当的名字在人们的眼眸中闪光。这个土生土长的衢江农民的儿子，这个被写进标语"谢天谢地谢高华"的恩人，抱着"就想着为老百姓干点事，让老百姓有饭吃"的初心，心里想着老百姓，实实在在为百姓做事，努力担当，他说"出了问题我负责，宁可不要乌纱帽"。在他眼里，当官为民，让百姓生活过好了，就是做好本职工作。

一个有担当的共产党员，一辈子或许做不了很多事，但必须做实事，要有责任担当，更要有创新精神。谢高华书记，他大胆开放义乌小商品市场，全力主持修建铜山源水库、乌引工程等这些工作他都用心去做，做成了，让老百姓受益了，心里就满足了。他一颗公心为民，没有私心为己，做"三无干部"，一生清贫；甘当"孺子牛"，毕生奉献，"后天下之乐而乐"。这是共产党人博大的情怀！

水是一座城，城是一江水。水是衢江的大动脉。对丰沛的衢江水资源的开发与利用的蓝图已经绘就。在衢江港大路章作业区，我们兴致勃勃地参观空港新城建设项目。在浩荡多情的衢江边，我们聆听和展望衢江四省边际枢纽港的愿景，敬佩衢江发展的胆识与担当。衢江发展的新优势已经到来，快速发展的衢江正昂首前行。衢江的宏伟蓝图是衢江开拓创新精神的体现，是衢江对幸福生活的憧憬。

回想衢江之行，在煦暖的阳光下敲下一行行文字，真是件幸福的事儿。衢江，我与这座城市从遥想观望到紧密依偎，我们的手紧握在一起：婉约秀气的衢江，开放机敏的衢江，你有一颗真纯之心，你有一颗自觉向上的青春之心；你在发展，如旭日东升；你在奔跑，像骏马奋蹄。你的美丽画卷就印在我的心坎上。

太公山上柚花香

王海福

4月的阳光明媚灿烂,4月的常山柚花盛开。在这样的美好日子里,由衢州市作家协会主办的浙皖闽赣四省作家"走进联盟花园——常山行"大型文学采风活动如期举行,同弓乡太公山是活动实地采风的最后一站。

同弓乡环境优美宜人,2004年就被评为全国环境优美乡村,境内太公山,是省级生态保护区,常年栖息着上万只被称为环境风向标的白鹭。旺季时,白鹭成群结队,或舞或翔,或憩或栖。枝头小溪、田间屋舍,到处可以看到白鹭的身影。更有被誉为"中国最美养生花海"的千亩精品胡柚园,在这春意盎然的季节里,漫山遍野地开满了雪白粉嫩的柚花,成了花的海洋,人若置身其中,视觉和嗅觉都会获得极大的满足感。它既为人们造就一个天然氧吧,又为大家演绎了"太公山上无处不飞花"的美景。有幸参加浙皖闽赣四省作家"走进联盟花园——常山行"大型文学采风活动,来到了太公山,我亲身沐浴了清幽的柚花香,品尝了自然美的视觉盛宴,体验了流连忘返的滋味。

按约定时间,我们一行四十多名文友集体驱车前往目的地。这真是一个柚花飘香的季节,一路上吹着春日的和风,一阵阵清香扑鼻而来。大家纷纷用力地呼吸,左右环顾寻找花香的来源,会时不时看到一片片柚林,啊!原来是柚花。望着车窗外沿路时时出现在视野里的绿色柚园,我们都恨不得马上下车钻进天然的柚花园,沐浴自然花香。

"到了!到了!"不知谁喊了起来,只见映入我们眼帘的是一片望不到边际绿色的海洋,这就是太公山精品胡柚园。路旁尽是茂密的柚林,青枝绿叶不断地晃人眼目,花香迎面扑来,钻进鼻孔,沁人心脾,令人迷醉。虽然当天天公不作美，没有平常4月应有的湛蓝晴空和阳光普照，但这蒙蒙细雨下，站在绿浪花海前，更有一番别样的意境，心中一下子充满一股远离喧嚣、亲近自然的愉悦之情。不等讲解员到位，有的干脆雨具也不用了，大家纷纷迫不及待地追花逐蜜：有的奔向观景台全方位领略花海的壮观；有的沿着干净的便民通道钻进了柚园，贪婪地呼吸着柚花的芳香；有的直奔柚林深处，欣赏着柚林绿色的美景；更有一批摄友，站在不同的方位，摆着不同姿势抓拍心中的醉人景观。驻足环顾四周，看那迷人洁白的柚花，有的还是花苞，像白色的花生；有的已全部开放，几片花瓣托着浅黄的花蕊随风摇曳……徜徉在宁静的柚花园里，沐浴着浓浓的柚花香，观赏着处处的花蜜飞舞，聆听着不时传来的鸟鸣声，真可谓是鸟语花香的人间仙境。

　　柚花真是魅力十足，让你的心儿醉了，醉在香潮里；魂儿迷了，迷失在花海中。她那洁白而芬芳的气质，不可抵挡地引来各路花客竞逐香国。在太公山，没有大城市的喧嚣，没有浓烟，没有灰尘，没有噪声。在这柚花飘香季节里，不只是我们一行人，还有更多一批批远来的、近郊的宾朋走进柚乡。他们或成群结队，或三两相牵，在柚花前惊叫，在柚园里嬉闹……

　　"年年岁岁花相似，岁岁年年人不同。"又一个柚花飘香的春天来临了，和往年一样静静地走近，让你未闻先醉。不要再给自己找借口，要等到下一个春天来临才肯走出家门，就是现在，让我们走出家门，走进大自然，去亲近春天，亲近这些正在不远处烂漫盛开在柚林里的花朵，去感受生活的美好，感受浪漫的情怀，相信会给你带来许多惊喜！

贤良宗祠名称的由来

王海福

贤良宗祠，又名王氏宗祠，坐落于常山县东案乡金源村底角自然村内，2001年4月被列为县级文物保护单位，2011年1月和旁边世美坊整体被列为省级文物保护单位。贤良宗祠始建于北宋宣和七年（1125年），清同治五年（1866年）、1936年两次重修。该宗祠为亭台翘檐式建筑，硬山顶，坐东朝西，共三进，占地852平方米。整座建筑雕刻精细。前进后檐屋面翼角起翘，上下层屋面出檐皆有牛腿承托。中进五间，通面阔21米，进深15米。明间九架前后重廊，五架梁断面冬瓜状，上用斗拱二攒承托三架梁，单步梁饰鸥鱼状。中后两进明间有通廊，廊上饰八角形藻井。柱础有鼓形和四方菱形二式，鼓形柱础最大直径在肩部，下垫覆盆，正门前两侧置旗杆石三对和狮子戏球一对，狮子高约1.25米，形态威武。门前西向6米处建有一屏照墙，长11米余，高近2.5米，正门北侧毗连世美坊。

世美坊也建于宋代，于明嘉靖十七年（1538年）重建。1986年8月，由县人民政府公布为县级文物保护单位，1988年牌坊局部维修，现保存基本完整。

据清光绪《常山县志》载："世美坊，在县东上源（金源旧称上源），为王氏世科立。"至今在金源一带的群众中仍流传着王家一门九进士之说。该坊额坊上用阴文行书刻有"光禄大夫王言　秘阁校理王介　兵部侍郎王汉之　直讲学士王沇之　吏部侍郎王涣之　隆兴举人王天锡　徽猷阁学士王一非"等历代王氏名臣及重建年月等纪文共一百六十余字。另从县志等各种文献记载中亦可发现，在宋代，王家确实先后涌现了许多栋梁之材。正中额坊上刻阴文楷书

"世美"二字，刻字清晰。

世美坊为两柱三楼门式石坊，通高6.5米，两柱间跨距4米，方柱抹角，每柱用两块高2.5米的花形靠脚，条形柱础，小额坊月梁状，两端下部用雀替，明楼用斗拱两攒，柱头亦用斗拱，正脊用鸱吻。该坊庄重、古朴，具有明显的时代特征，正是金源王家一门九进士、门第显赫的象征。

贤良宗祠是金源王家人修建的祠堂，原称王氏宗祠。建造完之后，王氏宗祠为什么后来又改叫贤良宗祠呢，据村里老人说，这里还有一段传说。

从前，金源村里有两大姓：一为余姓，聚居在村口；一为王姓，聚居村尾。当时，余姓人家人丁兴旺，生活很富裕；王姓人家都很贫困，日子过得艰辛。

有一天，一位长得仙风道骨但穿得破烂的先生路过村里，先停在村口余老财家门口，看见余老财正襟危坐在里面，于是双手合十打躬作揖："敢问先生，过路老朽不胜口渴，讨口水喝可否？"

余老财向门外一瞧，见是一位衣衫褴褛的白发老人，他当即回答"没有"。余老财以为这样就可打发老人走开，谁知这老人又问一句："敢问先生可有饭施给老朽一口？"余老财见这老人要水不成竟敢要饭，顿时恼怒地回了一句："水都没有，还会有饭？"丢下话后愤然走进内屋去了。

白发老先生并不生气，他踱着步子向村尾走来，只见一茅棚泥舍，他走上门去，见一老者正在劈柴，于是他又鞠躬并启齿要水喝。老者正是王太公，他一听门外有人要水，忙停下活计，将对方请进屋里，搬来凳子，恭敬地端上水。白发老先生也不说话，一喝而光，继而又向王太公要饭。正好饭刚烧好，王太公又请他一起用餐，并为他盛饭夹菜，很是热情。虽然王家家贫，菜粗饭淡，但王太公的盛情让老先生大为感动。

当晚，王太公还留老先生在家住宿，而王夫人刚好去了娘家，王太公就与老先生同榻，抵足而卧，两人交谈到贪夜才睡去。

第二天，王太公按老先生吩咐，早餐后带他到村四周观看了一番，老先生留下一些话后就走了。

后来，王太公按照老先生所讲的话，发动王家下辈人在村中一山溪上搭建一条浮桥，王太公一人举臂，应者云集，一个多月时间，一座浮桥就建成了。

再说，浮桥搭建的位置很特殊，桥的一头正是蛇头山，山上一条大蛇已修炼成精，它看到浮桥建成，就游过桥面，一头钻进对面余家居住的地方。而余家人居处极像一个燕窝形，自古以来，蛇为燕之天敌，似乎暗示着余家一族就要面临灭顶之灾了。

第二年，余老财一命呜呼。后来几年，余家几位壮岁后人死于非命。十年后，余家一族因为富不仁很快就衰败了。

而王家人积善修德，王氏一门出了九进士，王家后人在修起这座王氏宗祠后，都知道王氏家族兴旺的原因是由于祖上贤良，为了让后代人记住这个道理，就把王氏宗祠改叫作贤良宗祠。

我见莲花

王耀忠

与莲花未来乡村的邂逅是在暮秋时分,沐浴着暖阳走进衢江,仿佛有某种力量牵引着身体,不经意间就会引出一个故事,牵出一段传奇。

那天上午,我和来自衢州、黄山、南平、上饶四地出席首届四省边际文学周的文友们一起,坐在四周玻璃钢房通透的乡村会客厅里。我的眼前依然是一片迷茫,尽管室外天空晴朗,却也看不透外面村庄真实的模样。潺潺水声与游人欢笑声不时从敞开的大门涌进来,凭我的感觉,此地的风情一定别具特色。正遐想时,大厅里响起雷鸣般掌声,主持人开始声情并茂地介绍莲花的风土人情及未来乡村振兴的愿景。

初听"莲花"这个词,我的鼻下立马掠过莲藕的味道,那是一种微妙的、似有似无的气息。我努力地深吸一口气,想从空气中去捕捉,可是这股味道却像一个顽童,一不留神便跑得无影无踪。于是,我不由加快脚步,抵达莲花未来乡村深处去探个究竟。路边的草茎依然挺直腰杆,空气中飘浮着淡淡的芳香。举目远眺,但见山水相依、村路蜿蜒、房屋错落,山、水、林、田、湖与建筑协调呼应。溪水蜿蜒流淌,村庄星罗棋布。微风暖阳,花香鸟语,空气中的清香让人沉醉不能自拔。何等美妙啊!眼前情景令我羡慕不已。

随着年岁的增长,我对于乡村的理解又多了一个层面,我能够看到内在的深沉,尤其那乡情乡音、人文典故等,疾风呼啸般涌向我的躯体,直达灵魂。

我想起不少地方打造美丽乡村和集镇建设,想起了那些千篇一律的面孔,想起那些生长在乡村的"啬啬文化",在这儿,类似的现象显得遥远而陌生。老实说,我不喜欢眼下那些经过乔装打扮的乡村,我总觉得当下不少乡村看久了令人生厌，仿佛一个长相纯美的女子，却非要赶时髦整形，一下子变得面目全非。除了光鲜外表下的冷硬、粗糙，更多的是内在的裂变与荒凉。我的精神世界里，本来驻扎着一个乡村，铺着青石板的老街，咿咿呀呀唱个不停的碾坊。在衢江未来社区，我看第一眼就喜欢上了这里，明澈、荡漾……我隐隐地感到，我真正渴望的乡村正向我招手。

对我来说，无论肉体之痛或心灵顽疾，乡村都有滋养和治愈功能，乡村是修身养神的地方，是安放爱情的精神之所。它让一个人变得逐渐纯粹。

在莲花未来小区，无处不在的"数字智慧"让"内外兼修"的新时代美丽乡村精品区日臻完善，小桥流水让人流连忘返，人在景中、景随人动的湿地公园成休闲好去处；农户家门口安装了二维码，扫一扫便知户主的手机号码。随意走进一家民宿，仿佛回到梦里老家。

进入民宿的大门，古色古香扑面而来。一束光影直接洒在厅堂上，有一种经过岁月洗礼后的温暖。楼上旅舍非常舒适，全屋都是别致的家具，有书房，还有独立的棋牌室，真正让客人感受到这里生活的温度。并且每个房间的风格都不一致，游客可以根据自己的喜好来选择合适的房型。

看一眼挂在墙上的菜谱，美食也是相当不错的，蔬菜都是村边地头种植出的绿色植物，海鲜当天运达，确保味道新鲜，即使是普通的食材也能呈现出非常好的口味，让人看见食物原本的样子，体验最自然的味道。

一抹阳光打在梧桐叶片上，纹理清晰可见。这里的绿植似乎忘记了季节，它们大多临水而"居"。与栖息小鸟一起看水波荡漾、蒲草丰茂，让我心里有说不出的喜悦。行走其间，香甜的空气，清新的花香，那份心底流淌的幸福感，令人唇齿生津，觉得世间一切如此美好。

毫不夸张地说，竹林、田园、泉水、老屋……这些是很容易俘获身心的。你会忽然格外关注起当地的风土人情，关于乡村的种种经历与记载；你会被它盛大的胸怀所吸引，村庄的过去与现在，你不放过任何细节；你会觉得在这个世界上，你从此有了一个牵挂的地方。你期望自己变成一只候鸟，需要在村庄与你居住的城市往复来回，让生命处于思念和奔波的状态。

我站在一坡高处，双眼紧盯着村庄仔细观察。蓝天白云下，但见一朵巨大的莲花悄然盛开，人在花蕊上行走，像蚂蚁游动，成片的绿植像极了莲花边叶。周敦颐之《爱莲说》："予独爱莲之出淤泥而不染，濯清涟而不妖，中通外直，不蔓不枝，香远溢清，亭亭净植，可远观而不可亵玩焉。予谓菊，花之隐逸者也；牡丹，花之富贵者也；莲，花之君子者也。"品文忆景，似乎莲花的君子精神已沁入我的身心。

在中国传统文化字典里，莲花是美好的象征。花叶清秀，花香四溢，沁人肺腑。有迎骄阳而不惧、出淤泥而不染的气质。

江南采莲好时节，那该是怎样一番景象呢？歌声响彻荷塘，拨弦轻拢慢捻，采莲云鬓半偏，琵琶声渐行渐远，在绿衣红影间响起，在诗行韵律里隐没。

穿过一片果蔬基地，往村庄深处走去。橙黄的橘子，纷纷从苍翠的叶子间探出光洁的脸庞。衢州是有名的柑橘之乡，已有几百年的种植历史，以"实皮薄""香""肉干"扬名中华。"莲橘"与"廉洁"谐音。"莲"，花中君子，出淤泥而不染，濯清涟而不妖；"廉"，人之正品，取本分之财，戒无名之酒。

不由想起杨炯，其于如意元年（692年）任盈川县（今浙江省龙游县）首任县令，因"于吏严酷，对百姓宽和"受到百姓爱戴。杨炯祠联云："当年遗手泽，盈川城外五棵青松；世代感贤令，瀫水江旁千秋俎豆。"

我问衢江区友人：这莲花镇，怎么来的？友人意味深长地回答说，莲花镇莲花村有一桥，名万安桥，意为万年长安，始建于宋绍兴二十七年（1157年）。一座千年古桥，承载了莲花镇的前世今生。

我有些迷惑，不是莲花吗？主导产业应该是莲藕吧？友人笑道，在这里，莲不仅是一个观赏产业，而且莲花还被做成延伸产业链。每到盛夏，青荷盖绿水，芙蓉披红鲜。信步于曲曲折折的荷塘上，莲花如少女般婀娜多姿，竞相绽放。村庄总体规划便以五色荷塘为核心点，布局"一街一巷·五彩塘"乡村旅游环线，打造集以荷为食材菜肴、以荷为题材手工艺品、以荷为原材料旅游商品、以荷为景观高端民宿于一体的景点，围绕荷文化开展主题活动。

眼下早过了莲花盛开季节，我却能嗅出一股别样的清香。来到村街边一幢老屋下，刻在门前青石上有些模糊的字体，说明它在这里已经年代久远。正要离开，忽听到里面传来说话声，探头往里看时，却见厅堂两边摆满了字画，住户人家正在吃午饭，是一对长相斯文的年轻夫妇。男的戴一副眼镜，女的长着一张月牙脸。男人告诉我，他俩是上海人，职业画家，这幢房子是他俩长期租用的。两人是五年前在莲花镇采风认识的，他们见证了村庄的发展。他们认为，随着岁月的流逝，许多老旧的物事终将消隐在历史长河里，于是，两人结婚后便将新家安置在了村庄，每天用画笔记录村庄的过去、现在与未来。

置身五颜六色的字画世界里，我似乎模糊了时空的概念。浏览这些图文并茂的乡村纪实画，我被精致构图所吸引。赏心悦目中，我的眼神中尽是诗情画意的乡村，无论是大自然的一草一木，日月星辰，还是现代智慧乡村，无不行云流水般融入莲花乡土文化中。构想未来乡村是一件美妙的事情，不必刻意注重村庄某个具体环节，更无须人为往生活空间里添加什么内容，所有的一切都可以随想象派生出许多更合理的"原生态"，甚至随手摘片树叶就可以示爱，怀一缕清风便可以天荒地老，捧一把溪水就可以涤荡灵魂。

我还想再往下听他俩的故事，外面却传来集合喊声。道别画家夫妇，继续随着采风队伍，往前迈步。没走多远，迎面走来一群旅客，他们边走边聊，一路说说笑笑。安静的巷道，似乎不能给他们带来任何乐趣，他们的乐趣在喧嚣的尘世里。而我穿梭在古色古香老屋间，又享受到了什么呢？除了些许静谧的乐趣，恐怕也逃不脱俗世圈子吧！

有风吹来，呼啦呼啦像在告诉我什么。当地人深知"前世之宝，后世宝之"这句话的分量，2015 年在全国县级行政区域内率先组建"乡愁办"，整理的乡愁线索，涵盖古村落、古梯田、古建筑、古树名木、历史文化名人等十九个类别。这是莲花与生俱来的基因。铸就乡村"未来文化"的核心，依然是对乡土文化的守护和传承。用一支绿色的软笔画出一个圆点，涂上色，再画一根细线让这些圆点相互连接，最后，再描出莲花未来发展大致走势。于是，眼前出现一幅奇异的图像。端详良久，它整体像一朵盛开在衢江上空的宝莲，它点缀在衢江的旋臂之中。我为自己的想象感动不已。

可以肯定的是，在久远的岁月深处，许多先贤也曾久久凝望过衢江以及江畔的这片土地。比如唐代著名诗人孟郊就曾游历衢州，他一定从衢江两岸山水里感受到了什么。他在一首题为《峥嵘岭》的诗里写道："疏凿顺高下，结构横烟霞。坐啸郡斋肃，玩奇石路斜。古树浮绿气，高门结朱华。始见峥嵘状，仰止逾可嘉。"

阳光依旧灿烂，村庄里的植物和建筑将影子投在自己身上，金色迷蒙的村街，携带似有似无的醉人气息，不发出一丝声响。一时片刻的沉寂，依然被一些声响裹挟，这是来自遥远的信息，顺风飘来，我听得真真切切。

欢迎你到莲花来

毛光武

周末,一家人到莲花走走。主要去了两处景点:滨江公园和月牙儿湿地,据说都是新建不久的,是有名的网红打卡地。

滨江公园其实是一片大草地。草色碧绿,阳光下油亮亮的。草质柔软,摸着柔滑舒适,于其上赤脚奔跑,很有一番乐趣。妻子说,这是黑麦草,农村里常见,早年是喂猪的好食材。莲花小学造了个劳动实验基地,是专供教研活动使用的场所,地上铺的就是黑麦草,很有特色。

确实很有特色,如我身边,清一色的黑麦草。游人们铺起垫子,上置盒装的切片水果,一家人围坐着,欢声笑语,其乐融融,很是和谐。遍观草地,有老者牵着条苏格兰牧羊犬,闲庭信步,随意溜达;有孩童高举引线,牵着风筝,狂奔不止;有情侣们靠在一处,耳鬓厮磨,低声细语。一片草地,人间万象,尽收眼底了。

滨江公园临溪而建,溪叫芝溪,河道宽阔,河堤旁有几个流动摊位,摊主都是本地人,我用普通话和他们交流,他们用土话回我。烤香肠五块一根,玩具喇叭十块一个,草莓十五块一篮……价格公道,丝毫没有坐地起价的意思,足见民风淳朴。

芝溪上有一座木栈桥,桥身较窄,用力踏步,可以感到桥在摇晃。过桥,便是月牙儿湿地。为什么叫月牙儿这个名字?猜想整个湿地应该呈一个月牙形吧。进湿地,便像是进了一片荒林似的。林中以樟树和胡杨为主,布局自然,不像是刻意种的。走在木栈道上,头顶树冠如盖,眼前日光晔晔,耳旁鸟鸣嘤嘤,与城镇喧嚣一比,恍如隔世。

木栈道盘曲而建，看不到尽头。道旁有鸟笼数个。鸟笼不关鸟，是专供旅人休憩用的。进鸟笼，木椅上坐坐、靠靠，拍几张照片留念。坐在我身旁的是一家祖孙三代，小的还在襁褓中，尿包鼓鼓的，奶奶抱着，拍着，哄着……爷爷站在护栏旁，解开衣襟，叉着腰，隔着交错的枝叶，眺望着远处的天空。妈妈很年轻，戴一顶鸭舌帽，盘腿坐着。

"我看网上说这里景色不错，是网红地，就来了。你们是怎么来的？"年轻的妈妈问。

"也是在网上听人说起的。景点很美，莲花这几年变化很大。"妻子笑着回答道。

"这里原本是河道下洼处，一直荒着，没想到造了条路就成景点了。"老人家收回视线，转过脸，感叹道。

途中老二突然想上厕所，这让我很为难。这林子里上哪儿找厕所？栈道离地面少说两米左右，还隔着栏杆，哪里下得去？于是，我抱起老二，漫无目的地向前飞奔。好在，才跑不远，在一个拐弯处，看到前面有一块沙地，似乎有楼梯。奔到近处，本想随便找一个隐秘处如厕，却看到正前方有厕所。

高兴万分！将老二抱到女厕，我在门口等着，并嘱咐老二找一个干净处方便，老二倒是不急，打开一个厕门，只看了一眼，又打开另一个厕门。她从从容容地，差不多打开所有的厕门后，依旧没找到理想处。

这倒让我很是怀疑，景点的厕所竟脏到这种地步了吗？我焦急万分，想冲进去，却又怕被人撞见，正踌躇之际妻子赶上前来。

"都很脏吗？"等妻子带着老二出来，我问道。

"不脏，挺干净的。"

木栈道的尽头是芝溪，河面上有一排搭石。踩着搭石，一路跳过江面，到了对岸，上坡。

此时，路面上已经是车水马龙、熙熙攘攘，喧闹声、车笛声不断。人至其间，哪里会觉得自己是在衢江的一个小城镇里，分明是身处一个繁华的大都市呀！

月牙儿湿地原本只是块无人问津的荒地，滨江公园的前身是臭气熏天的生猪养殖场，而芝溪曾一度因环境污染也成了条臭水沟。如今，通过改造竟然成了国际化的旅游基地，真了不起。

多年前，妻子在一所小学上班，我到妻子学校时，恰逢村广播放莲花镇歌。悠扬婉转的旋律，柔和甜美的女中音，只听了几回，便念念不忘，有时还会情不自禁地哼哼几句。

歌词是这样的："欢迎你到莲花来，佛地仙境赛蓬莱。芝溪流古韵，紫薇焕七彩，芳草碧连天，万花红似海……"

胡柚缘

毛香菊

从没想过,这辈子会和一种特别的水果——胡柚结下难以割舍的缘分。

说胡柚特别,首先是因为它是浙江常山独此一家的特产,被列入常山"三宝";其次,胡柚口感独特,营养价值很高,还具有极高的药用价值。

一见倾心于青石

第一次遇见胡柚,是三十年前的一个秋天。那时,我刚从外县来支援常山教育事业,是青石镇初中的一名教师。青石,顾名思义,这里盛产一种名叫青石的石材。但令我没想到的是:这个镇有着比青石更让人惊喜和惊叹的东西。

那年深秋的一个周末,住校生们回校时,好几个学生来到我的寝室,他们手里拎着不同的袋子,里面却装着同样的东西,都是送给我的。我看到那是一种类似于橘子的水果,个头比橘子大一些,金黄里略带淡青色的外壳,剥了皮,里面是一瓣瓣晶莹的果汁颗粒,咬一口,清爽酸甜中带一丝微苦,感觉心清肺润,舒服极了。从来没吃过味道这么特别的水果,我不禁有些惊讶。学生们告诉我这是当地独有的特产,叫胡柚,它有清热消炎、润肺化痰等药用价值,是当地人最爱的水果。胡柚的祖宗树就在青石镇的登塘村,那户人家一直把祖宗树当珍宝一样守护,而那户人家的老人就是我班里的学生徐芳芳的爷爷。

说起来也奇怪,自从吃上了胡柚,其他水果在我心中的地位便慢慢下降,一年到头，家里总有胡柚，我买其他水果就很少。不仅因为胡柚美味可口，吃了对身体特别有利，还因为它的保存期特别长，用薄膜包装好的果子可以存放到第二年的夏天。当地的农人，条件好一点儿的，都会选择少卖一点儿，多留一点儿给自己的家人或亲朋好友。

从此，我和胡柚结下了难以割舍的缘分，我想，有胡柚的陪伴，一辈子待在常山也亏不了。当然，后来我还是因为种种原因离开了常山，但每一年胡柚成熟季节，我都要托人到青石买很多胡柚，并和家人朋友一起分享。

同弓山上柚花香

2013年的秋天，离开常山十年的我阴差阳错又回到了常山，并再一次与柚花相遇。

那时，全国各地越来越多的人知道常山有一种特别好的水果叫胡柚，常山县政府也越来越重视胡柚的种植推广和品牌打造。同弓山胡柚基地作为常山最大的胡柚基地，在县政府和其他多家单位的支持下，主办了第一届常山"柚花飘香节"，诚请四方朋友来同弓山赏花闻香，更多地了解常山和胡柚。

那是4月下旬的一天，正是胡柚花盛开的时候。青石镇家家户户的胡柚树上铺满了如星星一般的胡柚花。人还没走到胡柚林，沁人心脾的芳香就随着微风袅袅地扑到你的怀里，钻入你的鼻孔，滑入你的心肺，让人顿觉神清气爽、心旷神怡。我和先生受邀一起去参加同弓山的胡柚花节，先生还把自家的十几只蜂箱提早搬了过去。

柚花节上嘉宾如云，他们穿行在花香弥漫的同弓山上，零距离感受那满目苍翠的胡柚林，看着沐浴着阳光四处飞舞的小蜜蜂们，闻着清香四溢小巧洁白的胡柚花，观察着小蜜蜂们在芬芳流溢的胡柚花上采蜜……还有那插在山岗上迎风飘飞的五彩缤纷的彩旗，一座山变成了欢乐的海洋。

当游客散尽，我也尽兴而归，我对胡柚的认识也从外色金黄、内汁甘甜、宜食宜药拓展到胡柚副产品生产链和胡柚花蜜的制作，等等。我忽然觉得胡柚不仅仅是一种美味水果，它还是连接五湖四海间朋友的纽带，它是友谊的桥梁，是常山农业产品发展的使者。

同弓山上胡柚梦

2023年4月18日，第二届四省边际文学周在浙江衢州开幕。作为浙江省作家协会会员的我，和来自浙江衢州、安徽黄山、福建南平、江西上饶的几十位作家一起，赴常山参加采风活动，我再次获得到同弓山胡柚基地观赏胡柚花的美好机会。

重游故地，心情格外激动。十年前柚花满山、蜜蜂飞舞的情形又浮现在我的眼前。但我却竭力抑制着内心起伏的波澜，让自己表现得尽量平静，因为凭我与常山和胡柚的缘分，凭我吃了二十几年的胡柚，我都应该为远道而来的客人们做一回业余解说员。

"胡柚真是个好东西。它有点像柑橘，但比柑橘清爽，它的酸甜里带着清香和一丝微苦，口感特别，汁水饱满，一瓣咬到嘴里，就像一股甘泉流到心里，滋润肺腑，让你感受到一种无与伦比的惬意。"一路上，我对身边的几个美女作家倾情介绍起来，"胡柚含有丰富的蛋白质、维生素、有机酸及糖分等，有消食健脾、降糖润肺、化痰利尿等多种药用价值……此番我们去可以尽情地观赏洁白质朴、香远益清的胡柚花，闻它的清香，相信大家一定会陶醉其间……"

我滔滔不绝地讲述，引得几个美女作家一直微笑，似乎在笑我解说时糅合了太多个人情感因素。是啊，没有亲口品尝、亲自去闻，她们怎么会相信这种价格并不昂贵的水果能那么优秀、那么有益。

但胡柚和胡柚花们会为我说的一切做最有力的证明。

车子在同弓山山脚停下。一下车，满眼的碧绿扑面而来，醉人的清香扑鼻而来。漫山遍野碧绿的胡柚树，枝头上像繁星一般铺洒的胡柚花，惹得姑娘们一个个直呼太美了，都伸长了脖子凑到花朵上去嗅那清香。看她们的神情，真的是醉了！细看那小小的花，白色的有五瓣，中间是黄色的花蕊，因为之前下了毛毛细雨，花瓣上铺着一层细细的雨水，让原本娇嫩的花朵变得更加妩媚了。

我禁不住吟诵起宋代朱熹写的《柚花》一诗："春融百卉茂，素荣敷绿枝。淑郁丽芳远，悠飏风日迟。南国富嘉树，骚人留恨词。空斋对日夕，愁绝鬓成丝。"这首诗说，南方所特有的胡柚树，在春天时胡柚花盛开，洁白的花朵在翠绿树叶的衬托下散发着悠远的芬芳，风儿吹来，远处也能闻到飘忽而来的柚花香。文人墨客临走时无不留下遗憾之词，回去后对它思念至极，以致鬓发成银丝。这样的解读也许并不完全符合朱熹的本意，但朱熹对柚花非同一般的喜爱是每一个读过此诗的人都能感受得到的。

柚花的这种魅力在一百五十年后的今天依然散发着。看，作家们抚摸着玲珑可爱的花朵，眼神中满是欣喜，他们排成一排，以胡柚花海为背景，配以优雅的步子拍摄了可以让他们带回去长久回味的视频。视频里繁茂的绿叶，繁星般闪烁的柚花，芬芳馥郁的花香都将为他们留下独特而美好的记忆。

作家们来到胡柚产品展示间，热情的主人早准备好了常山胡柚鲜果以及胡柚产品。既来之，则享受之，作家们看到满桌子胡柚和胡柚加工品，迫不及待品尝起来。虽说已经存放了将近半年，但胡柚的果肉还是那么新鲜香甜，清爽可口，时间在它的汁水上不留痕迹；用胡柚皮加工而成的胡柚果脯软糯，甜中带着微酸，很受客人们的喜欢；近几年新开发的果汁产品双柚汁更是让客人们十分开心，酸酸甜甜又清清爽爽的味道显示出其独特的风味，难怪它会在短时间内成为网红饮料。临走时，一些客人忍不住把空瓶子都带上了，他们决定回去后照着这瓶子来买双柚汁，那必定是货真价实的了。

采风活动因为有胡柚在场变得更加快乐、充实且富有意义。

常山胡柚，今生今世，我大概是离不开你了。

花令

石红许

一

吃着去年的鲜果，看着今年的花朵，这就是胡柚带给我们的跨年之惊喜。胡柚，不大不小，正好一手握一个，圆圆的果实，光滑金黄的表皮，放在鼻尖闻一闻，飘逸淡淡的香味，置于一旁，手仍留余香，是那种自然、好闻的香。

二十多年前来到上饶工作、定居，与常山成了地理上的隔壁邻居，每到胡柚丰收的季节，街头巷尾总是飘荡着卖胡柚的吆喝声，有时候也会买一袋带回家，提高讨好的嗓门，炫耀地告诉家人"这是常山胡柚"，潜台词是别看它其貌不扬，实乃果中臻品，尤其是从秋吃到春夏也不会坏，吃胡柚也成了每年的必选，吃下去的是清爽，回味甘甜时还有春的召唤、夏的生机、秋的气息、冬的酝酿。

那一缕清香、一丝甜润，还有一份高贵的微苦，丝丝缕缕滑过心田，收获了来自常玉古道六百年来绵延不绝的春香。

胡柚在常山是有历史质感的。常山人叫胡柚为"抚州"，西安县乃衢州古县名，存有千年。这就不难理解康熙版《衢州府志》的记载："抚州明时唯西安县西航埠二十里栽之，今遍地皆栽。"否则真看得人一头雾水，一般认为，抚州在江西，西安在陕西。传说明代时一抚州女子嫁到常山青石，带了两株果树种植，后遍地开花，人们喜食之，不知为何果，遂以女子娘家地命名。

而今留下来的胡柚"祖宗树"才百年历史，也就当年"抚州"的一个零头，也不知是"抚州"的第几代孙。

踩着胡柚的花令，走进青石镇澄潭村胡家自然村，我去叩访了古而不老的胡柚祖宗树，远远地就闻到类似茉莉花的香味，高大、茂密的树冠下，小小的洁白的花朵清新脱俗，挤挤挨挨挂满枝头，微风吹过，芬芳摇曳，像是欢迎客人，更像是呼蜂唤蝶。此时，蜜蜂有了施展手脚的平台，扇动可爱的小翅膀在花丛间忙碌着，一丝不苟地采集花蕊中的蜜液、花粉。

常山，用六百多年，养出了一枚佳果，惊艳了时光，芳香了一方山水。

在常山，几乎家家户户都种植胡柚，房前屋后，园内院外，山坡野径，胡柚随处可见，每到四月花期，常山就沦陷在铺天盖地的花香里，常山人是心甘情愿接受胡柚花香的征服，推开窗户是花香，关闭窗户花香还会无孔不入。每天清晨，往往会被花香敲窗醒来。常山人沉浸在花香里，这种芬芳包裹的幸福能一直延续到立夏后。我常常想，倘使我是常山人，恰好在胡柚的花期生了一个女儿，会毫不犹豫把"花令"这个名词写上"出生证"，让胡柚芳香伴随女儿一辈子。

不知什么时候，胡柚之香沿着徐霞客走过的古道，顺信江而下，默默地扩张到了上饶，甚至有的地方是大面积种植。胡柚熟了我也买来吃过，但感觉还是比不上常山的正宗，是水土、气候、环境、技术等原因？也许是心理作用吧。不敢言说，怕被周边人诟病，"崇柚媚外"；但在心里，味蕾告诉我要理直气壮，向常山胡柚"谄媚"。

二

胡柚是常山重要的蜜源树。

那天清晨走在青石山村，一路柚花香，我遇见了桥亭，在桥亭不期遇见了连家畚养蜂人连中福。他模样清癯，透射出一股儒雅的气质。交谈中欣喜获知，连先生还是一名笔耕不辍的作家，一如他侍弄的小生灵，每天在花丛中奔波。羡慕连先生的生活状态，把养蜂与写作连在一起，一根梦的扁担一头挑着平凡琐碎，一头是诗和远方。

家门口的大树下、石头上、院子里、山沿边，摆放着大大小小的蜂箱，有二十多个，蜜蜂飞来飞去，一片嗡嗡声，唤醒了山中人。

胡柚花香，花香着常山人共同富裕之路。望着漫山遍野的胡柚花，柚农喜上眉梢，期待秋天丰收的美景，花朵摇动间似乎传来硕果累累的佳音。这时，养蜂人也忙碌起来，各路人马蜂拥而至，他们要赶在这芬芳馥郁的花季收一批蜂蜜，这个春天也因为有胡柚花而更加甜蜜。

连中福就是春天里追逐柚花、酿造甜蜜的人。他是中华蜜蜂养殖技艺市级非遗传承人。十几年前，一次山中行走让他意外邂逅了一群野蜂，从此，连先生与蜜蜂结缘。

谈起养蜂，连先生滔滔不绝地讲了起来，什么蜂团、蜂势、巢脾、巢础、分箱、喷烟、刷蜂、认巢、试飞、摇蜜……什么雄蜂、工蜂、蜂王，我似懂非懂，没有积累没有实践，是做不到侃侃而谈的。在与蜜蜂朝夕相伴的日子里，连先生的笔下流泻出了"养蜂人手记"《蜜蜂有灵》《和蜂絮语》。走进连先生的"桥亭书院"（连氏书院），书香环绕，柚香袭人，他的文字里都排列着一行行柚花蜜，这些与蜜蜂有关的文字，读起来赏心悦目、清甜可人。是胡柚，丰富了连先生的写作素材，撑起了他人生中一段甜蜜的事业。

连先生养蜂从最初的一箱发展到如今二十箱，最多时有五十余箱。他说，每年胡柚花开季节，他只采一次蜂蜜，一箱采两斤，二十箱就可以采到四十斤，价格却卖得比较好，毕竟纯度、浓度都是上乘，当然，也可采蜜一百斤，乃至二百斤，但不是他所需要的蜂蜜品质。

中午时分，阳光正好，一只只蜜蜂在蜂箱门口排队繁忙地进进出出，连先生打开蜂箱让我等查看，浓郁的柚花蜜香猝不及防地扑面而来，巢蜜流泻，只见里面蜜蜂密密麻麻，扇动翅膀的，爬行的，看似乱糟糟一片，实则有序不乱，它们分工明晰，在各司其职地忙碌着。

在常山的山水间，活跃着一批像连先生一样的养蜂人，在胡柚花开的季节，他们逐花而居，留下一袭袭最甜美的身影。

面对一朵朵盛开的胡柚花，勤劳的蜜蜂从不挑剔任何一朵，尽心尽职发挥采蜜才情，而蜜蜂也总是在不经意间完成了动人的"传情"任务，为金秋的瓜果飘香埋下了不可或缺的伏笔。真想替每一朵盛开的柚花向劳作的蜜蜂表达真挚的谢意,看到它们达成默契的样子,我欣慰地笑了。

深知胡柚花香带不走,我选择了带走一罐柚花蜜,那是浓郁的柚花香。

三

在常山太公山胡柚基地,我迷醉在十万胡柚花香里。

那天,天公也作美,柚花带雨,编织万种风情。雨中漫步柚园,不见蜂飞蝶绕,其况味妙不可言。雨不大,或撑一把伞,或冒雨慢行,时而驻步,尽情领略这一刻芬芳的时光。

细细端详枝头,粉白色花蕾、花朵掩藏在绿叶间,一簇簇、一丛丛、一串串,稠密的小白花是季节的主角。胡柚花多为五瓣,向四周绽放,花瓣洁白如玉,被花瓣精心呵护的花蕊,呈淡淡的鹅黄色,里面举着一根若隐若现的柱子,那就是小小的"果实",不几日便能初现一枚胡柚果实的雏形。

一滴滴水珠滑过花朵,有时连同花瓣一起滚落,我有点伤感,转而一想,大自然的造化,生命的疼痛也是一种美,大地就是花瓣的最好归宿,"化作春泥更护花",心便释然。

走上最高处,放眼望去,远远近近翠绿一片,却不敌其间密密匝匝的小白花,花势汹涌,势不可挡,叶子上雨水的反光偶尔晃动,像个调皮的孩子在胡柚树绿叶丛中捉迷藏,又像是在热热闹闹地讨论一场盛大的"花"事。一份发自心底的对野性自然的渴望,驱使我侧耳倾听花间语,感谢微风善意的出卖,捕捉到生命的喧哗与骚动,从眼前轻轻掠过。

雨幕下,弥漫着薄薄的氤氲水汽,柚花香一波一波地扫过来,人们一个个贪婪地吮吸着,接受这份春香的洗礼。

正是花似锦,醉了看花人。此情此景,岁月生香,心灵安静,悄悄摘下一朵胡柚花,放在鼻尖下,我闻到了一股淡淡的清香。叠放在口袋里,那一整天我都被一缕暗香萦绕,似乎是收纳了漫山柚香。

我要用对常山柚香的爱在自己的精神版图上钉上一枚"金钉子"。

四

倘使说胡柚是一部诗篇，那么果囊、果皮、花瓣就是一首首散发柚香的章节。

胡柚的衍生产品令人目不暇接，诸如胡柚汁、胡柚果脯、胡柚膏、胡柚酵素、果茶、小青果干片等，演绎了一曲余音绕梁的柚香变奏曲。

哪怕是提前谢幕的自然落果、残次果，也能绝地反击，挤入中药材行列，成为"衢枳壳"的原料药。胡柚全身都是宝，果然如此！胡柚，从春挂到秋冬，一年四季挂在常山人口头，令人口齿生香。

生活中我与胡柚有着千丝万缕的联系。

这几年，总能吃上远方朋友亲手腌制的胡柚皮。腌制胡柚皮的方法大致是：先将胡柚皮切成薄薄的片状，烧开水浸泡并反复漂洗、搓揉，以除去苦涩味；摊晾干爽后，再放入适量盐、新鲜辣椒、生姜、大蒜、干花椒等配料，充分搅拌；最后装进玻璃瓶，放上十天半个月就能食用。那真是米饭的"克星"，一碗饭吃得那叫爽啊。我如法炮制，口感香味却远远不及朋友制作的。

柚，谐音"有"，寓意年年富有。逢年过节，送胡柚表示吉祥如意；婚恋喜事，送胡柚（柚子）寓意早生贵子。送人胡柚，人见人爱。

偶尔读到过一篇文章，论及柚花茶的林林总总，醇香、养生等等。这柚花茶虽好，我却不以为然。一朵花一颗胡柚。我想，假若特意采摘胡柚花制作胡柚花茶，有点得不偿失，想必柚农不会去做这种本末倒置的事。孰重孰轻，一目了然。胡柚花茶当属小众的副产品，纵是再香也不可大行其道。

当然，作为文旅创意产品，柚花茶也不失为一种尝试，或还可演变成一种文化习俗。周先生是地地道道的常山人，对柚花茶，他有着独到的见解。他认为和茶山一样，胡柚花的香味也因山而异，一山与另一山的香味总是有细微区别，至于如何区分，个中奥妙，访遍漫山柚香，或只可意会。

那天在常山柚谷，我悄悄地捡起了掉落在树下草地上的一片片花瓣，耐心地挑不沾泥的拾拣，一会儿工夫，就有了一大捧。我再小心地用带来的纸巾将它们包好，思忖着回头窨制柚花茶，供自己品尝。谁要是不嫌弃，来吧，我就煮一壶柚花茶，慢慢地泡开一桩春香茶事，铺展一页书香，品茗话春秋，共享一份雅趣。

在小村聆听唐朝的回音

石红许

静静的小村盈川，门前衢江滔滔向东，展翅飞翔的白鹭能否告诉我，唐朝县令杨炯在何处办公？是否还留存有当初县衙遗址？

一声面对大漠孤烟的呼喊——"宁为百夫长，胜作一书生"响彻云霄，道出了杨炯投笔从戎的报国情怀，一个有血性、刚毅正直、不惧小人的君子形象跃然纸上。他从大唐的朝堂走来，走进了吴越胜境。

在文化厚重的三衢大地，在古老的盈川，城隍暮鼓声声，隐隐间我仿佛遇见了一位袍服飘飘、气度不凡的先生，散发着一身儒雅气息，意气风发，从烟波浩渺的盈川渡弃船上岸，在氤氲薄雾中迈着稳健的步伐，身后跟着一名青衣随从，他就是新到任的县令杨炯，他要在这里施展抱负，为了社稷民生大显身手。一切从零开始，崭新的盈川等待杨炯开创未来，描绘最美画图。

一千三百年前，经奏请朝廷同意，杨炯易县名白石为盈川，寓意充盈、饱满、丰收之意，从此盈川之名一直叫到今天。盈川，古称刑溪，"刑"与"盈"谐音，雅化而成，对于大才子杨炯来说，此等命名之事乃小菜一碟。虽县治不再，其名则不变。盈川何其有幸，浓缩了杨炯不平凡的一生。

盈川人，世世代代都记得一个叫作杨炯的县令，以他为小村的荣光。对于懂得感恩的盈川人，我的敬意油然而生。走在干净漂亮、整齐划一的村弄里，看着一个个陌生的脸庞，我在想：他们中或许还有千年前杨炯子民的后裔，祖祖辈辈生于斯、长于斯，那举手投足还能否找到远去的大唐遗风？

坐落村东南的"杨炯祠"（即城隍庙）应该是盈川最老的建筑，远远望去，粉墙黛瓦，圆弧屋顶，内有杨炯塑像，尤其祠内一副对联，表达了当地民众的爱戴和怀念："当年遗手泽，盈川城外五棵青松；世代感贤令，瀫水江旁千秋俎豆。"

令人不解的是，历史上杨炯的骂名也有些微。我认为，后人对杨炯的微词，也许与释读留下的文字有关。就拿时人张说的一篇文章《赠别杨盈川炯箴》来说，本是一篇友人之间的答赠之言，《旧唐书》居然以此为依据铁板钉钉般指出，杨炯为政残酷、好大喜功："炯至官，为政残酷，人吏动不如意，辄榜挞之。又所居府舍，多进士亭台，皆书榜额，为之美名，大为远近所笑。"这显然失之偏颇，对杨炯是不公平的。

还有说杨炯恃才倨傲等，这可能与杨炯性格耿直得罪了同僚有关，总有小人怀恨在心，遂托辞诽谤，有的应属不实之辞。对"愧在卢前，耻居王后"这句话，我就有不同理解，字里行间杨炯绝对没有不服气王勃的意思，恰恰凸显出杨炯的谦卑和自我鞭策，"耻"在此当作"羞愧"之意，既不好意思列在卢照邻前面，也不好意思居于王勃后面，旨在警醒自己当不甘落后。很可能是五代后晋人编撰《旧唐书》时，误读了杨炯。

当然，杨炯心怀经国，为了实现仕途抱负，其心可鉴，但是献上应景式颂扬皇恩浩荡的赋文《盂兰盆赋》，还是留下了为人所不齿的把柄。话说回来，倘若没有这篇赋，也许杨炯就与盈川失之交臂。武则天正是因赋文关注到了杨炯，了解到了他的治世功绩与治世理想，才命杨炯出任盈川县令，虽说是浙西僻壤，总归为一方"诸侯"，可以大展宏图。

有一点可以肯定的是，杨炯在盈川令任上，心系黎民，济贫扶困，殚精竭虑，赢得了民心，终为百姓所感恩、感怀、感动。

在村中行走，我主动与盈川人攀谈。说起杨炯，盈川人无不自豪，崇敬之情油然而生，如数家珍般陈述杨炯一桩桩政绩仁举，到任就惩治恶霸、兴修水利、借粮度荒、廉洁奉公等，恪尽职守直至生命的最后一刻。如是就不难理解，盈川百姓组织举办与杨炯相关的文化活动，一年达七次之多，除了最隆重的杨炯出巡外，还有他的生日、忌日、父母生日等，足见村里人对杨炯的感情至深，一千多年未有改变，也足见当年杨县令爱民如子的拳拳之心，恰似衢江绵长。今人为了弘扬民俗文化，还将流传下来的纪念杨炯民间祭祀活动"杨炯出巡"（每年六月初一）加以发掘、整理，使之成为一项省级非物质文化遗产。

　　这个秋季，我走进了盈川，深切感受到盈川人对杨炯的真挚感情，近年又在杨炯祠旁建起了融入诸多现代元素的"盈川清廉文化馆"，重点推介杨炯生平事迹，还有杨炯文化广场，尤其是初唐风情街，有如穿越时空一步就跨入唐朝的感觉，浓郁唐风扑面而来。

　　环绕村前村后走了一圈，想去捕捉盈川县治的轮廓，几乎荡然无存，只能到故纸堆里去甄别、拼接。杨炯祠前一株柿子树摇曳着黄黄的果实，似乎在摇头劝我别枉费心机了，唯有悠悠盈川渡或许还能看到当年的印记。

　　估计还没来得及筑城墙、挖护城河、兴办县学、造文昌阁等，古县规模还远未成形，甚至连杨炯的办公地点也许还是租借民房或者闲置的庙宇，面对干旱的肆虐，为了竭诚求雨，正当英年的杨炯选择了视死如归，毅然壮烈跳入盈川潭，以身殉职，世人为之震撼。

　　那一日，大地呜咽，衢江怒吼，入夜，大雨倾盆，草木欢笑，田园流金洒银。只可叹，杨炯没有那么好的运气，早一步献出了宝贵的生命。

　　那一年，杨炯才四十三岁（一说五十三岁）。盈川做证。

　　在盈川，望远处山峦起伏，江面吹来的风能否捎来一截唐朝的韵律？盈川野渡舟自横，借一缕清风邀请杨炯，可否对饮一壶浊酒？一直喝到"明月满前川"。

堰畔歌声

田志宏

龙游灵山江畔，江阔田良堰多。鸡鸣堰、杨村堰、方坦堰、官村堰……姜席堰！

这些堰坝，以良田村落为据点，以江水为腹，像妊娠纹一样分布，分支、截流、灌溉，以一脉清流滋养辽阔的田畴，使良田丰腴膏润，兼而成为美丽乡村的一道景观：沉静的绿波，被堰石稀释成白沫，拉成参差的白练，又跃进另一个绿潭，再染成绿翡翠，无限更迭，几年、几十年，四百多年，六百多年！江水潺潺，日复一日地歌唱，堰畔，便多了生机。

"水路即商路，商路即戏路"，有江水的后田铺便孕育了歌声，孕育了戏曲。詹红菊，便是姜席堰畔的歌者。

我们95联盟大道龙游行采风团队到了姜席堰，接待我们的便是她。

她着一身蓝白相间的格子旗袍，在青山黛色、绿水逶迤中显得格外优雅和亮眼。她自豪地说，后田铺是一个有歌的村庄，因为这里曾经走出了浙西第一班"周春聚班"，是这里的灵山江水滋养了梨园世家婺苑三姐妹——周越先、周越桂、周月芳，使高腔戏平添几多的圆润和妩媚！是灵山江水裹挟着三朵姐妹花那缠绵悱恻、哀啭动听的歌声，流出了后田铺的婺剧之源，流出了金衢盆地，流向浙西大地，汇聚成了文化和精神之清流，流过百姓的心头。后田铺，你何其之幸！

姜席堰畔，我们驻足、沉思，心仿佛被江水洗涤过一般，显得格外纯净。仰望，高悬在头顶的，是1992年修建的"乌引工程"龙游飞渡"红旗渠"，那是水的"高铁"列车，从乌溪江启程，正呼啸在头顶上，驶向远方无数的辍裂地带；眼前，喧腾不息的灵山江，固若金汤的沙洲，隔江对峙的龟山、蛇山，设计奇巧的姜席堰，深不可测的大马胫潭，根深叶茂的千年堰神树……一个个神奇的传说和谜团，吸引着四方来宾前来探秘。这一纵一横的姜席堰和"乌引工程"两大灌排水利工程，在这里完成了由古至今的接力棒传递：六百多年前，龙游县令察儿可马以堰兴农，姜公席公投潭殉堰，而今兴修水渠，同为泽被桑梓，造福百姓！

"古堰渠水穿村过，泽润龙丘良田千万亩；古戏台前响锣鼓，梨园世家名扬衢丽婺……"听，詹红菊站在堰畔，唱起了《美哉，后田铺》。这是一支以婺歌演唱的村歌，以男女对唱的形式演绎，由著名龙游籍作曲家牟学农作曲，而词作者李红，也正是此番随团的采风者，她正静静地站在一旁欣赏她的作品。詹红菊的歌声清亮悦耳，澄澈得不含任何杂质，似一个繁华褪尽、洗去油彩的婺剧旦角，正站在后田铺—姜席堰这方生活的舞台上，专情地歌唱。和风拂过翠竹，耳畔鸟鸣啾啾，灵山江水欢快奔流，天籁和她的歌声糅合在一起，那么自然而美妙，我们都被她的歌声陶醉了。近两年来，这支村歌，以其精巧的构思、婉转柔美的婺剧唱腔，深受群众的喜爱。詹红菊和本村村民于根其担任主唱，十二位爱好戏曲的本村村民当群演，他们已经在四方文化礼堂巡演展出四十多场了，曾在全县"文化礼堂精品节目展演"中获得过金奖！此刻流水潺潺，江风入怀，詹红菊的歌声是唱给我们听的，也是唱给江水的，唱给姜席堰的，唱给沙洲芦苇的，更是唱给这一派和她一起慢慢成长的古村风光的。不，其实这里的一切都在和她一起歌唱，从六百多年前，从四百多年前，一直歌唱到现在。

年轻时的红菊，长相甜美，爱好唱歌，她有一个梦想，那就是能够进戏曲班子，扮上俊美的花旦，站在雕花镂刻的戏台中间，袅袅婷婷地甩着水袖，眼波流转，深情演绎她喜欢的闺中少女和巾帼英雄。无奈，高度近视的她，无法圆她的演员梦——有谁看过一个戴着现代厚厚眼镜片的青衣？这多少成为她少女时期的遗憾。十八岁的她，毕业后做了家乡一名幼儿教师。多年的幼师经历，使她对孩子们有了特殊的感情，而她的能歌善舞的天赋也得到了充分的施展。

也许是上苍对她垂怜，她居然成了后田铺——婺剧之源的媳妇！

后田铺，自古是一个戏剧活动源远流长的村落，这里坐唱班的锣鼓喇叭唢呐是和江水一起流进大地的。那些散落在民间的戏曲班子，更是在车推轮载的颠沛和沉浮中，踩着戏曲的屐痕，在这些村落搭建的简易戏台上，用歌唱演绎着戏剧人生，演绎着他们的人生。"锣鼓响，脚板痒"，詹红菊也是这样追着歌声，硬是把灰色的生活涂抹成了七彩的。

在后田铺，她还是做她的老本行，只不过她做了真正的"孩子王"——正式开办了"后田铺"幼儿园，只有在课堂里，在孩子们的宫殿里，她的歌声才能飘向自由的原野。她爱好广泛，天性乐观善良，对幼教事业又极度热爱，远近几个村落，洪呈、徐呈、官村的村民都乐意把孩子们送到她的幼儿园，幼儿人数最多达到五十多个。而这个"孩子王"，她一当就是三十多年。正是因为她的这份热爱和执着，使她赢得了很好的口碑，拥有了广泛的群众基础，2008年，她当之无愧地被村民推上了妇女主任的岗位，连任三届，一直到肩挑村民委员会员主任、村支部副书记的重担。多少次，她带着孩子们，站在姜席堰畔唱儿歌，唱婺剧，做游戏，在龙山脚下滑山道，采野果；盛夏枯水季，她和孩子们光着脚丫跳过堰坝，数着堰石，在灵山江里用小毛巾捉着小鱼儿，也和着船工的号子撑过悠悠竹排……直到2018年那个特殊的日子，从加拿大萨斯卡通传来了喜讯，一夜之间，她和孩子们脚下的姜席堰，仿佛从远古的秘境中醒来，为世人所知：那是历史馈赠给龙游大地的璀璨明珠。游人纷至沓来，去谛听江水和堰石共同谱写的无字歌，那本用先人的智慧写就的农耕折子。

我说，今天同行的养安子老师是《姜席堰》这支歌的词作者，詹红菊一脸的惊喜。她站在堰畔，情不自禁地唱起了《姜席堰》之歌：

六百年浇灌，
田畦葱绿，农人多繁忙。
渠边竖起筒车，一架连一架，
远去的碓声在回放。

姜席堰，姓席姜，更属百姓家。

古坝永不会老去，

盛开着迟来的花！

天籁再一次自堰畔传来，歌罢，她和我们的余主席、养安子合影留念，我们看着灵山江水流过堰坝，看到词作者和歌者的心贴得更近了。堰畔的格桑花金灿灿地在黄在路边，来自恩施的土家妹子云心顺手采来一大把，代表我们采风团敬献给这位堰畔最朴素、最真情的歌唱家。

我问她："你对村庄的文化还有什么新的展望？"满眼含笑的她顿时脸色凝重起来，她不无忧虑地说："在自媒体时代，文化生活日渐丰富，戏曲的非职业化已经使许多年轻人对戏曲失去了兴趣，而年老者也只是自娱自乐。所以对于婺剧，如果缺少了传承发扬的对象，就会出现文化断层，大地的歌声就会沉寂，这将会是后田铺的遗憾、龙游的遗憾啊！"正是出于这样的忧思，在第八届衢州市人大会议上，詹红菊提了"关于设立衢州市婺剧春聚班研学基地"的建议，建议把后田铺作为研学基地，希望从小培养孩子们热爱婺剧的情怀，让婺剧之声落进每个孩子的心灵，这样，我们的婺剧之源才会像灵山江水那样汨汨流淌，长盛不衰。同时，她还积极报名参加了文化馆的器乐培训，以自己的歌声乐声来影响和带动村民，让更多人投身到婺剧传承的事业中来。

一个有水有歌的村庄，必定是充满生机和欢快的，必定是源远流长而灵动轻盈的。

姜公席公用两道堰坝，让狂怒的江水有了灵性有了歌唱；船工周春生用一支船篙，撑出了梨园世家的艺术王国；周越先、周越桂、周越芗以她们精湛的艺术修为和崇高善良的品质赋予了婺剧演变后的百态千姿；而曾经的"孩子王"詹红菊，是新时代堰畔的歌者，她唱出了田园胜景和农家理想。

这时，就在姜席堰畔，龙游籍本土作家张水祥给每位文友赠送了他的长篇小说《姜席堰》，他笔下的竺水花、张小兰都是堰畔的歌者。

我突然明白，在95联盟大道采风的我们，其实都是大地的歌者，结文字为索网、为竹排、为扁舟，去打捞漂浮在江河风雨中那些珍贵的东西，我们也像灵山江水那样，在永恒的时光里歌唱着……

天赐之果

乔夫

浙江衢州的常山,是一个柚花遍地、好梦多多的地方。

传说很久以前,常山青石镇的胡家村良田成片,橘园茂密。只可惜,这些财富只属于村里的一户老财主所有,村人都靠为他家打工过活。有一年,村人胡进喜的父亲卧病在床,心心念念地就想吃几口橘子,于是,胡进喜就冒险潜入橘园偷偷摘了两只拿回家给老父吃。老父吃后说:"橘子果然好吃,可总不能想吃就去偷几只啊!"胡进喜听后,就连忙把父亲吃剩下的橘籽种在后园。六年后,橘树如愿开花结果,一家正开心之时,却见老财主怒气冲冲地带着几个狗腿子闯进家中,大声叱责:"好你一个下人,不仅偷我橘子,还敢偷种橘树!"怒不可遏的老财主,立即喝令狗腿子把胡进喜辛苦培育的橘树砍掉,而后扬长而去。

这天,恰逢八仙之一铁拐李到人间察访,他见此事,大为不平。于是他一边安慰老人,一边施展道法,只见他一个响指,立即就从宽大的袖笼里取出许多个鲜艳的橘子来。胡进喜的父亲十分惊喜,却不敢吃,因为他害怕老财主知道了,再次上门找碴儿。铁拐李见状,再次伸手空中一抓,立马一只如他酒葫芦一般形状的香柚握掌中,他将那香柚和橘子放在一起,然后铁拐一指,只见一道白光闪过,瞬间香柚和橘子变成了几只金黄锃亮、柚不像柚、橘不像橘的新水果。铁拐李说:"吃吧,这可不是财主家有的东西!"胡父一吃,味道非同一般,既新鲜可口,又香韵悠长。胡进喜父子正欲感谢这位过路来客,一眨眼,却不见其人。胡进喜父子立马明白:这定是仙人赠果。他们感天谢地,并把吃剩的种子种下,精心培育,在出苗之后,仅在自己门前种了几株,多余的苗木都分给了同样贫困的邻居。

数年之后，穷人家的果树都开花结果了，老财主闻讯赶来一看，却傻了眼：这可不是他们家才有的橘子啊，况且，他也是第一次见到这样的橘不像橘、柚不像柚的果实。从此之后，胡家村富人有富人的橘，穷人有穷人的柚。这果因胡家而起，便取名胡柚。

坊间有人传说，常山胡柚是孝老之果。说是很久以前，青石镇的一个地方住着一户贫穷人家。这户人家老来得子，其子长相殊异，不仅长得宽额大耳，而且寡言少语，一看就是大富大贵之相。于是，不管左邻右舍，还是过路行人，都向他家道贺。贫穷人家自然欢喜，便为儿子取名"富有"。不巧的是，孩童十岁之时，其父去世。于是母子相依为命，苦度三年后，母亲终因劳累过度，害病在床。她身体虚弱，久咳不止。富有看在眼里，急在心上。他每日上山伐薪换钱，想尽快为母亲凑够买药钱。一天，他又上山伐薪，临近午时，劳累饥渴交加的他，在一棵树前睡着了。蒙眬间，他看见那树突然花开，绚丽斑斓，正疑惑时，眼前又变得金光闪烁，睁眼一看，眼前的树上长满拳头般大小金灿灿的果子。富有当即摘下一个品尝，顿觉口舌生津，乏意全消。"莫非神灵救我？"思想片刻，富有立马将树上果实悉数摘回，每日侍奉母亲吃上几个。没承想，六天下来，母亲病患全消。母亲病愈，富有又上山想把那棵果树移植家门，却找遍那一片山场也没找着。于是，他将母亲吃剩的果籽悉数播种在菜园，苗齐之后，他自栽几棵，剩余之苗悉数分给乡亲，几年后，果树开花结果，青石镇因此也家家兴旺，户户发达。为纪念富有，人们便称之为"富有果"。

传说都是美妙的，或许就是因了常山胡柚的这些传说，使得它至今风味独特，在水果之中独树一帜。说到底，世人爱它，因它色泽金黄，形状似橘非橘，似柚非柚；不仅口味繁杂，内质饱满，而且脆嫩多汁，甜中有酸，甘中微苦，鲜爽可口。而酸甜苦辣咸，不正是人生之况味？在一种水果之中，能够具有这人生四味，舍其还谁？

据李时珍的《本草纲目》记载：柚，酸、寒、无毒，有消食、解酒气、去肠胃中恶气、疗妊不食之功能。常山胡柚，芸香科、柑橘属常绿小乔木，子叶白色，4月下旬至5月上旬开花，11月结果。它可能是柚与甜橙的天然杂交品种。其果色泽金黄，口味繁杂，富含多种维生素和人体所必需的 16 种氨基酸以及磷、钾、铁、钙等元素，并具有清凉祛火、镇咳化痰、降低血糖、润喉醒酒、养颜益寿等诸多功效。

或许是养在深闺人不识吧！常山胡柚，西方国家称之为葡萄柚，其实，它就是 1825 年由葡萄牙人从浙江衢州府的常山引种到纬度相近的美国佛罗里达州的。常山胡柚和葡萄柚同祖同宗，是地道的同一种水果，谁承想一百七十多年之后，它们却在中国大地经历了一场市场争夺和品牌保护的遭遇战。

听友人介绍，胡柚在该县已有六百多年的栽种历史，但人们起初对它没有足够的认识。而它自 1825 年被引种到美国佛罗里达州后，便在那里生根开花，到 20 世纪末，美国的得克萨斯州、加利福尼亚州，乃至阿根廷、以色列、南非等国都大量种植。其中，美国的葡萄柚产量占全世界总产量的 70% 到 80%，在柑橘类中销售量仅次于甜橙居第二。而作为胡柚原产地的中国，居然一直使其弃之荒野，种植寥寥。我没有做深入采访，但知至改革开放后的 1983 年，常山老农艺师叶杏元在青石澄潭村发现了这种水果，常山胡柚才得以被重视和研究开发，经近二十年的开发开拓，终于形成产业规模。

2000 年底，五十吨美国葡萄柚登陆中国市场，"洋水果"的到来，一时间令消费者趋之若鹜。警钟敲响：常山胡柚形势严峻！好在清醒智慧的浙江商人，迅速展开了常山胡柚与美国葡萄柚的市场争夺和品牌保护战。历经几年努力，终于在 2003 年，利卿果业等五家企业获常山胡柚原产地域产品保护，避免了美国"葡萄柚"在中国及全球范围抢注"常山胡柚"的灾难性后果。

有许多的新闻记者和文人雅士，通赞常山胡柚是自带冰箱的水果。世人皆知，所有的水果，最令人头疼的就是保鲜问题，但常山胡柚的自我结构和营养内质自带保鲜功能。它内含的特殊有机化学成分使它在常温状态下可以放置长达七个月的时间，而且如酱香佳酿，越陈越醇。

天赐浙江，天赐中华。我尝到常山胡柚的时候，它在常山县的种植面积已逾十万亩，年产十多万吨。在 1986 年 1 月和 1989 年 12 月全国名特优柑橘评比中，常山胡柚两次被评为全国优质农产品，1991 年又被农业部列为"绿色食品"，并相继在第二届、第三届全国农博会上荣获金奖。

我还真是不喜欢李白的《秋登宣城谢朓北楼》："人烟寒橘柚，秋色老梧桐。"倒是杜甫的《放船》"青惜峰峦过，黄知橘柚来"让我开心。

一日上网，忽见常山青石镇澄潭村祭拜胡柚"祖宗树"的消息。那是他们在为这棵"祖宗树"过一百一十岁的生日。来自四面八方被胡柚荫泽的人们熙熙攘攘来到广场，他们各自挑选金黄饱满的胡柚，贴上喜字，披绿戴红，共同感恩上苍，并祈吉祥。

受此影响，在人间最美 4 月的一天，我随一帮文友来到常山同弓乡的太公山胡柚基地。那日，春雨迷蒙，岚烟四起，欲罢还休的春雨，洗淡了十里花香。尽管如此，我还是登上了基地的核心。举目四望，这百亩果园，不就是一朵盛开在地面的胡柚花吗？她，花蕾在中，花瓣五展，恍若天衢散花于此，斑斓绚丽。

又是一个丰收年啊，这天赐之果。

霞洲的枫杨林

孙红旗

溪滩上的那片枫杨林，有一种安静的美，她是大自然的杰作，折射出下淤人凝聚的创业精神。

古时下淤亦称东山霞洲，宋时百五公入赘金氏之女，遂安居下淤，代代繁衍生息。百五公的到来，改变了东山霞洲，也壮大了自己的族系，下淤，渐渐只剩下叶氏一姓。近千年的时光，其间的辉煌路径无人知晓，但一村独姓，周边的乡郡绝无仅有。

下淤，残留着我的童年记忆，每次踏上这片土地，我都会无意间在溪边枫杨林里寻找，怎么也撞不见最大那棵枫杨的影子。神情的恍惚与迷失，仿佛化作气态，要将自身融化在这片林子里。枫杨根系发达，不用栽培哺育，大水淤泥中，自生自长；枫杨命浅，树龄与人龄相比，远不及人的寿命。因而，在枫杨林中寻找记忆，只能是安抚童年心底的那个梦。

我的家，就在下淤对面的大路村，与下淤一江之隔。我的童年，大半时间在那里度过。下淤，在我童年的记忆里，就像一座坚固的堡垒，隐藏在长长的防洪堤背后。密集的房屋，鳞次栉比，一幢挨着一幢，月亮山茂密的森林，透露出神秘与静穆，童年时，我从来没有走进过下淤村。其实，大路与下淤，同属金溪两岸，一个溪西，一个溪东，有相似的枫杨林和足以让我们撒野的大片草皮。尽管一溪之隔，同龄人却玩不到一块。我一直以为，下淤是个既神秘又令人生畏的村庄，一村一族，再多的人也只有一个"口"，就像一窝黄蜂，遇有外来滋扰，后生们倾巢出动，脸上洋溢着决战前的兴奋，这样的气势实在让旁人望而生畏。

尽管与下淤不搭界，却有着无法回避的纠结，那就是砍柴。大路村烧火做饭的毛柴，必定取之于下淤的南山。横跨狭窄的木板桥，穿越溪滩的枫杨林，进入山道，翻过山岗，途经坪坝，登上崎岖的羊肠小道，往前就是江头山，江头山不属于下淤。山，本来是天下的山；柴，也是天下人砍（禁山除外），与下淤无关。但是山上的松树，当时却是生产队集体种的，若是剃了松枝夹在柴担里，经过下淤时，辛辛苦苦砍的柴就不再是个人的了。

溪边的老枫杨什么时间老去，新枫杨什么时间再生，只有下淤人知晓。不过，20世纪90年代有一名摄影家拍了张著名的照片。说它著名，是因为这件作品经常被人用于商业，且引发了官司。照片的主角，就是浩渺金溪背后的那片枫杨林。绿意间，老枫杨枝叶凋零，像巨人的龙杖，高擎着刺向天空；四周，无数的次生枫杨，枝繁叶茂，碧水相映，蓬勃生机。生与死的对比，彰显了这件作品的创意。许多人说这张照片拍得好，却很少有人说得出好在哪里。同样的道理，每每徜徉在枫杨林里，抚摸每一棵苍老的树干，我都有似曾相识的感觉。我无法判断，现在看到的枫杨是老枫杨的儿辈、孙辈、重孙辈，抑或数代同堂。好在，我读懂了照片的意境，儿时的老枫杨已荡然无存，而眼前次生林，正默默地暗示着下淤的巨变，成了下淤山水公园里不可替代的一道风景。

"联盟花园"首站采风，让我重温了下淤的风光。下淤的风光，无非是自然山水与人文景观，自然山水有金溪、溪滩上的枫杨林、村后的月亮山，人文景观则有游步道的石刻、匾额和刻在仿古建筑上的诗赋楹联。让人不解的是，星星还是那颗星星，月亮还是那个月亮，河道依旧是那条河道，溪滩还是那片溪滩，月亮山的变化无非是山脉上多了一条游步道，看似没有多大变化的下淤，竟然聚拢起超高的人气！这么推想，变的不是下淤的山水，变的是人的生活方式，游人构筑起一道璀璨的风景，而游人对唯美的追求、对梦的诠释成全了下淤一个又一个的商机。

耀眼的光环，往往会淹没发展过程中的艰辛，如今的下淤，已经是光彩若月，声名远扬。当下的定位是：用艺术点亮乡村，用文化滋润乡村。这是下淤未来蓝图的简约表达，这样的蓝图折射出下淤村民的心境。

我想，下淤的核心文化，不仅是概念的定位，更在于上溯下延的宗族，在于一村一个叶姓，在于一步一步凝聚起来的精神。这是下淤独有的、不可取代的文化内核。就像溪滩上的那片枫杨林，生长在金溪河畔，依附在月亮山下，汲取天地之灵气，不断地繁衍、增殖。

装满乡愁的老街

麦田

味觉最能让人记住乡愁，一缕炊烟、一餐饭、一样小吃，总使我们忆起老屋、灶台边忙碌的母亲、小时候的味道。

杜泽老街的桂花糕、灌肠、麻酥糖蛰伏在味觉深处，想家的时候，一一被唤醒。

不是游人走进一条老街，而是一条精致的老街走进游人的心里。

没有踏入杜泽老街，无法想象一条狭窄的街巷可以打造得如此雅致、如此饱满。店前古朴的条石，绿植盎然的猪槽，看似不经意的手笔，却是别具一格，和头顶上一排排鲜艳的油纸伞相映成趣。

老街因水而活，因水而焕发青春。漫步麻石铺就的老街，清澈的水流和游人同步，在喧闹的老街，听汩汩的水声，是多么惬意的享受啊。

流水让人不由自主地停下脚步，坐在店铺前古朴的条石上，弯腰伸手，感受水的清凉。引铜山源水库之水，流淌于古朴而喧闹的老街，是杜泽人最出彩的金点子。

杜本仁堂、杜氏宗祠深藏于三十九条古朴的街巷，像两个铁面的史官，记录着一脉姓氏的繁衍、一个村庄的兴盛。

在衢北，一条老街充满人间烟火，承载着挥之不去的乡愁。

古渡口·旧县衙

一座县城式微为一个村，得经历怎样的岁月沧桑？除却其貌不扬的城隍庙，我已无法在盈川村寻见旧县衙的痕迹。

村南，临江的徽派装饰的二层楼房，整齐划一，深色线条，木制栏杆似乎在彰显村子古老的底蕴。

沥青路面整洁，一尘不染，门前屋后的围栏，甚至菜园都经过精心设计、雕琢。边边角角的绿植青葱，入时的鲜花竞放。细心打理过的菜园子里，各色时蔬让人垂涎欲滴，随处可见的橘园，椪柑淡淡的红色，掩映在绿叶之间。极目所见，是很现代的田园村寨。

村道静谧，不闻杨炯出巡的开道锣声，唯独偶遇不紧不慢出工的农人、优哉游哉漫步的老者。

盈川潭缄默不语，求雨为时代所弃，沦为传说。

伫立于修缮一新的步道，极目远眺，江面辽阔，江水拍打着岸边的红色礁石，响声清脆，仿佛置身于湖海之滨。高大的柿子树下，茂密的竹林间，沿水泥台阶拾级而上，临水新建的亭子，油漆一新的黑色栏杆，很适合游人摆拍。

乌石面江而立，像皮肤黝黑的寻常老人。深深篆刻的"古码头"三字，红色，醒目，述说着昔日的繁华。

汽笛响起，马达声由远而近，三两艘满载货物的轮船一字形排列，它们没有在古码头停留，缓缓地逆流而上，驶向上游不远处的衢州港。

雨中，在下淤

暴雨如注，早晨的村庄被炒豆似的雨声唤醒。黛色的青山，流淌的金溪，静穆的屋舍，弥散的炊烟，随风摇曳的树枝，勾勒了一幅淡妆浓抹的水墨。

洪峰未至，金溪平静依然，不见奔腾，不闻咆哮，安静地向它未知的远方流淌，但它谨记，走得再远，终要还乡。生命何其短暂、渺小，唯有流水是不朽的、永恒的。

属于父辈的乡村，藤蔓一般缠绕在我记忆里的乡愁。

乡村的不速之客向村霞洲艺术馆，是现代，还是复古？泥土被重塑为艺术，被赋予生命；古朴被打造成时尚，被篆刻成记忆。

梨花公社大门紧闭，那个写"梨花体"的女诗人，身背画夹，云游写生去了。留守的老物件打稻机，着了多彩的色调，当堂高悬。耳边似乎传来打稻机有节奏的轰鸣，它盖过了噼里啪啦的雨声，我仿佛闻到了少年时代的汗味和稻香。

行走于平整硬化的村道，穿梭在鳞次栉比的小洋楼之间，下淤已不再是父辈回忆中的村庄，农耕是一种营生，也是一种美的展示，更是一份久远的记忆。

雨依旧喋喋不休，它和六月乡村的缠绵还将延续，对岸的未来农业园笼罩在一片烟雨中。雨雾里最美的是乡村，下淤村最美的是未来。

红窑里

红窑里的记忆是有温度的，火早已熄灭，我却依然能感觉到温暖。

一抔黄土，注定要与水为伴，和煤为伍，注定要和火来一段炙热的对话。

泥土也有坚硬的理由，有过浴火的历练，有置身熔炉的勇气。泥土是生命之源，黎民需要稻菽千重，亦盼广厦万间。

一块红砖就是红窑里如火如荼的岁月缩影，一抹红色就是红窑里至纯的本色。红窑里的红色，由表及里，由里及心。

高大的烟囱像一个守望田野的红色巨人，又像一只触摸时空的擎天巨臂，它是红窑里最引人注目的红色地标。

高亢的劳动号子，窑洞的烈烈火焰，都已随记忆的风飘逝。今天的红窑里安静如初，一杯清茶，一盅小酒，一盘瓜子，一碟土菜，三两个人，几段家常，不管和红窑里关联与否，都消融在红窑里的红色海洋。

读经源古村

把苦读经书的声音托付给山风，把石头交还给石头，把生土墙还原为泥土的原色。垒石为基，夯土为墙，以泥为房，结庐为村。

读经源村是最具智慧的隐者，群山簇拥，星辰作灯，泉水伴眠，鸟鸣陪读。

读经源村是一部硕大的经书，每一块石头就是一个标点，一段窄小的村道就是一个休止符，我不知道我是第几个翻阅诵读的人。四十六幢土坯房就像经书的四十六个章节，我只是个匆匆过客，没有时间一一卒读，但翻开任意章节，都古朴、雅致、趣味无穷。

村口高大的枫香树，葱茏遒劲，像一个守望百年的老人，不分昼夜地迎迓那些熟悉的风雨归人。那些苦读诗书的，早已功成名就，被写入族谱；那些还没写入族谱的，背着行囊，远在他乡讨要生活。他们把乡关留给坚守的老人，把乡愁随身装在行囊。

我放慢脚步，再放慢脚步，穿行在弯弯曲曲又高低起伏的石路。在慢生活的读经源村，唯有把足音放轻，把身子放低，把心放慢，才能走进每一块石头，每一片瓦，每一棵树，每一畦菜地，每一幢返璞归真的土坯房。

生为盈川令，死为城隍神

杜洪莲

赴任盈川路迢迢

如意元年（692年）的一个清晨，秋风萧瑟。洛阳城外的驿道上。

一位风神潇洒而略显沧桑的中年男子，双手作揖，含泪拜别了一路追送的亲朋好友，带着一马一仆，风尘仆仆地踏上了前往江南一隅的盈川小县赴任的征程。

夕阳古道，秋风瘦马，舟车颠沛，征途迢迢。回首往事，一路南行的杨炯心情是复杂的。

作为一代文杰，杨炯七岁能文，十岁举神童，十一岁待制弘文馆，待制十六年，一直到二十七岁才应举高中特命进士，补了个九品小官秘书省校书郎。沉郁六七年后，过人的才华让他在群僚中脱颖而出，深受宰相薛元超青睐，被擢为太子（李显）詹事司直，负责安排处理东宫内外事务，且深受武则天信任。自感任重道远的诗人，自此尽心尽力地承担起教育太子的重任。正当他踌躇满志之时，不料祸从天降。永淳三年（684年）九月，他伯父杨德幹的儿子杨神让，跟随徐敬业在扬州起兵讨伐武则天，事败被诛。杨炯受此株连，被贬为梓州司法参军。

天授元年（690年），杨炯秩满回到洛阳，武则天诏杨炯与宋之问分直习艺馆。他虽因官职不高，心中抑郁，却仍然怀着治世理想，希望在政治上有一番作为。如意元年7月15日，宫中出盂兰盆，设斋分送各佛寺，武则天在洛南城门楼上与群臣观看。杨炯献上《盂兰盆赋》，称颂武则天"周命惟新"，并希望武则天作为"神圣皇帝"能够"任贤相,淳风俗,远佞人,措刑狱,省游宴,批图策,捐珠玑,宝菽粟,罢官之无事,恤人之不足",成为帝王的楷模。武则天阅后大加赞赏,想委以重任。然而,杨炯生性耿直,"每耻朝士矫饰",嘲弄他们为"麒麟楦",故被同列视为"恃才简倨"而不容于时。这一年,适逢分龙丘县(今龙游县),新置盈川县(旧址在今浙江省衢州市衢江区高家镇盈川村,其地约为今之龙游、衢江的一部分)。由于杨炯在梓州司法参军任上政绩突出,武则天就选派杨炯出任第一任盈川县令。

就这样,才高八斗的诗人跨山越水,带着宰相张说"君居百里,风化之源,才勿骄吝,政勿苛烦"的谆谆嘱托,踏上了未卜的征程。虽说"途路盈千里,山川亘百重",但是"受禄宁辞死,扬名不顾身",常怀兼济天下之心的杨炯,暗下决心……

千秋遗爱在斯民

杨炯来到盈川,伫立衢江边上,举目四望,只见目光所及,山石纯白,地薄土瘠,百姓劳悴,他决心改变这里一穷二白的面貌。

(一)整吏治,治理白石梁山

作为大唐才子的杨炯,深知"吏治之清浊,关系民生之休戚"。他决定正本清源,把治理白石梁山,整顿吏治作为到任之后的第一要务。

相传唐高祖武德四年(621年)曾在这里建立白石县,由于辅公祐、李子通叛乱,其部下占据了白石县城,被唐军李靖部剿灭后,白石县城变成一片废墟,因此于武德八年撤县。这一带由于地处偏僻不便管理,且松林茂密灌木丛生,遂成了强盗出没之地,被人们称为白石梁山。

到了武则天统治时期,这一带偷盗抢劫成风,打家劫舍、拦路抢劫等案件时有发生。即使白天行人也不敢路过,因此治安成了一大难题。

杨炯到任后,针对这一难题,深入民间调查摸底。摸清情况之后,便着手整治社会治安。一方面，大力打击地方恶势力；另一方面，针对"吏多枭獍"的情况，严厉惩治那些胡作非为、鱼肉百姓的属吏，使他们不敢再肆意骚扰百姓。同时，对那些县吏、盐商与盗贼相勾结，偷售倒卖官盐的犯罪行为进行了严厉的惩处，恢复了社会正常秩序，使当地百姓有了较为安定的生活环境。

经过数年整治，白石梁山成了"门不闭户、路不拾遗"的地方。附近的盗贼一听说杨县令都闻风丧胆，纷纷远遁。当地至今还流传着"强盗碰着贼爷爷，贼爷爷碰着县太爷"的故事与俗语。（此俗语流传甚广，笔者从小即亲耳听父亲说过。）

（二）劝农桑，发展社会经济

武则天非常重视农桑生产。在唐高宗上元元年（674年）就提出"劝农桑，薄赋徭"等十二条主张。嗣圣元年（684年），又下令奖励农桑，并将其作为地方官员考课治绩的主要依据。如意元年（692年），杨炯补为盈川令后，在启程离开洛阳前，武则天嘱咐他：盈川地薄民穷，到任后须以劝课农桑、富民养民为要务。

杨炯来到盈川后，立即巡行属地。经过反复勘察，他发现盈川对岸有大片土质优良、适合种桑的荒滩沙丘。于是，他就动员盈川百姓过江去开垦种植。起初，因为交通不便，只有一些渔民去垦荒。为了让更多的百姓可以过江垦荒，他在盈川埠头设立了官渡，为过往的百姓提供方便。

为了提高蚕桑养殖的经济效益，杨炯亲赴杭州，购买桑苗和蚕种，从杭州请来技术人员对桑农开展技术指导，帮助桑农联系产品销售渠道。经过几年的苦心经营，盈川县不仅蚕桑养殖业颇具规模，收到了良好的经济效益，而且当地百姓还学会了用缫丝下脚料制成又白又韧的绵纸，成为进贡朝廷的佳品。

（三）求甘霖，不惜以身殉职

证圣元年（695年），衢州遭遇罕见大旱。盈川土地龟裂，禾苗枯焦。旱情如果持续下去，眼见得粮食将颗粒无收。

杨炯忧心如焚。他亲率百姓求雨：或扛抬菩萨出庙让烈日暴晒，期待他热不可耐施云布雨；或陪道士到江边念咒，再抛生铁入水，以期触怒龙王圣颜，翻江倒海布下雷雨；或带男丁抬巫师，敲锣打鼓吹龙角到山里取来泉水放在佛前……可想而知，雨是求不来的，盈川上空始终不见飘来一片乌云。

七月初九这天，城前丹岩下原来绿水盈盈可泛舟的深潭即将露底，田野里禾苗像火烧似的焦黄，看着皮包骨头、嗷嗷待哺的百姓，想象即将面临的仓空罄悬、野无青草以至哀鸿遍野、白骨如山的惨象，杨炯仰天长叹：我既无力救盈川百姓于水火，还做什么县令呢？

于是，怀着对黎民百姓的无限悲悯，怀着无力解民倒悬的无尽内疚，这位盈川首任县令，纵身一跃跳入衙门内的枯井中（亦说投盈川潭），以身殉职。

俗话说："六月无夜雨。"可是根据衢州各方志、史书记载，杨炯殉职当夜，狂风大作，电闪雷鸣，暴雨倾盆持续了好几个小时，旱情终于缓解。

杨炯殉职后，武则天特题写"其死可悯，其志可嘉"以示褒奖，并特敕建城隍庙，敕封杨炯为城隍神，永享四季祭祀。

化身城隍再出巡

相传，杨炯在职时，每年六月初一这一天，必到民间巡访，察看民情农事，了解民间疾苦。

杨炯殉职后，当地百姓为求丰衣足食，四季平安，每年的农历六月初一，都要举行"杨炯出巡"祭祀仪式，一千三百多年来常盛不衰。

"生为盈川令，死为城隍神。"杨炯在世时，只不过是一个小小的盈川县令，死后却被尊为城隍神，享祀千年，这在历史上是非常罕见的。千百年来，当地民众如此隆重地祭祀杨炯，正体现了杨炯这位爱民如子、视民如伤的循吏在当地百姓心中无可替代的崇高地位。

盈川江水，千古奔流；盈川两岸，古风犹存。到底是盈川成就了杨炯，还是杨炯成就了盈川？

盈川江水脉脉无语。

樟树下的思考

李享

春去夏来之际,衢州市作家协会组织开展了浙皖闽赣四省作家"走进联盟花园——95联盟大道龙游行"文学采风活动。这也是市作家协会再次组织"走进联盟花园"文学采风活动。

泽塘览胜

在"泽塘览胜",我们拾级而上,我的目光被左侧山岗上的两件艺术品牢牢吸引着。一件是用稻草编织起来的、镂空的"心"形图案,既有乡土味又具时尚元素,实属精巧;另一件是把一块白布搭在竹竿上,四角自然撑开,简单得不能再简单,像当年我母亲把洗得发白的床单晾晒在院子中一样。这两件作品默默伫立在一旁,如两位淡雅又青涩的大家闺秀,见我们一大队人马上来,既不慌乱,也不紧张,一切都是刚刚好。你只要看上一眼,便会记住一生。

到达山顶,是两片蓝海,一柔一硬。一面是江水,绵绵衢江在此格外开阔,放眼望去,水天一色;一面是玻璃制成的大平台,平台没有做成千篇一律的高空险境,而是用扎扎实实的井字格固定玻璃,颇显稳重。玻璃的下方生长着灌木,绿植映衬着玻璃,赋予一片生机。玻璃上的水珠如同故意撒落在此的白珍珠,用鞋一推,立刻弹走,躲进另一颗水珠中去,调皮得不得了;用脚一踩,立刻散开,乖巧得让你没脾气。

好享受这样的时光,觉得不虚此行。如是平常,我要么与电脑交流,要么与泥巴交流，整天忙忙碌碌。

顺路而下，山坡上是一片自然生长的野花。我喜欢野花，喜欢它们那种怡然自得的自在模样。是的，自在——美丽、妖艳，开放、恣肆，都不如用"自在"两个字贴切。

龙游石窟

临近傍晚，我们到达龙游石窟。

这是我第二次来参观，距上一次已近二十年了。感觉石窟景区的面积似乎比原来扩大许多，景区治理得相当整洁、规范。进入其中，我见到了那些熟悉的石柱。这么多年过去了，它们站在那儿一直没动，撑起一片辽阔，精神抖擞。石壁上刻着许多武术动作，我真想飞身而上与其比画两下。但我也只是想想，身轻如燕是二十年前的事了，如今已似身怀六甲，不敢轻举妄动。这些武术动作是后人增刻到石壁上去的，为石窟增添了不少趣味。

梦想灯光

夜晚来临，五颜六色的灯光把龙游县照得通亮。忽然觉得大城市与小城市并没多大的区别，夜幕下都是秀灯光。

要说灯光秀，我依然觉得还是农村大有可为。城市的楼再高，也没有农村的山高；城市的区域再大，也没有农村的原野大；小区布局得再完美，也没有梯田壮观。

事物常常是一分为二的。拥有了繁华热闹，必然丢失宁静惬意。当年，我果断抛弃在省城的工作和生活，带着一家人回到并不发达的衢州落户，再后来干脆在农村安家，如今看来是适合自己的选择。

那些曾经想逃离的村庄，正是历经繁华的人想回归的乐园。

红木小镇

红木小镇建于衢江边,整个建筑群从水里一直延伸到山顶,可谓气势恢宏。小镇的体量较大,所有的门、牌楼和走廊出入口都有对联,在这些宏伟又精雕细琢的建筑前,品读一副副对联,我突然想起自家老房子门上的一副对联。那是1981年,我家建新房。房屋建成后的当年春节,父亲在大门上写了一副对联:"门朝东方好,天天阳光照。"在衢州,房屋最好的朝向是向南偏东12至15度,朝东的房子到了冬天,大门一开尽是寒风,但对于一个普通农民来说,能建成一座属于自己的房子那是天大的事。这副对联是写实,因为夏天的烈日能直射餐桌;也是写心底的高兴,有了自建的新房,日子好过了。或许因为得益于能最早享受进家的阳光,一年后我踏上了改变命运的征程。

两大亮点

博物馆和民居苑见证着龙游县曾经的繁华,也续写着龙游人的担当和传承。我最感兴趣的内容主要有两点:一是越王勾践和姑蔑文化,二是龙游商帮。勾践所在的越国其最西边的地界就是龙游县,当时称太末县,隶属于会稽郡,夏商时期称越,春秋时期称姑蔑。勾践矢志不渝的精神令人感动,或许当今龙游人刻苦奋斗的精神也与之有关。龙游商帮则是中国传统"十大商帮"之一,主要经营珠宝、垦拓、造纸和印书业。或许十分有其一并不显贵,但以县级名字冠商帮名字的,又有谁出其右?

詹家镇

去詹家镇采风,各个村庄环境整洁,曲径通幽,下午还有街市,若不是有一条高架铁路从村口穿过,还以为来到了世外桃源。民宿"忆童时光""民主小屋"装修讲究，特别是地上那个泡泡，十几个小朋友在那上面跳啊、蹦啊、笑啊、闹啊……

在泉井垄村看到这一幕是我近些年在农村见过的最美风景。一个村庄若想兴旺发达，首要的就是人气。原乡人不在，新乡人岂能来？

古今两景

离开詹家镇，前往姜席堰。2018 年姜席堰列入世界灌溉工程遗产名录。走近姜席堰，听着哗哗的水声，看着滩上不断翻滚的细浪，回想着在龙游博物馆的所见所闻，由衷地赞美龙游人的智慧。仅此一堰就对龙游的农业、商业和文化产业都做出了不可磨灭的贡献。

在灵栖渡驿站，我们饶有兴趣地参观了四组由白色集装箱搭建而成的盒子空间。它们依山坡而建，用钢架结构托起，远看似白云栖息在山坡上，近观简洁但不简单。外设连廊、摇椅，内置桌椅、书吧、饮水台等。空间虽然不大，但足够休息安神。

龙山放歌

次日清晨，我在院子中漫步，和其他几位老师互道早安后，我们当即决定趁早晨凉快先爬后山再吃早餐。龙山并不高，步行走台阶半小时可达山顶。来到山顶，我们情不自禁深吸几口，哇，太爽了！阳光从左侧射过来，透过松树的枝丫推着我们走向观景台。头上是蓝天藏白云，脚下是江水挽稻田，平视是重峦叠嶂，俯视则一条笔直的通村公路，与河道形成满弓状，那座大桥充当箭头。如此一幅画卷不知是自然造化还是龙游人巧夺天工。

这样的境地语言是苍白的，唯有诗歌才能表达出心中的激情。

平日在家时，面对素有人间仙境之称的九龙村，我常常会傻傻地脱口而出放声歌唱几句,歌词记不起来没关系,就喜欢那个旋律。九龙人未必听得见,但九龙山、九龙湖、九龙鸟一定会共鸣。于是在龙山顶上,一首毫无预兆、毫无准备的齐旦布《游牧时光》响起,随风向远。"把寂寞忧伤都赶到天上去……我醉了又何妨?"

新风尚

第三天的行程是参观石角房车营地、状元堰、溪口未来社区、溪口老街和六春湖。

房车营地设在河边,停车场制式布局,整齐划一,周边的风景可以满足你对农村所有美好的期待。

状元堰与姜席堰相比河面更宽,仿照姜席堰建造的鱼鳞式下水坡格外招人喜欢。让我回想起了小时候溪滩上抓鱼的情景。在溪滩上抓鱼与河里、塘里抓鱼是完全不同的两个概念。溪滩上水来得急,干得也快,而鱼的习性是逆流而上。一旦上游突然止水,鱼儿根本来不及逃命,只会赤裸裸地在鹅卵石间蹦跶,鱼多的时候与眼前这翻动的水花并无二致。

溪口未来社区是在原黄铁矿办公和职工宿舍区修建的。黄铁矿人当年奋斗的足迹可从墙砖上找到痕迹。我想,所谓未来社区应当是凤凰涅槃、脱胎换骨、全面文明的社区。正是带着这些思考我走入溪口。

人间烟火

溪口老街我早有耳闻,它和所有的老街一样保留着当年的精髓。令我怦然心动的是我看见一个摊位在卖烟叶和烟丝。挖根小毛竹,把根上用火烫个洞,用铁皮一包,再把竹节用烧红的铁丝穿个洞,一根烟枪就做好了。烟枪的长度不一,短的可随手放进口袋。中等的通常一尺长,随板车、独轮车等同行。最长的有一米多长，那是身份的象征，得有人伺候着抽烟。遇有口舌之争时，这烟枪也常常被当枪使。每个烟枪都配有一个布袋，里面装着烟丝。

改革开放前，我父亲和他的同龄人绝大多数都抽这种烟。心情好的时候他会招呼我帮他往烟枪洞里塞烟丝，然后他冲草纸卷成的火种一吹，吹出小火苗再去把烟丝点着，再是悠悠地吸着、吐着。心情不好的时候，他一个人坐着或蹲着自顾自地抽烟，嘴里甚至发出"吧嗒、吧嗒"的急促声响，让人不敢靠近。烟叶是自己种的，多的就拿到市场上卖。每次父亲让我抹烟叶边上新冒出的嫩芽我都极不愿意，那味道很难闻，且黏手，所以我至今也不会抽烟。

长桌宴

午餐时刻，期待已久的长桌宴在灵山江边一条龙摆开。大家顾不得阳光暴晒纷纷落座。江水轻轻地流，风儿轻轻地吹，酒慢慢地倒，话柔柔地说，情随之渐渐地浓。

无论社会如何发展，最终的目的还是为了人人都生活得更美好。我在农村长大，城市也生活过几十年，相比之下，我觉得还是农村好。在农村，大家可以大老远就高声叫着名字，热情招呼着，彼此问个冷暖。逢年过节还常常有年糕、粽子、粿子吃。这种长桌宴能让亲朋好友最大量地坐在一起见见面、聊聊天，交流信息、交流情感、交流文化，何乐而不为？偶见有村庄搞百桌宴、村庄大合照等，都是有威望、肯奉献的村社干部或乡贤牵头举办的，百姓乐享其成，欢天喜地。

无论哪种方式，能组织发动群众向着美好出发的人都应该受到尊重和鼓劲。唯有如此，这个社会才有进步。

龙游文旅：从石窟时代
迈入"95联盟大道"的两江风情游

李慧

  各位看客，如果你厌倦了城市的红尘喧嚣，想要做一名信天游的侠客，不妨跟着浙皖闽赣四省边际的作家团一起去走走，领略一下"95联盟大道"这条珠链上的龙游两江风情。

  有人会问，什么是95联盟大道？通俗来说，就是9个AAAAA景区在内组成的精品旅游线路，由浙江衢州、安徽黄山、福建南平和江西上饶四市联手推进打造的自驾游风光长廊，把黄山、武夷山等名山大川串联在内，全长1995公里。

  那么，什么是龙游石窟时代？这说的是龙游旅游的初级阶段。因为石岩背村四个农民抽水抓鱼，龙游石窟横空出世，成了衢州市第一个国家级AAAA景区，被誉为"千古之谜""世界第九大奇迹"。

龙游石窟：揭开龙游旅游的序曲

  2022年5月20日下午，蒙蒙细雨中，团石湾机车驿站的大樟树下，浙皖闽赣作家"95联盟大道龙游行"文学采风启动仪式结束后，来自四省边际的作家团如同拜谒龙头老大一般，直接奔赴龙游石窟驿站。龙游石窟景区平时都是下午4点左右关门，景区为了迎接这批迟来的文人墨客，工作人员足足延后一个小时下班，直到作家们游览尽兴而归。

1992年之前，龙游石窟群不过是凤凰山上一个个小水塘，是竹林禅寺香客们的放生池，是能钓出十七斤大鲤鱼的无底塘，也是当地人传说中的藏宝洞。有一天农闲，几位村民突然对房前屋后的无底塘产生了浓厚的兴趣，就用了四台抽水机抽了十七个昼夜，才抽干其中一个洞窟，就是现在的2号洞窟。水落洞出，龙游石窟群就在这样的机缘下横空出世了，一时间风光无两。

马、鸟、鱼图腾，巧夺天工的石柱，引起人们的无限遐思：道家福地说、外星文明说、仓库说、宫殿说、陵寝说、采石说、伏龙治水说、矿寇所居说等等，都貌似有理但都难自圆其说。金庸来龙游石窟一游，出了洞窟大笔一挥，"龙游石窟天下奇，千猜万猜都是谜。"莫言来采风后，在《走进浙西》一文中说：所有伟大的工程，都源于爱情。他给坚硬的龙游石窟赋予了柔软的爱情色彩：古代，有一个金毛小耗子成了精，变成一个美丽的姑娘。许多小伙子爱上她，为她争斗。姑娘为了平息战争，就对他们说："我喜欢在地下阴凉的洞里生活，你们谁能挖出一个最美丽、最高大的洞窟，我就和他在洞里结婚。"于是，战争平息了，许多小伙子开始挖洞，相互比赛，日复一日，年复一年，儿子死了，还有孙子。到了后来，人们已经忘记了挖洞的目的，只知道挖洞是为了继承祖先的遗愿，于是就出现了龙游石窟这个千古之迹。这也是一种很有意思的说法。

游客纷至沓来，石窟岿然不动。造型独特的洞窟，被赋予了更多的神秘色彩搬上了荧屏。由于龙游石窟有越王勾践卧薪尝胆的藏兵洞之说，2005年由陈宝国主演的《越王勾践》从横店影视城转场龙游石窟，"越王勾践"陈宝国和"吴王夫差"鲍国安在龙游石窟演起了对手戏。而陈宝国主演的电视剧《汉武大帝》，在上林苑山洞秘密练兵来对战匈奴的镜头，也是在龙游石窟的3号洞窟内拍摄而成的。

到了2012年，金庸剧《倚天屠龙记》干脆把"光明顶"的场景搬进了2号洞窟拍摄。这个最早被开发的洞窟，前身正是竹林禅寺的放生池。一千一百多平方米的空间中，图腾壁与无头石像让洞窟充满了神秘的色彩，这样的"光明顶"确实让人耳目一新。随着《倚天屠龙记》的播放，更多人通过荧屏认识了龙游石窟的巧夺天工、龙游大竹海的壮观。还记得《莲花童子哪吒》吗？也来龙游石窟取过景。

龙游石窟这个在地下沉睡了千年的人工建筑群，从被唤醒后就一直各种热闹。洞窟内凿痕整齐、朝向一致的平行斜纹，使专家认定这里为天然的混响音乐厅。小提琴家盛中国和大钢琴家郎朗先后来龙游石窟举办专场音乐会，大师的音乐和古老的文明在龙游石窟内擦出不一样的火花，让人久久回味。龙游石窟还曾经是衢州第一个开通旅游直升机的国家AAAA景区，当坐着直升机在石窟上空俯瞰衢江和灵山江两江风光时，游客的惊叹声不绝于耳。

龙游石窟群散布的凤凰山是古代的文人墨客心头所爱，汤显祖在遂昌当县令时，曾经多次乘船从龙游往返，留下了很多写龙游的诗词，他每次路过凤凰山的时候，都会把船系在凤凰山下竹林禅寺的大树旁，进入千年古刹看晨钟暮鼓，焚香烟袅袅，听梵音空灵。他曾写下一首《舟系凤凰山》："系舟犹在凤凰山，千里西江此日还。今夜魂销在何处？玉岑东下一重湾。"如果汤显祖知道凤凰山上出奇洞，不知道又会写出多少华章。竹林禅寺也是郁达夫的心头之好，慕名前来参拜后赞叹它是"王摩诘的山水横额"，是"六朝人的小品文字"。

不管从古至今文人墨客如何赞美，迄今为止，龙游石窟作为龙游旅游的领头雁，俨然成了龙游旅游的代名词。就算是后起之秀的龙游红木小镇和六春湖旅游度假区，也难以掩盖其作为先驱的光芒。走过了漫长的二次创业阶段，龙游石窟已经插上衢江和灵山江飞翔的"两江风情游"，搭上"两江化一龙"的快艇，蜕变成"95联盟大道"上别具一格的驿站。如果来龙游石窟走马观花，不想留下"来是遗憾，不来也是遗憾"的纠结，不妨先安心坐在放映厅里，花上十五分钟时间，先聆听赵忠祥解说的《龙游石窟》。

红木小镇：冉冉升起的后起之秀

"龙游红木小镇"是个用于公布红头文件的官方名字，比如国家AAAA旅游景区、浙江省首批特色小镇、浙江省工业旅游示范基地、浙江省文化产业示范基地、浙江省职工疗休养基地和"95联盟大道"旅游驿站等等。但本土的百姓和游客更喜欢叫它的小名"年年红",这个充满喜庆意味又接地气的名字,已经被大家叫得轻易改不了口了。被改名为龙游红木小镇后,不妨碍它日日拔高年年红,也不妨碍它已经成了龙游旅游目前体量最大的景区。如果说龙游石窟是龙游旅游的开拓者,龙游红木小镇就是后来居上的一匹领跑黑马。

早期,红木小镇是本地游客的后花园,人们想来就来,想走就走,不用购买门票,也没有任何约束。口口相传下,就连外地的旅游大巴也纷至沓来,常常一字儿排开,几百人上千人蜂拥入园,免费开放的地方还要派出保安队伍来维持秩序保障游客安全。这样的游览场景维持了十余年,直到二期三期工程启动后,为了游客安全考虑,前两年正式开园后才收起了门票。如今的年年红——不,龙游红木小镇有学校,有儿童游乐园,成了热门的研学基地。酒店、剧场、党建中心、商业街等功能设施齐全,配齐了吃住行游娱购等旅游六要素,被本地人戏称为"龙游第十六镇",国学体验、养生、研学等都能在其中找到对应的需求。依托衢江航道,龙游红木小镇又成了"95联盟大道"龙游段最耀眼的那颗明珠,也成了龙游旅游最值得营销的亮点。

龙游红木小镇的定位也越来越清晰,构建集家具制造、旅游休闲、文化创意、商业服务、生态居住五位一体的富有文化性、体验性、观赏性和娱乐性的现代生态文明小镇,实现"产、城、人、文"四位一体有机结合,让传统与现代、历史与时尚、自然与人文完美融合,山水相依、村镇相融、产业联动,满足人们对美好生活的需求,最终实现天人合一、利益大众的美好愿景。这样的红木小镇自然也得到了各界人士的青睐。

姜席堰:一堰清水渴望流向荧屏

2018年浙江省十大民生实事之一,就是龙游姜席堰和著名的都江堰同时登上"世界灌溉遗产工程"金榜,成为龙游县目前为止唯一的"世遗"名片。"姜席源头是古堰,古堰清水送龙城",这堰清水滋润出当代桃花源一般的后田铺村,渠水清漾映照一路的绿影扶苏,一条长堤在夹岸绿树下显得诗意脉脉。2018年8月14日早上9时许，后田铺村锣鼓喧天，唱民谣的、敲锣鼓的，喜庆氛围就像是过节，庆祝姜席堰申遗成功。村中的"老秀才"严家骥身披绶带，在2018"最美龙游人"年度人物颁奖典礼中，接到县委书记颁发的获奖证书，忍不住热泪盈眶。

已经七十七岁的严家骥坚守姜席堰多年，也为姜席堰申遗提供了大量传统文化方面的材料，是姜席堰申遗团队中唯一的非官方志愿者。老人最大的心愿就是在有生之年能把姜席堰搬上荧屏，让全世界来一睹姜席堰是如何从灵山江畔奋勇振翅，冲破六百余年的历史洪流，飞出中国，飞向世界，成为熠熠生辉的"世遗"金名片。

姜席堰申遗成功后，各路媒体争先报道，各路专家前来考证，各路游客一睹风采，也吸引了一些影视传媒公司，想把姜席堰搬上荧屏，围绕"两山"理论的现实主义题材来创作。

如今，后田铺村的严家骥老人依然忠实地守护着姜席堰，村里那个能歌善舞的女支书，在姜席堰的碑文旁边，手持一束从地里采摘来的黄色野花，和前来采风的作家合影留念。对她来说，一拨拨来姜席堰采风的客人，终究都如同和煦的春风般刮过，或许会留下一丝痕迹，但都是姜席堰的过客而已。只有她和她的后田铺村的严家骥，才是姜席堰真正的守护者。他们和姜席堰的故事，会一直继续下去。或许等到时机成熟，她带着她的村民，也能成为姜席堰电影中最原生态的群众演员，那样的电影一定很纯粹。

龙游旅游不缺题材，未来可期

龙游旅游在1992年由龙游石窟拉开序幕。应该说在石窟之前龙游旅游业并没有兴起。改革开放初期大家奔忙于生计，忙于走致富路。后来经济形势好了，全民旅游兴起来了，旅游业也就慢慢红火起来，龙游石窟也顺势而为，成为声名鹊起的旅游打卡点之一。

其实，龙游旅游从来不缺丰富资源，老祖宗留下来的"两江""两山""两滩"一直都在，宋代诗歌中的"龙丘八景"，到了清代就变成绘图的"龙丘十二景"了：翠岩春雨、西湖柳浪、双桥明月、风渚归帆、石壁渔舟、岑山雾雪、乌石飞泉、豸屏松蹬、鸡鸣秋晓、九峰仙灶、瀫水晴风、东山红树。只可惜的是，这些被无数骚人墨客流连忘返和酾酒赋诗的旧景，只能靠绘图去想象了，如果有余力，能够把它们全部还原出来，那是何等绮丽的画面。

也许时代的脚步越来越快，古人的慢生活并不适应当代人的节奏。今天散落在龙游的旅游小品，建设得一个比一个时尚，一个比一个精彩，如果加起来，足以把龙游旅游重新装饰得五彩斑斓。不信请看龙山运动小镇，将姜席堰、龙山和国家登山步道融为一体，成了"衢州有礼"诗画风光带中的一景。这里是孩子们的乐园，亲子乐园的娱乐设施足可以让孩子们开心玩一整天。这里也是探险者的天地，攀岩、蜘蛛爬网、空中探险均可以体验高空激情，给平淡的生活增加点刺激。这里更是运动健儿的世界，国家级登山步道直通龙山山顶，可让人一览姜席堰全貌，网球场、拓展训练中心和骑行徒步绿道，约3万平方米。

如果在运动小镇的夜色中碰见一个济公打扮的男人，骑着一匹白色矮脚马从坡上哼着歌缓缓下来，不要奇怪是不是穿越了，也不要以为是哪个庙里的和尚。根据知情人透露，这是本地一位居民的行为艺术而已，看他摇着破扇子骑着矮脚马走远，你会觉得龙山运动小镇更多了几分灵动。当然，对于夜宿运动小镇的作家们来说，那满池塘的蛙声和满山林的蝉鸣，才是深夜心之所向，大自然虫蛙的交响乐，比人类的交响乐总要悦耳多了，不知道又引起多少诗人的跳跃灵感。

灵栖渡的"盒子空间"，如同一只只挂在山腰上的鸟巢，供在"95联盟大道"上驰骋的自驾客休息。躺在"盒子空间"休息片刻，给爱车和自己一段满血复活的时间，这样的灵栖渡才更有价值。至于石角村房车营地，超前的设计，舒适的房间，也是一种时尚的旅游方式，都是突破传统的创意旅游模式，很适合年轻的背包客。至于孩子们，还是去色彩斑斓的浦山七彩部落感受"童话世界"吧。

更具有创意的，当数溪口老街的未来社区，那是年轻人创意无限的世界。

老街虽老，但是现在变得非常年轻，数字化时代和年轻人的创意创业，让这条老街不断在新老元素交替中蜕变。未来社区是属于年轻人的，可让游客拥有耳目一新的游玩体验，精致的竹制品工艺陈列在老街的古楼中，老街的尽头，有一个贩卖乡愁的邮局，在这里可以写一封"时光家书"，"慢递"给未来的自己。美食一条街琳琅满目的小吃全是儿时的味道。心情愉悦时，坐在长桌宴旁就着清澈的溪水也可以下饭。

能想象出这里曾经是民国的"小上海"吗？从老街发源出去的龙游商帮，撑着满船的山货和书籍，挣回了白花花的银子，赢得了"铜钿银子满溪口"的美誉。而现在的溪口人不仅可以靠山吃山，砍几根毛竹卖了可以换回一个星期的口粮，甚至已经把毛竹变成精致的工艺品远销国外了。这就是溪口老街的"快乐老家、慢游时光"的体验新时尚。

围着龙游转一圈，吃不完的美食，看不完的风光，写不完的人文。远离红尘纷扰，浸淫在两江风情中，用穿越雾岚的心，乘索道去山顶观六合同春和四海奇观，会觉得这里的山水风情都被注入灵魂，各种旅游体验可盐可甜。不信，不妨趴在地上，把石角村正缓缓流淌的灵山江水摄入镜头里，带回家慢慢把玩，一定能得到刹那的宁静和祥和。

来吧，东游西游不如龙游。

通向未来的驿站

杨叶根

走进芳村未来驿站时,天空下起了小雨。雨丝细细的、柔柔的,飘在发梢,给我戴上了晶莹的珠冠,一晃一晃的,又像是给我做着头部按摩,我忽然感到有一种莫名的享受。

我站在一棵大梧桐树下等待同伴,雨滴从绿绿的树叶缝隙间漏下来,打在脸上,有些许疼痛,同时也有一种提神的感觉。

走进"芳油中心","古法榨油"的机械——木榨、烘干机、碾碎机、风车等一一呈现在我的眼前。虽然这只是山茶油展示中心,不现榨山茶油,但有山茶油卖。据历史记载,芳村盛产山茶油已有两千多年历史,曾长期作为历代皇朝贡品。山茶油系用山区野生植物山茶果提炼的植物油,经常食用能有效改善血清中的胆固醇含量,是高血压、心血管病、脂肪肝患者的理想食用油,采用茶油作为原料的化妆品具有润肤护发的功效。常山山茶油现有许多品牌,已通过了国家地理标志产品认证。

走进"妇女儿童驿站",一个直径约三米的圆池子里,铺着一层厚厚的黄色细沙,细沙之上摆放着彩色气球、小推车、翻斗车等各式儿童玩具。旁边的一个小房子里,一张沙发凳静静地等待着哺乳妈妈和小宝贝的光临。

芳村未来驿站,从外墙的标语到非物质文化遗产,再到儿童成长的加油站,展视着这个古老城镇的深厚文化底蕴,见证着古镇人民奋发图强的创业历程,更预示着古镇人民正通向未来的美好生活。

流水的注视

杨青

雨露古街

我们在一条老街的流水边醒来。

沿着老街走,是睡眼惺忪,鼻子先醒来。

灌肠、桂花糕、麻酥糖,闻到了吗?流水的氤氲裹挟着馥郁的香气飘进我们的鼻息,雨露打湿了它们悬在半空的明黄招牌。杜泽老街的早晨,开始得悄悄,却香气四溢。

流水流淌过的,叫杜泽老街。知晓的人说,这条流水贯穿整条古街,引自桐山源水库。站在流水旁的居民轻笑起来,问我:"清吧?"我点点头,心里答,如眼眸。

有人提着拖把,在清晨的氤氲水汽里上下荡涤。他看看我,我看看他,我们互相微笑着问候。我想,他一天的生活开始了,头几件事,一定与这流水休戚相关。

铜钱草、三角梅、山茶,沾了这一天落着微雨的清晨雨露,挨倚在青石板上,古意中冒着生机。

就如这老街。

有人邀我们在古老的杜本仁堂吃桂花空心饼。

桂花空心饼蓬松轻巧,一口咬下去,"嘎吱"一声脆响,咬出一个大豁口——一阵桂花香释放出来。真是异想天开的杜泽古人,比李渔的"花露浇饭"还烂漫天真。今年桂花晚来,谁知道这第一抹桂花香,竟然来自这桂花空心饼。

有细雨从杜本仁堂的天井中落下来,慢慢覆盖成石上的青苔绿意。来自黄山的朋友站在檐下,说起自己儿时的故居:天井下着雨、落着雪,他和家人烤着暖炉,看雨雪落满了盛水的花缸,缸中雨水漫溢时,鱼儿游出来了,乌龟也悄然爬到了脚边。

自然和诗意,仿佛就那样不知不觉走向你。

江水温柔

一群奶牛也住在水边。

这里是位于高家镇划船塘村的荷鹭牧场。大片青色无边的草场,巨大的风车在缓缓转动叶片。一汪碧湖上,白鹭时常擦出雪白掠影。

荷鹭牧场是白鹭的栖息地,但"荷"不是荷花,而是黑白温柔的荷兰奶牛。

几百头荷兰奶牛来到这里,这里就变成一个像荷兰一样的青青牧场。

大小不一的仿真奶牛驾着精致"牛车"遍布青青草场,而真的奶牛可能在吃饭、在睡觉、在听音乐、在按摩……脸圆圆的农场主人是一位温柔的"牛人",他热爱他工作的牧场,他认为荷鹭是中国最漂亮的牧场。生活在荷鹭的奶牛,是中国最幸福的奶牛。因为最幸福的奶牛才能出产最好的牛奶。

这群能出产超过欧盟标准牛奶的奶牛,饮用的是衢江水。

在我的老家——衢江的上游乌溪江,水充盈了我们整个生活。

我们在水边洗菜、浣衣、捕鱼、嬉戏,引来清凉的山泉浇灌粮田。我们爱把村庄安在河的对岸,在河上架起轻灵的拱桥。下工了的农人站在桥上看看鱼,等到桥对面山崖上的月亮出来,我常与家人走上桥去,长长久久地散步。这时,夜色笼罩起泛光的湖面,水流淙淙,仿佛世间只有万千疲倦与温柔。

父亲告诉我,在没有公路的年代,要趁着雨季将林木放放门前这条小溪,依靠急湍的水流用木筏将林木沿着乌溪江一直运送到衢江。这时候,河流充当着重要的航道。这样的水上生活必定凶险万分。

  我站在衢州港的江边，看平稳宽阔的江面，几艘大船停泊于此，短暂地停靠依偎，仿佛水上生活的一次停顿。现在，从衢州港至嘉兴乍浦港，是一条新的"海航线"，许多货运可从衢州港经由嘉兴乍浦港中转，运往全国各地。

  荷鹭牧场那群饮用衢江水的幸福奶牛，所要吃的生源地草料就从这里上岸。

  水上生活依然在继续，但已是平稳妥帖。

  秋风在江面卷起涟漪，一位同伴说，衢州港在刚通航时，她曾一人泛舟于此，就想看看坐在舟上望两岸的视野。我想，这是一次极好的独自旅行了。

  脚下，水流仍保持着它的力量与诗意，如生命的长河流淌不止。

  我想，衢江遍布的水域形态各异，流水、湖泊、湿地、大江，虽缄默不语，但水的甘甜与清冽孕育了这片土地上的一切。

最是柚花醉人时

连中福

此次采风,正逢春花带雨的时节,让客人赏识那"洁白如玉,香阵透天涯"的柚花,是何等怡人之风景?

那花,不见雍容华贵之外表,没有大富大贵之气象,缺少耀眼夺目之焦点,就像蓝天里朵朵小白云,稍不留意,便随风飘荡得无影无踪;也像隆冬里的小雪花,飘飘洒洒,拥拥簇簇,落地无声,稍不注目,即从眼底消失。

可这毫不起眼的小白花,却不像云朵那么轻飘闲逸,更不像雪花那样洒脱易融,她似乎天生带有一份责任,负着一身沉重,她那肉质花瓣和鹅黄花蕊,为人间留下的,不仅仅是一种花的韵味。

十年前,当地人为了感恩那朵小白花,想为她办个隆重的纪念节日,起名"首届柚花节",时间定在4月26日,可不知啥原因,节日临近,她却姗姗来迟,举办方不得不向受邀客人致歉,将节日时间后延数天。

不过,那对我来说,却是花赐良机。

在柚花节举办一周前,我将十余箱中华蜜蜂搬到现场附近,那是一个胡柚基地,一片绿的海洋。

送蜂那天,和小蜜蜂一样,特别关注花季的我,观察绿色丛中,已有朵朵白花绽放,那是最早的柚花,散发着点点清香,当然,还远不够我的小蜜蜂采集。

那次,我的任务是:请所有参加活动的客人现场品尝由我的小蜜蜂采集的新鲜柚花蜜。这任务非同小可,稍考虑不周,就有可能有违初衷。

节日后延,给了我更充足的准备时间,也给了我的小蜜蜂更多采集、酿造柚花蜜的机会。那一周，我的业余时间几乎只做两件事：看柚花渐渐绽放，观巢蜜慢慢成熟。

终于，在节日上，有了浓浓的成熟柚花蜜可以献给我的客人。

开心的我，心里总结出四个字：花遂人愿。

不想，十年后，这四个字会再次突现我脑海。

那天，参加四省边际文学周常山采风的作家们乘坐一辆大巴车，很快进入位于常衢交界的常山第一个行政村——官庄。从车窗外掠过的胡柚树，隐约可见朵朵小白花绽放于绿叶丛中，那滚动的花香，从车窗缝隙中透进车厢，钻进鼻腔，我便像小蜜蜂嗅获蜜源一样兴奋：难道历年在四月下旬才盛开的柚花，今年却为迎接作家们而提前绽放？

我心中存疑，甚至有是否产生幻觉的疑虑：行走柚乡数十载，未见柚花盛开在四月中旬。

当那座不高的山包呈现眼前时，我便笃定：这片绿色海洋就是常山县域有名的太公山胡柚基地。那一棵棵墨绿的壮龄柚树上，那串串相拥相伴、紧致互挨的五瓣花朵，正散发出沁心透肺、穿肝入胆的浓郁香气。

哦，柚花真的盛开了，绝不是幻觉。

十年前，我带着我的小蜜蜂，来参加首届柚花节，就是在这个基地，我的小精灵们就是在这片花的海洋中采撷金黄色成熟柚花蜜，奉献给我的客人，让客人观赏到柚花蜜的醇厚、凝重、炼结、带丝。尝一口，甜蜜穿透心肺，过上半小时，嘴里还有丝丝甜味往下咽。

且不说用敏感舌尖触及那经工蜂万般辛劳、千锤百炼的蜜，就在这"香阵满山崖"的基地，我的老师、文友们早已被这浓郁芬芳激发出灵感，早已将芬芳化作能醉倒基地、醉倒常山、醉倒三衢、醉倒四省边际的满腹诗书……

你瞧女士们，从包内翻出一套又一套靓丽春装和飘逸夏装，或单独、或结伴，或手扶柚树、或紧挨柚花，或闻其芳菲、或观其优雅，让摄影师李师傅忙碌得不可开交，顾此失彼。她们实在不满足于同伴和自己用手机留下靓丽，而更想让李师傅这样专业的摄影师，为她们留下这满是醉人芳香的时刻。

一声甜甜的"谢谢"，使李师傅也淡忘退休年龄，更加专注于满目春色之中。

"花的心藏在蕊中，空把花期都错过，你的心忘了季节，从不轻易让人懂……"忽然，周华健那首《花心》的歌词浮现脑间，但被我修改成"花的心藏在蕊中，从不把花期错过，你的心不忘季节，甜蜜笑靥写脸上，醉倒太公山……"

柚花香，留客不说话。半个小时太公山胡柚基地采风，就在这郁香扑鼻中结束，沾满一身香气离开，男士们尽管有些不舍，但理性控制和提醒着他们，而女士们就不那么理智了，起动的中巴车上缺了她们的身姿，我非常理解地往基地观景台小跑，友善地给她们提醒：下一个景点是"三宝展示馆"，其中一宝就是柚果，是花香之延续。

看得出，女士们的绵绵春恋如丝丝细雨缠绕于心、结伴于行，真希望这洁净之花能陪伴她们整个生命。

柚蜜甜，醉客在常山。心中有个小小心愿：来年文学周能安排在四月下旬或五月上旬，那是柚花蜜成熟之际，能让客人品尝到世间独一无二的甘甜，那钻心透肺的柚花蜜。

畲乡风情入画来

连中福

都说五月天是孩儿脸，说变就变。这不，刚才来浦山的路上，天色还有些灰蒙蒙的，以为又一场阵雨要来，可到了浦山村口，走下大巴，天色却渐渐明朗开来，一会儿，不算热烈的阳光洒在了田野上。

正是油菜收割季节，许多村民都挤在这多雨天的间隙，在村庄周边成片的油菜地里抢收成熟的油菜。试想，在两个月前，当这个村庄被成片的、金灿灿的油菜花儿包围时，那该是多么浪漫的一道风景线！

此刻，虽然耀眼夺目的油菜花已经远去，但留在村里极其浓郁的畲乡民族风情，依然扑面而来。

这是一个充满原始而又现代的畲乡民族风情村庄。

一直陪同在我们身边的村干部，虽然不是少数民族，但他却像一位训练有素的畲族导游，对村里的畲族历史和民族风情了如指掌，如数家珍般一一道来。

浦山畲族民族村，位于龙游西郊约五公里，全村一千二百多人中，畲族占65%，主要有雷、蓝、钟三姓，畲族先祖雷姓五兄弟于清道光十二年（1832年），从福建福安县迁徙到此，垦荒定居，繁衍至今。因当时此地极为荒凉，少有人员来往，故起名为孤山，后才更名为浦山。

往村里走，不到十分钟，见一群小孩子叽叽喳喳地在一处玩耍，过去一瞧，原来是有十来个幼儿园至小学生年龄段的小朋友，在一个大气球上翻跟斗，有前滚翻、后滚翻、左侧翻、右侧翻，各种姿态，各展所长，五花八门。他们尽情玩耍的氛围，无人忍心打扰，那不断传出的朗朗笑声，印证着他们的幸福童年。说实话,我还是第一次见到这种诱人的娱乐设施,压根不知其叫什么。村干部告诉我,叫"蹦蹦云"。瞧,谁能猜得着?

漫步在宽敞整洁的村道上,村干部介绍道,我们此时所在的位置叫泉井垄,是个畲族民族风情最浓的自然村,村里总长度一千八百余米的畲乡民族特色风情文化墙,这里就有六七百米。一个个精心打造的小庭院极具观赏性,每个庭院的房前屋后,设置有"一米菜园",种植有时令蔬菜,供游客采摘,现在已有了辣椒、茄子、豇豆、空心菜等蔬菜,游客自行采摘后,可带至附近的农家乐或民宿,再从店里的"畲乡农家十大碗"菜单内挑选诸如盐卤豆腐、农家肉圆、葱花肉、农家笋干煲、土鸡蛋面、麻糍等佳肴,过一个"自采自烹"的生态美食节。需要提醒的是,畲乡最具特色的香藤凤鸟煲,是以农家自养土鸡为食材,加入香藤等作料,用文火慢炖而成,开煲时,空气中弥漫一阵阵淡淡的牛奶清香,若再来一杯畲家自酿的米酒,可谓香气扑鼻,沁人心脾,可让人一饱口福。

在特色浓郁的畲族风情墙上,一幅幅墙画展示着畲乡过去与现在的故事。神态优雅逼真的民间故事人物,富有梦幻想象的神话传说故事,色泽艳丽、飘逸多姿的畲族服装饰物,种类繁多、各具特点的农耕器具不一而足。那些欢快奔放、活灵活现的青年男女对歌、跳竹竿舞、打麻糍、酿酒、狩猎等场景描摹,更是让人驻足难移,流连忘返。

一头壮实憨厚的大黄牛,肩脖上套架着牛轭,健步迈开左前腿,奋力向前拉犁;牛后面的老农,头戴笠帽,身穿蓑衣,左手牵牛绳,右手扶犁把——一幅欣欣向荣的春耕图。这幅3D油画,构图生动逼真,形象栩栩如生,大耕牛似从墙内呼之欲出,而那扶犁老农的左手却未执鞭,是否暗喻老黄牛不用扬鞭自奋蹄之精气神?

凤凰是畲族的图腾,位于浦山村委会东南的泉井垄,被称为"凤凰部落"。这里有七十二幢民房,墙体立面被描绘成赤橙黄绿青蓝紫七色,显得七彩斑斓,绚丽多姿,给人以满园春色之感。

"凤凰部落"北侧有一口水井,是清左宗棠率将士备战龙游时驻军饮用水源。据龙游县志载,同治元年(1862年)七月,左宗棠率一万三千名将士备战龙游，恰逢龙游大疫，日死数百，疫情染于军中。左宗棠心急如焚，访得泉井垄，其井中水质澄明透亮，甘洌清甜，便屯兵于此，让将士饮用此井水。一段时间后，疫情控制，左宗棠得以专心应战。之后，左宗棠升任闽浙总督，再返泉井垄，重饮清井水，此井更增神秘色彩。井旁立有龙游县詹家镇所立《朴存清泉记》石碑，并建有"怀思亭"，亭两侧门柱楹联为"山高水长中有神悟，风朝雨夕我思古人"。

浦山畲族风情亲子民宿，也打造得颇有特色。村干部指着不远处的几幢民房，给我们介绍：村里共有三家民宿，十七个标准间，民宿取名分别以童趣、太空、萌宠为主题，房子布置充满童话元素。如"忆童时光"，民宿内绘有海洋球池，粉红色房间让小女孩一进屋就能很快适应并融入新环境中；"数羊的星星"民宿，则以炫酷的赛车、逼真的飞船等图案为主，是男孩子的最爱；"爱笑的彩虹"民宿，以可爱的卡通小狗、小猫等小宠物为主，使喜爱小动物的朋友入住后立马有一种亲切感。

村干部领着我们往出村的路上走，此时，一个惊奇而又意外的画面映入眼帘，一个看上去不到十岁的小男孩，在油菜地里和父母一起干活，帮忙父母抢收油菜。父母将一片割倒的成熟油菜，一把把抱入摊在地上的薄膜内，手膝配合一起使劲挤压，使菜籽荚开裂，将菜籽从荚内分离出来。小男孩则用畚斗将挤压下来的油菜荚畚起，倒入一张直径五六十厘米的簸筛内，而后端起簸筛像模像样地旋转起来。这使我好生惊奇，这旋转簸筛功夫，我十七八岁参加生产队集体劳动时学过，老农手把手教了好一阵子才学会；而眼前的小男孩，若不是不间断跟着父母下地劳动，绝不可能有如此老道的旋转簸筛的技能。

此情此景，让我心生许多疑问：是否他已懂得，油菜是一种"易种难收"的油料植物：易种，即上年秋季下种时，只要将种子播撒在翻过的空地中，中途施些肥料即可生长；难收，是因为来年成熟时，恰逢多雨善变的五月天，熟透的油菜，不收割回家，遇上连续下雨，就会在地里发芽，造成损失。因此，必须抢在多雨天气中难得的晴天抓紧时间抢收。当日父母下地时，他决意一定要来帮父母一把，或许他已经完全明白，这种抢收就是为了自己以后有自产的菜籽油。

下淤蜂景

连中福

近年来，下淤以"治水造景"为抓手，接连打造了钱江源未来农业园、艺宿家基地、中蜂体验馆、汉唐香府等多个农旅文相结合的观光景点和重大项目。因我对蜜蜂生态文学的爱好和写作需要，几年前对开化发展蜂产业扶贫有所关注，此次"走进联盟花园"，自然对下淤村的中蜂体验馆产生了特别兴趣。

我抱着试探的心理拨通了开化养蜂协会夏晨会长的电话，夏会长说他已一个多月未回过体验馆，今天一大早放下手头一堆其他事，赶回馆里处理一些急事，此时已在体验馆忙着。我有些为难地把自己的行程和想去体验馆拜访的想法向夏会长做了说明，想不到他却带着几分兴奋口吻说，这是我们冥冥之中有约，并相告：中蜂体验馆离下淤村委不到一公里，他马上开车过来接我。

一会儿，我便上了夏会长的车。他立马边开车边介绍起近年来开化蜂产业的发展和下淤中华蜜蜂体验馆的不断改造提升过程。原来，下淤村的中蜂体验馆就是夏会长出资创建的。

他介绍，县里紧紧抓住钱江源生态环境优势，认真做好绿水青山转化工作，强化"欲养蜂，先种树"理念，实施"千村万树"蜜源树绿化工程，进一步培育改造适合蜂产业发展和蜜蜂生存的生态环境，如今，村村都培栽起一万棵以上的蜜源树……说着，夏会长脸上透露出信心十足的底气。行车路上，道两侧不断掠过车窗外的无患子、黄山栾、杜英、冬青等行道蜜源树，也为夏会长的介绍提供佐证。

说起下淤中蜂体验馆，夏会长一脸豪情，按他自己的说法，那是他创建的一片自留地和试验田。内行人都明白，蜂农虽然专往大山里钻，但他们干的却是一门细心的技术活，里面的小道道多着哩！

作为县里重大扶贫工程的中华蜜蜂养殖业，夏会长自然不敢有丝毫马虎，要让没有养过蜂的低收入农户在养蜂上增加收入，除了政府政策上的扶持，更重要的是向他们传授知识，让他们掌握起养蜂技术，因此全县迫切需要一个传播蜜蜂知识、体验掌握蜜蜂养殖技术的平台和场所，下淤中蜂体验馆由此应运而生。

2017年，夏晨倾其毕生积蓄，加上贷款等，通过多方筹措资金八百余万元，建起了这座集中蜂养殖、良种繁育、蜂文化传播、养蜂技术培训、蜂产品展销、科普科研实践和住宿饮食等功能于一体的中蜂产业休闲观光体验馆。体验馆建成第二年，便承担起2018年"5·20世界蜜蜂日浙江主会场暨中蜂产业发展大会"的承办任务，全省蜜蜂产业精英汇聚下淤，共同领略位于钱江源的中国十大美丽乡村之一的美丽蜂景线。2018年，体验馆还入选浙江省现代农业发展专项资金项目，被评为浙江省十佳美丽休闲牧场，体验馆生产的钱江源牌土蜂蜜荣获浙江省土蜂蜜十大名品。之后几年，体验馆不断扩大完善，养蜂规模从原来几十群，发展到几百群，到现在的四千多群，并为全县蜂农繁育提供种蜂七千余群……

我边听着夏会长绘声绘色的介绍，边跟随他的脚步来到蜜蜂故事馆。馆内，几位装修师傅正干得汗流浃背。看着有些零乱的现场，夏会长带着几分歉意说：按计划，今年投资二十余万元对馆内设施进行改造，这不，还剩一周时间，师傅们不得不日夜加班干。在初步完成装修的故事馆内，我领略到了"蜜蜂起源""蜜蜂产业""蜜蜂产品""蜜蜂授粉""蜜蜂效益"等蜜蜂文化。夏会长介绍，为解决全县蜂农在蜂产业发展中脱贫致富后出现的大量蜂产品的销售问题，县里通过招商，引进资金两千余万元，筹建一座蜂产品加工厂，对成熟蜜和其他蜂产品进行加工包装后，由浙江金控集团负责收购，预计今年投入资金五千万元，这是全县蜂产业跨越新台阶的重要节点。作为全县蜂产业的领头人，他不得不舍弃部分小家，而将更多的时间精力投入到全县蜂产业的发展中。

此时，我才真正感受到今天与夏会长的会面是多么幸运和巧合，原来前几个月他一直将体验馆交托给他人打理，他自己则一心一意扑在县里蜂产品加工的重点项目上。

夏会长领着我向馆后侧一棵大苦槠走去，这棵有着六百年树龄的苦槠树，在初夏里依然显得生机勃发，郁郁葱葱，宽阔的树冠和茂盛的枝叶，都为夏日在树下放置蜜蜂提供阴凉和避风遮雨的条件。夏会长早已看中此块宝地，在树底用石头垒砌起多个小方台子，无论是圆蜂桶还是方蜂箱，放在上面都是一道不可多得的风景。

沿着八百米休闲步道，来到建有二十多个放置蜂箱的大钢棚下，瞧瞧棚内，里面只放置着几只零落蜂箱，我心中纳闷：四千多群蜜蜂去了哪儿？没等我开口，夏会长抖出谜底：一个月前拉去了弋阳。看着蜂棚四周一排排正绽放着小米粒般花朵的高大无患子树，我心里更犯迷惑：这蜂场四周的蜜源树正开花流蜜，为何舍近求远将蜂转场？夏会长的回答出乎意料：村里有几十户村民都养着蜜蜂，多者二三十群，少的三五群，他们没有条件转移场地而只能定点在村里饲养，他的蜜蜂如果放在本地采集，就会消耗大量蜜源，使村民的蜜蜂采不到更多的花粉和蜜液，而他的蜂转移至一百七十多公里外的新蜂场，就可以把本地蜜源让给村民的蜜蜂采集，能大大增加他们的养蜂收成……

哦，原来如此！

这让我想起一位老养蜂人的话：养蜂人要有蜜蜂为群体强大而牺牲的奉献精神，无论何时何地甘愿为后人种下更多的蜜源树，别计较谁的蜂能去采集。

后来，我了解到，夏晨这次转移蜂场共装卸十三大卡车，耗资三万余元。

"我相信，新蜂场的野乌桕蜜和本地蜂农多采的无患子蜜一定能补回这点损失！"夏会长如此说。

四省作家走进常山

吴贤林

人间四月,春意盎然;浙西常山,柚花飘香;三衢胜景,峰峦俊秀;百里金川(古时常山港称为金川),名人辈出;欣乎常山,特产富饶。2023年4月18日下午,浙皖闽赣四省作家"走进联盟花园——常山行"大型文学采风活动从常山县芳村未来乡村展开。安徽黄山、福建南平、江西上饶与浙江衢州常山均相距百余公里,四省边际,文友相邻,相互切磋,共同进步。作家们平时素有来往,偶有交流,但此次采风,与以往大相径庭。作家资深,文学精英;群雄荟萃,相互沟通;文人相敬,直抒胸臆。

在衢州市作协主席余风主持的采风活动启动仪式后,作家们满怀期待和向往,刻不容缓,专心投入,冒雨走进一个个采风地点,撷取一件件文学素材。采风团第一站来到芳村未来乡村,先后参观了"芳展""芳油"中心,聆听了芳村油茶产业和文化产业齐发力,助力村民增收,打造未来乡村新样板的故事,并走进芳村千年古街。芳村古街是一条保存较为完好的明清古街。在这里你既能看到明清古建筑,也能领略民国时期的老建筑。虽然修缮过,但都是以保护为目的"修旧如旧"。木雕牛腿,彰显特色;木窗雕花,尽显才艺。次日,采风团走进金源村、达塘村、郭塘村等村庄,感受古村落之韵味,品读传统文化之瑰丽。随后到了常山江宋诗之河文化长廊、同弓太公山胡柚基地、常山"三宝"(胡柚、猴头菇、山茶油)文化展示中心,参观了中国·常山观赏石博览园等地。

在金源村建于北宋宣和七年(1125年)的"贤良宗祠"里,作家们为这幢有着近九百年历史的古建筑仍保存如此完好深表赞叹。该宗祠为亭台翘檐式建筑，占地 1200 平方米。整座建筑雕刻精细，精妙绝伦，惟妙惟肖，匠心独运。门前是普通台基，台基左右两侧立有两对不同造型的旗杆石，一对狮子戏球，高约 1.25 米，形态威武，英姿焕发。近九百年的岁月沧桑，石狮见证了王氏后人一代代的繁荣辉煌，见证了村庄治理的美好今天。

金源村村民多为王姓，是王氏家族"一门九进士"王介的故里。据说，村中格局设计便有王介的智慧。王介，字中甫，宋仁宗庆历六年（1046 年）登进士第，升集英殿修撰、知襄阳府、京西安抚使。徙知庆元府兼沿海制置使，以疾奉祠。早年与王安石交好。生有四子：王沆之、王洏之、王汉之、王涣之。其弟王悆及侄子王泐之，皆登进士第。加其父、祖父均为进士，为常山望族，时有"一门九进士，历朝笏满床"之誉。如今王姓以祖上为荣，励志奋发，人才辈出。

在郭塘村百亩月季花海里，几十万株月季，竞相绽放，五彩缤纷，鲜艳夺目，姹紫嫣红。该村推出"公司+农户+基地"的模式，结合绿色发展和美丽乡村建设理念，大力发展月季产业，现有月季种植面积达两百多亩，形成了规模，彰显了特色；引来了游客，增加了收入。

在"常山三宝"文化展示中心，作家们惊奇地发现，该展示中心以"常山三宝"为重点，集观光博览、科普教育、主题游乐、创意购物、美食品尝为一体，用新颖的设计、别致的布局，结合丰富的多媒体艺术装置，编织出一个个奇妙的数字世界。

常山胡柚，"三宝"之首，1985 年就被国家农牧渔业部授予"优质农产品证书"，此后屡获殊荣：1991 年，常山胡柚通过中国农业部"绿色食品"标准；2011 年，常山胡柚被国家工商总局认定为"中国驰名商标"；2019 年，常山胡柚被农业部品牌目录列入"最具影响力区域公用品牌"；2020 年 8 月，胡柚娃动画电影在浙江省电影院上映……据《衢州日报》2022 年报道，常山全县种植胡柚 (香柚)11.6 万亩，10 万人参与种植、生产与销售，直接带动农民增收 5.6 亿元。

常山，享有"中国油茶之乡""浙西绿色油库"的美誉，常山传统榨油技艺被批准列入浙江省非物质文化遗产名录；常山建有全国最大的油茶良种苗圃基地，良种油茶育苗数量及育苗技术均处于国内领先地位，油茶种植面积、产量与加工销售等产业水平均居浙江省首位，是浙江省唯一入选油茶示范县千万元建设项目的县，被中国林业产业联合会木本油料分会和浙江舟山大宗商品交易所确定为全国油茶交易中心、全国山茶油价格指导中心。常山素有"浙西绿色油库"之美称，2001年，常山县被国家林业局授予"中国油茶之乡"；2007年，"常山山茶油"被国家质检总局授予浙江首个"地理标志"保护品牌。

早在1971年3月，周恩来总理在全国棉油糖生产会议上点名常山县介绍油茶种植经验。如今，常山全县油茶种植总面积28万亩，产业总产值达10亿元，一棵棵油茶树成了常山农民共富路上的"摇钱树"，也是迈向共同富裕的绿色通道。

猴头菇是一种珍贵的食用菌，明、清时皆以"山珍"被列为贡品。1979年，常山县利用金刚刺根酿酒的残渣培育出猴头菇，而后经紫外线诱变选育出"常山猴头99号"菌株，至此常山猴头菇正式面世。1984年，常山猴头菇在北京人民大会堂举行品尝会，会上得严济慈题词"常山猴头、浙江一宝"。2006年，常山猴头菇被浙江省农业农村厅评定为"浙江名菇"。2014年，常山县政府将常山猴头菇提升到"常山三宝"之一的高度，进一步打造金名片，让常山猴头菇再放异彩。

目前，常山以猴头菇为主的食用菌栽培量达到9600万瓶（袋），食用菌产业总产值达3.15亿元。

常山，是钱江之源、四省之交，宜业之城、宋诗之河，胡柚之乡、赏石之都，是国家级生态示范区、华东地区重要生态屏障、浙江省对外开放的主要门户。常山1099平方公里的土地上，孕育出的常山胡柚、山茶油、猴头菇被誉为"常山三宝"，由此获得的"中国常山胡柚之乡""中国油茶之乡""中国食用菌之乡"等称号，更让常山声名远播，闻名遐迩。

2020年，常山被授予"全球绿色城市"称号；2021年，常山被授予"中国气候宜居县"国家气候标志；2022年，常山县获评全国"四好农村路"示范县、首批全国未成年人保护示范县、浙江省全域旅游示范县；2023年4月，首届中国乡村振兴品牌大会在常山召开，常山获评"乡村治理优秀品牌案例"。

在活动中，作家们边采风边酝酿，有的腹稿初成，有的佳作初定。如常山县诗词学会会长、县作家协会会员谢章华，在采风途中即兴赋诗三首，其中《贺浙皖闽赣四省边际作家"走进联盟花园——常山行"》诗曰："骚客文人陌上行，杜鹃花笑柚花迎。宜游景色新风物，悦耳箴言老凤声。傍水楼台遗宋韵，沿河桃柳入诗名。风流最是三衢道，梅子黄时日日晴。"

常山小记

张蓓

一

常山我是熟稔的,这份熟稔,主要是来自于地方志。

明代崇祯《开化县志》首编《舆地志》在《沿革》中这样记载:"宋乾德四年(966年),吴越王钱俶分析常山西境七乡,置开化场。太平兴国六年(981年),因常山县令郑安请,升开化县。"

意思是,我的家乡开化,在建县之前,是隶属于常山县管辖的。

彼时的浙西常山县,是吴越国的西大门户,亦是华夏东南地八省通衢之八千里路古驿道之一。

在吴越国钱王镠时期,朝廷就十分关注与重视常山这个西大门户的建设。钱王建兵营于常山县与江西玉山县交界一带的边际,常山地理位置的战略性标识在那个时候亦显得越来越重要。

所以到了钱王俶执政时,他认真思考与权衡常山边界地理位置的利弊,并为确保常山西大门户的建设发展与管理。宋乾德四年(966年),将常山县的西北区域七个乡(开源、崇化、金水、玉田、石门、龙山、云台)的范围,另行设立一个行政办事处,时称"开化场"。

"场",本义是平坦的空地;引申的意思有闲置未耕的田地、平坦开阔的晒谷之地,以及经营各种买卖的集市等。但在这里,"场"可以说是当时这个国家最低层级的行政单位之一。彼时的"开化场",虽说隶属于常山县,但已基本行政独立。

开化场设立后，历时十五年，因各方政令、经贸等运行尝试均顺利畅达，深得钱王俶的满意。在吴越国纳土归宋三年后，即宋朝开国皇帝宋太祖赵匡胤在位的太平兴国六年（981年），由时任常山县令郑安提请，朝廷批准将"开化场"升格为"开化县"，在历史沿革上，开化正式从常山分析而出。

作为一名地方志工作者，以上对开化建县历史的追踪与溯源，我熟稔于心，耳熟能详。因此，常山县在我的心中，就是这样一个重要的、不可替代的存在。

这一次的有幸得缘，参与"浙皖闽赣四省作家走进联盟花园常山行大型文学采风活动"，于我而言，则更像是一次颇接地气的寻根访故之旅，是一次难忘的面对面接触。

"青山一道同云雨，明月何曾是两乡。"离开书籍、离开文字、离开史料，我怀着崇敬的心情，踏上这片丰饶的土地，行走在常山的山水间。我吹着千百年前先人们曾经吹过的风，看千百年里汩汩流淌不息的河流和绵延不绝的隐隐青山。我看山，我看水，我看故土，我感知这里的自然风物、山川地貌和民俗风情，我看见了乡愁，看见了千百年前逝去的时光和那些留在时光里的故人。

常山与开化，因为有着这样一衣带水、一脉相承的历史渊源和文化传承，因此在常山，我真切地感知着这份在别处采风所无法拥有的独家记忆，内心亦禁不住涌起一份异样的欣悦之情。

二

一江清水出开化。

一江宋诗润常山。

钱江源头，秀丽开化；宋诗之河，诗韵常山。

我由源头开化而来踏足常山，这里的江水，已经认真收集了青山峻岭间的一滴滴涓涓溪流，奔腾凝聚成一处处波澜壮阔的河面，携带着胡柚的清甜与山油茶的芳香，汇入下游的八百里钱塘。

"解缆开帆信急湍，浪花飞作雨声寒。金溪一滴篙头水，题到常山砚未干。"在清代，曾有一位著名的戏剧理论家、剧作家叫李渔，他游览钱江源头开化后，乘船去往宋诗之河常山。他在《自开化低常山舟中即事》中写下游记：我在开化去往常山的船上，用开化马金溪上的一滴篙头水，研墨题诗作画，砚台里残剩的墨汁尚未干，而船就已然抵达了常山，河道是如此顺畅。

钱江源头的水，源源不断流进常山港，常山就成了"金川"。"金川"自古繁华，历来是水陆转运、舟车汇集之地。宋室南渡临安后，这里更是成为两浙连接南方诸省的重要交通枢纽之地。

"日望金川千张帆，夜见沿岸万盏灯。""舟行碧波上，人在画中游。"彼时，南来北往数以千百计的迁客、商贾，来来往往，无不为常山古埠的经贸繁华而流连忘返。

历代的文人骚客，亦徜徉于常山的古埠码头、三衢道中，他们或载酒扬帆，或抒情高歌，览物寄情，托物言志，一发而不可收，名诗佳句、至真性情，亦悄然跃于纸上。

距今一千四百余年前的唐代，就有一位叫刘长卿的诗人在《寻常山南溪道士隐居》中写下"过雨看松色，随山到水源"的诗句。

过了常山，就来到了与江西交界的草萍驿站。连雨初霁，天色转晴，正是一年的暮春季，稻田里水都满涨了，天上时有阴云飘过，柳树的花絮被风一吹，在空中如雪花般飞舞啊。八百余年前的南宋，中兴名相赵鼎在《题常山草萍驿》中留下"才过常山到草萍，驿亭偏喜雨初晴"的印象。

梅子黄透的时候，每天都是晴好的天气。乘着小舟，沿小溪而行，山路上苍翠的树木，与我来时一样浓密，丛林中偶尔传来几声黄鹂的清脆叫声，却比来时更添了几许清幽。这首耳熟能详、我从小就会背诵的《三衢道中》，就是南宋著名诗人曾几在常山的吟唱："梅子黄时日日晴，小溪泛尽却山行。绿阴不减来时路，添得黄鹂四五声。"

南宋大诗人杨万里，也曾多次踏足常山。他六过古渡，留下了"昨日愁霖今喜晴，好山夹路玉亭亭。一峰忽被云偷去，留得峥嵘半截青"（《入常山界二首·其一》)的诗句。

晚年的陆游,在赴任江南西路常平茶盐公事一职时,途经常山招贤渡口,被熙熙攘攘、热闹非凡的繁华情景所震撼。暮色苍茫,鸟啼阵阵,看着来往于古渡招贤形形色色、林林总总的人们,陆游不由联想到自己坎坷的人生,悲凉之情油然而生,从而生出种种人生感叹,赋得《招贤渡》一首,流传至今。

常山的山水,似乎每一朵浪花里都沾染着诗歌的气息,似乎每一座高山的背后都深藏着诗人的情感与故事。

悠悠常山,宋诗之韵,她用千年的诗词光芒,召唤着我们。

走进常山,汇聚于此,纵使疾风骤雨打湿衣裳也阻挡不了我前行的脚步。走访古民居、古村落、地质公园、胡柚基地、石头博览馆,探访非物质文化遗产技艺传承的古法榨油、宋诗之河的文化长廊,拜谒一门九进士的王氏宗祠,品尝老街深巷里的百姓小吃,我以目之所及的自然、山水、人文、风物、特产、技艺、古树、古桥、遗址等为题,进行诗文创作,一觞一咏、一文一叙,亦足以畅叙幽情。

我行走在常山的山水里,踏着前辈的足迹,心中默念着古人的诗句,潜入古人诗句中描摹的同一时空,进入古人诗句中描摹的同一场景,行吟歌咏、借景抒怀,期盼在常山,亦留下我的一份独特记忆。

三

初夏。

常山的雨,时而淅淅沥沥,时而蒙蒙霏霏。

山川河流、屋舍民居、田园菜畦,已然笼罩在一片烟雨迷蒙的意境里。

雨后的常山,空气中飘着淡淡的胡柚花香,沁人心脾。

车抵芳村停下,我不经意间抬头,看见天空飘着一缕青烟,似轻纱薄雾般散落在芳村的白墙黑瓦、飞檐翘角之上。随即,一幢幢既现代又古朴的建筑映入了我的眼帘。

芳村，这是一个有着千余年历史的古镇。在采风启动仪式开始前，我们就地参观了芳村未来乡村的传统古法手工榨油坊。

这间由原旧的轴承厂厂房改建而成的芳村未来乡村会客厅，分为"芳创""芳油""芳展""芳馨""芳邻"五大核心展示区，展示着常山油茶之乡的特色产业。传统古法榨油坊是"芳油"中心的主要展示场馆之一，那从"老油坊"里飘来的一抹油香，牵引着我们的脚步快速进入场馆。

这是我们这一站采风的点睛之笔。宽阔的榨油坊里，一架水碓嘎吱嘎吱不知疲倦地转动着，它带动大碾盘的轮轴转动将油茶果在大碾盘里碾碎，阔大的碾盘里散发出茶籽粉青涩的芬芳。

几台古法木龙榨静静候着，几个屙桶里装着满满的油茶籽堆成小山尖。老油坊里悠长的号子、清脆的撞击声，声声传来，声声入耳。那是榨油师傅正铆足劲儿，把撞槌一次次撞向木楔。青山茶树古，琥珀香油出。金黄清亮的山茶油，从古法木龙榨里细细流出，醇厚的油香随之飘溢在整个老油坊的上空。

在我的家乡开化，大山深处的苏庄镇和长虹乡，亦是油茶之乡。我曾不止一次在家乡见过这样的传统古法榨油的场景，但是我们那里的榨油坊里通常都只有一台古法木龙榨，我们的榨油规模较小。而我眼前的"芳油"传统古法榨油中心，却有"龙榨""虎榨""凤凰榨""状元榨"等八台木龙榨在静静候着，为方便茶农榨油而时刻准备着。如此热闹的榨油场面，其壮观的程度，我第一次见。

目睹此景，我的思绪亦在飘飞。在我的家乡，20世纪80年代以前，我们开化苏庄镇、长虹乡的山茶籽在年末开始采摘之时，村里的男女老少都要到油茶山上去唱山歌，以庆贺山茶籽丰收。每年清明时节，传统手工古法榨油坊的主人，都要去村里祭祀水神，以祈祷碾磨山茶籽的水碓能在湍流不息的水里，运转顺利。而在山茶油开榨前，村民们还要先用猪头、香火摆上案桌，在木榨前虔诚祭拜，祈求神灵保佑今年榨油平安顺利、多多出油。每年榨油结束时，村里还要举行封榨仪式。在木榨上披上一块红布，点香再次跪拜，感谢上苍保佑今年平安、顺利榨油，祈求来年红红火火，企盼来年油茶籽收成好，山茶油再丰收。

常山、开化两县，一衣带水，紧密相邻，淳朴的民风习俗亦代代相传。有着千余年历史传承技艺的手工古法榨油，亦同样赋予了常山芳村山茶油丰富的民间习俗和传统的文化记忆。

除了有以上和开化乡民相同的采摘油茶果、开榨前、封榨时的各种庆祝、祭祀习俗，常山芳村古法榨油坊的木龙榨取名字也很有意思。它们生动体现了老式木榨山茶油的趣味性和文化韵味。

比如每台木龙榨的取名各有不同，其代表的意蕴也不同："龙榨"代表是龙的传人，"凤凰榨"寓意山茶油如凤凰一样展翅高飞、香飘万里，"虎榨"则代表榨油师傅对技艺传承有着工匠的执着、精益求精精神，"状元榨"则寓意着热热闹闹的锣鼓鞭炮敲响、学子金榜题名美好时刻的到来。而这些，都代表着朴实的常山乡民对美好生活的祝愿和对未来的企盼。

我跟着采风的队伍，听着采风向导连中福老师的介绍。他说，"芳油"古法榨油作坊里的每一位榨油师傅，都是拥有几十年制油经验的老师傅，他们不但能榨出好山茶油，而且他们使用的古法榨油的技艺非常具有观赏性，这让老油坊从开榨的那天起，就成为芳村未来乡村会客厅里人们最喜爱观赏的亮点。

在枯燥劳累的榨油过程中，榨油师傅创造出了许多技巧和动作，他们可谓是民间的"舞蹈家"。只见他们或是单膝跪地让撞杆的撞头朝天而立，然后"砰"的一声狠狠打进木楔，这一招叫作"一支香"；或是两个榨油师傅背靠背来回打油较劲，犹如"鲤鱼穿梭"；抑或是榨油师傅突然猛地向后退几步，手中木撞凌空飞起，在号子声中砸向木楔头，整个木龙榨被撞得前后摇晃，称为"老虎撞"。粗犷潇洒的榨油动作，令旁人百看不厌，而从他们身上透露出来的正是乡民最朴实、最自然的劳动场景。

从一颗颗饱满的山茶籽，变成一滴滴色泽金黄、清香四溢的山茶油，其间有歌、有舞、有号子，古法榨油的过程蕴含着丰富的文化积淀和技艺传承。每一道工序，都是一项赏心悦目的民间绝活表演，都是一幅原汁原味的乡村艺术的展示图照。

在现场深受榨油师傅气势感染的我，走上前去，接过榨油师傅手中的撞槌，也想尝试一下榨油的技艺，亲历一下榨油的艰辛。当沉重的撞槌落在我手里时，它却一点儿都不听使唤了。且不说要用力将手中的撞槌撞击到木龙榨的木楔上，就是瞄准木楔这个靶心，我都有困难。在榨油师傅的指导下，我好不容易瞄准了木楔的靶心，使尽全身力气将撞槌撞了出去，却又因不懂得在撞槌撞击到木楔时应该及时松开手而把自己的双手震得酸痛，总之是洋相百出啊。

同行的俊霞、小玲亦有意尝试，但结果与我相仿。如此看来，"没有金刚钻，不揽瓷器活"的老话，一点儿都不假。没有强悍体力的弱女子，在这个环节是做不了什么的。若欲强行，则会显得碍手碍脚，是手忙脚乱的忙中添乱。

是的。传统手工古法榨油就是一个力气活，这期间最精湛的技艺就是"入榨"。掌槌的师傅大声挥喊着劳动的号子，"砰！砰！砰！"的撞击声，那是力量与劳作在人间最完美的结合。

一分辛劳，一分收获。木龙榨里，被挤榨的茶籽坯饼之间，汩汩流淌出的是一滴滴清香的山茶油，而在榨油师傅的脊背上，慢慢浸出的则是一行行晶莹的汗珠。常山芳村"芳油"古法榨油坊里，琥珀色的山茶油从油槽中欢快地流淌出来时，那既是乡民这一年丰收的喜悦，亦是榨油师傅在劳作中挥汗如雨、酣畅淋漓的劳动所得。

采风中连中福老师还介绍说，这个"芳油"古法榨油坊的主人"黄老汉"，真名叫黄志旺。是常山芳村镇芳村人，之前曾经担任过村党支部书记。一直以来，芳村的生态环境非常好，芳村种植油茶树也历史悠久，在常山非常有名气。村里有万亩油茶树基地，家家户户都种植油茶树，许多乡民依靠山油茶盖起了楼房，过上了富裕的生活。

榨油坊的主人黄志旺说，在他小的时候，常山好像村村都有一个榨油坊的。榨油坊里古老的气氛和人工榨油的那种力量和气势，让他从小就觉得榨油工很威风、很勇武，榨油的工作让人很羡慕。

曾经一直在外从事煤矿经营生意的黄志旺，为了寻得一条既可保护生态环境，又可持续绿色发展的乡村共富路子，同时也是为了圆自己儿时心中的一个梦想，让"记忆中那座飘香的油茶坊"再运转起来，黄志旺决定停矿转产，回到家乡，走种植油茶的绿色生态发展致富道路。他也由常山一位典型的"煤老板"成功转型成为一个生态绿色的"农场主"——"黄老汉"。

而在常山，像"黄老汉"这样经营绿色农业的农场主有很多。他们可能忙碌在田地里，他们也许耕作在满山的胡柚林中，也有劳作在山里的畜禽养殖场的，更有奔忙在山村各家民宿宾馆里的。总之，田野里，天地间，到处都是他们的身影，他们各自奔忙在乡村振兴、绿色生态可持续发展、农民共同富裕的路上。

窑变

——走进音坑乡姚家村红窑里

陈才

窑变是一个神话，窑变是一种意象。

千百年来，中国各大名瓷均有不同版本的窑变故事，有的悲壮、有的惨烈、有的奇幻，但结局几乎是一样的，窑变之后的瓷品，均闪烁着奇光异彩，清纯脱俗，风华绝代，令人惊艳！如明宣德三年（1428年）飞云镇官窑的红彩釉，景德镇的青花釉里红……那些广为流传的关于窑变的传说就是证明。

走进开化县音坑乡姚家村红窑里的第一印象，就是这种意想不到的惊讶，心里突然浮上历代那些带着传奇色彩的窑变故事。然而，红窑里的窑不是瓷窑，而是红砖窑，就更是让人意外。只见在一座高耸入云的大烟囱下，一排体量庞大的红砖轮窑赫然在目，据了解这是姚家村三十年前的红砖窑。令人惊奇的倒不是这座窑的本身，这样的砖窑，三十年前，好多地方都能看见；让人意想不到的是这砖窑上空的景致，一条条像是用彩光纸片粘贴的彩带，密匝匝地从窑脊顶部一直拉到窑屋的楼檐，小小的五彩缤纷的彩带在微风里窸窣有声，像是砖窑在悠闲惬意地浅吟低唱，整个窑背甚至连这片天空都流光溢彩。再细一看，又恍然大悟，这原本是一张放大了的极尽夸张的笑脸，笑模笑样地向远方来的客人颔首致意，把原来粗糙朴实带着泥土气息的砖窑装扮得像七彩的梦幻！几乎每个初来乍到的人，都会痴痴地驻足凝望，近乎失语地惊讶，嘀！这创意民宿，实在太有创意了！

望着门楣上"红窑里"三个鲜红的字样，我几乎是带着一种急迫的心跳走进砖窑里的，准确地说应该是走进一个恍惚的梦里，走进了一条时光倒流的隧道。那种急迫里有好奇、有新鲜、有刺激，有急于寻找一种答案的冲动。进来才看清了，原先的一窟窟窑洞，如今正好成了一间间餐厅包厢，墙面上红砖依旧，那种原汁原味岁月沉淀的光芒，透着 20 世纪八九十年代特有的气息，走廊墙上挂有不同时期的版画、国画、标语、宣传画、伟人的语录……记录的是 20 世纪各个经典的历史瞬间，在这时空交错里，眼前的砖窑突然摇身一变，烟尘飞扬的红砖窑顷刻间变成了时代特色鲜明的农家乐……

这就是今天的红窑里，下层窑洞是一间间主题餐厅、酒吧、咖啡吧、会议厅。窑壁稳固、厚实、别致，冬暖夏凉，返璞归真。坐在这里自有一种别样的情趣，不同年龄、不同身份、不同阅历的人，都会在这里找到属于自己的那份亲切、惊喜或者是怀旧的情调。窑上层是一间间民宿，宽敞明亮，洁净舒适，与城市里的星级酒店几乎没有差别。眼前这一切，不能不令人惊叹，恍惚间在时光流逝的浩渺烟波里，猛然回眸，审视我们曾经走过的那一路深深浅浅的脚印。想到当年这里的大烟囱浓烟滚滚，窑火烧得正旺，制砖机震天轰鸣，满脸烟灰的烧窑工汗流浃背，忙得晕头转向。可是你看，今天窑里窑外顾客盈门，照样一派忙碌，却是饭菜飘香，觥筹交错，笑语欢声，进进出出的人们衣着光鲜，喜笑颜开，惬意休闲。红窑里这两种完全不同的情景，在时代变迁的画廊上交相叠印，让人们怎么都不敢相信，这都是曾经和正在"上映"的真实，真是神奇的窑变啊！古代名瓷的窑变，顶多也是一两件瓷品的升华，一两家窑主的升迁，而这里的窑变却变出了一片蓝天净土，变出了一方绿水青山，变出了一方民众像山花一般烂漫的笑脸，变出了一条柳暗花明又一村的发展之路！

历史上各种名瓷的窑变都伴随着曲折艰难甚至痛苦，红窑里的窑变同样伴随着踌躇、犹疑和不舍，当年红砖厂主人——厂长姚宏燕在停窑转型的那年，就曾坦言："过去一年多的心情就如挤砖机上的那块残砖一样起伏不定。""挤砖机上的那块残砖"，说得多形象啊！那是凤凰涅槃、脱胎换骨必须经历的纠结与阵痛，是必须付出的代价。红窑里的工作人员告诉我们，这周边原来还有好多座这样的砖窑，现在都拆去了，想见拆窑时那种切肤之痛，岂止是姚宏燕一家？看准路子要往前走，就要这种壮士断腕的勇气与决心，以牺牲环境、消耗资源为代价，高排放、高污染的发展注定不能长久。

在红窑里上上下下转了几圈，走出砖窑，像喝了一壶清凉的山泉水，是那么凉爽舒坦，真的是神清气爽；环顾四周，道路、停车场平整宽敞，当年的制砖场，现在成了美丽的乡村公园，草坪、绿树、鲜花，在夏日的小雨微风里，格外水灵鲜艳，废弃笨重的制砖、和泥的机器静静地伫立在草坪和花丛中，仍与砖窑默然相守，仿佛在向游人们默默地述说着当年这里的风雨历程，也见证着红窑里窑变的历史，从而成了美丽场景中一种别样的点缀。红窑里的周边，还有各种配套的设施：球场、马场、商场、垂钓处、采摘园、会议中心……品尝了美食之后，还可以找个你喜欢的去处，把平日绷紧的神经好好放松一下，在绿水青山之间，徜徉流连，让心静下来，一边读山阅水，好好品读一下生活，一边再细细品读一下红窑里的前世今生，读出一些窑变给我们的启示。

窑变是一个神话，窑变是一种意象。它寄托的是人们对一种美好的期待与追求，是美丽蝶变的象征。但古代的窑变传说大多带着虚幻与迷茫，而红窑里的窑变却是一个真实的神话，要是你不信，你前去走一走，看一看，这座全国首创的红砖窑民宿，一定会给你一个惊喜，让你心花怒放，不醉不归！

油茶花香

罗小成

2023年4月20日，浙皖闽赣四省边际文学周采风团的汽车从衢州开往常山，东道主讲解员在车上介绍，常山有三宝：胡柚、山茶油和猴头菇。当介绍到常山是"中国油茶之乡"时，顿时让我坠入时间的深渊。

小时候，村里的大人们想揶揄我时，往往叫我回答三个问题。"小不点儿，你最爱什么树？""油茶树！""你最喜欢什么花？""油茶花！""你最爱吃什么果？""茶泡！"每当回答完这三个问题，在旁的人们总是哈哈大笑，而我每次回答时的语气和眼神都很坚毅。

20世纪70年代物资匮乏，我家人口多，有上顿没下顿的日子时常有。我是家里的老幺，有吃的尽量满足我。我长得胖墩墩的，食欲好，特别爱吃猪油拌饭。六岁那年农历九月的一天，我已经好几天没有吃猪油拌饭，躺在地下直打滚，不吃饭。母亲一直哄劝，忍无可忍开始用竹鞭打我，都无法阻止我的吵闹。

爷爷刚从山上做事回来，对我母亲说："我房间还有点山茶油。"母亲拿来山茶油将饭拌好，我迅速从地上爬起来，开始津津有味吃起来，觉得饭特别香，就问："爷爷，这是什么油？怎么这样香？"爷爷说："那是油茶树长出来的油，不是猪身上长出来的油，当然不一样。"从那时起，我懂得人世间的树也会长油，而且懂得会长油的树叫油茶树。

我纠缠着爷爷要去看油茶树。爷爷说："过一个月，油茶树就会盛开花，花开的时候很好看，再带你去。"

十月的油茶树仍长得苍翠，油茶林铺满雪白的花朵，绽放着笑脸，吐芳馥郁。个个花茎竖得直直的，花朵伸得高高的，每一朵花都显得神采奕奕。花瓣大小疏密排列有致，有单瓣的，有重瓣的，或叠成六角形，或叠成八角形，潇洒地舒展着。油茶树的叶子很厚，椭圆形，周围是一些小小的锯齿，叶正面是深绿色的，很光滑，像抹了油似的。

我问爷爷："油茶树的油长在哪里？"爷爷说："长在油茶树的花瓣上。"我看地面落了许多花瓣，就想把花瓣捡回家。爷爷说，落下的花瓣是给油茶树做肥料的，不能捡；油茶树长油要过一些时日，等我长大后，油茶树长出的油就自然会看得见，我的任务是看油茶花。我只是懵懂地点点头，看了爷爷一眼。

每年到了清明时节前后，农村的孩子最喜欢往山里窜。山上有各种诱人的野果子，如覆盆子、野草莓、地娇子、茶泡、桑葚等等。我最喜欢到山上采摘茶泡，一棵油茶树上，有茶泡，还有茶耳，采下来基本上等不及清洗，就直接往嘴里送。

听大人们说，油茶树上长出这些可口的茶泡和茶耳，对于油茶树来说不是好事，它是油茶树一种常见的病变，会影响油茶籽的产量。这种病变的茶泡，刚开始味道有些苦涩，当外表那一层暗灰色的藻皮逐渐脱落，呈现乳白色桃形时，就没有苦涩味了，反而变得特别甜，吃上一口，口感甘甜松脆。茶耳是病原菌入侵后病变的叶片，或呈浅红色、或呈淡棕色、或呈玫瑰色，到了一定时间后，外表皮脱落，露出乳白色，食用起来最甜脆。

那时，我总希望看到油茶树上能多长些像桃子一样的茶泡和发肿像耳朵一样的茶耳，从没想过油茶树为什么有茶泡，而为什么同一棵油茶树上还能长不一样的茶泡、茶耳而影响油茶树长果的产量。只记得茶泡、茶耳的味道，似乎有些苦涩，可总是甜在我的心间。

采风团一行来到了以"茶韵芳村，油茶源乡"为主题建设未来乡村的常山县芳村古镇。在这里，油茶在传统与未来的碰撞中迸发活力，开辟了传承油茶古韵文化的研学线路，让企业和农民共同致富。在芳村未来乡村芳油中心，我在传统木龙榨油坊里驻足。在这里，我要观看和品味当年我爷爷讲的那句话：长大后，油茶树长出的油我就自然会看得见。

芳油中心保留展现的是祖祖辈辈传承下来的木龙榨油法。除了采果、堆沤、晒果、脱壳、晒籽这些前期工作外，还需经过碾粉、过筛、烘炒、蒸粉、包饼、榨油、过滤，才能见到最终的食用山茶油。每五十公斤的油茶籽，可以打出十三至十四公斤的山茶油，一箱装满的木龙榨，可以打出四十公斤的山茶油。

打油时，只见油坊师傅用一根两米多长的木槌，中间系着一根粗麻绳，挂在房梁上。随后，他双手一搓，握着两米多长的木槌一头，利用钟摆原理，让木槌撞上木龙榨的扦头，挤压茶饼，榨出油来。师傅打油时动作矫健，势头起来，他会吼起打油号子。这是打油人摸索出来的换气法门，以便自己在高强度作业中依然保持正常的呼吸节奏。在经过成百上千的打击和"咚咚"作响的撞击声中，清香、透亮、金黄的山茶油从榨口缓缓流出。这是木龙出油，这是我爷爷讲的油茶树长油，这更是千百年来劳动人民的汗水和智慧的结晶。虽然传统法榨油的效率比不上机器，但它比机器多了一层历史、文化以及传承。

油茶，是中国南方特有的木本食用油料树种，与油橄榄、油棕、椰子并称为世界四大木本油料植物。常山山茶油生产已有两千多年历史，曾长期作为皇家贡品，如今是国家地理标志产品。以山茶油配加盐水调和拉制晾干而成的常山贡面，以其独特的"色、形、香、味"美名远扬。离开常山前一个夜晚，我的常山文友连中福先生约我吃夜宵。一碗热辣辣、油汪汪的常山贡面，一筷夹起来，犹如水帘垂挂，丝丝清爽，淡淡清香扑鼻而来，令人垂涎欲滴，入口时柔中带韧，回味留香。

凤凰山的秘密

罗小成

家乡有座凤凰山，山上满眼翠绿的茶园，是开基茶祖张谨所植；其曾孙张廷晖人称"茶神"，是北苑御茶园的开拓者。宋徽宗赵佶因喝了北苑御茶园进贡的政和白茶，龙颜大悦，遂把其年号"政和"赐给政和做县名。出于好奇，我在网上搜索一下，全国比较有名的叫凤凰山的地方有六十多个。凤凰山，顾名思义是有凤凰居住过或山形如凤凰的山。常听人说，能叫凤凰山的地方都有故事，一般人文底蕴都很深厚，一定是个好地方。

很荣幸，此次浙皖闽赣作家"95联盟大道龙游行"文学采风活动，我们参观的第一站龙游石窟就坐落在凤凰山麓。此山海拔不高，仅69米，其实是个丘陵，过去一直荒无人烟。20世纪50年代，山下村民为避洪灾迁至山上，山间有众多水潭，均深不见底，村民把这些水潭称为"无底塘"。"无底塘"中有鱼，村民经常抓些鱼来佐餐。一次，一村民在水潭中捕到一条37斤的大鱼，此事引起了村民吴阿奶等人的兴趣，何不将潭中之水抽干捕鱼！

1992年6月，吴阿奶等四位村民借来一台抽水机，对面积仅20平方米的"洗衣潭"开始抽水作业，水在下降，一道石壁渐渐显露。然而越往下，水面越往里倾斜，到了第四天，水面上露出一行台阶。抽水的水泵加至四台，第九天，鱼脊状石柱显露。十七天后，水落洞出，一座气势恢宏的地下石室展现在眼前，而他们连一条鱼的腥味都未闻到。十七天的劳作，他们共抽干了7个石窟，个个石窟紧挨着，排列工整，每个石窟均有石阶通向洞底。石窟内的石柱根据洞口大小有一至四根不等，其布局符合力学原理，洞与洞之间的间隔，有些仅50厘米。令人惊异的是，这7个石窟的布局竟呈北斗星的形状。

龙游石窟这个秘密被发现，看似一个偶然，其实也是一种必然。这个必然就是以吴阿奶为首的石岩背村村民做事韧劲十足，有着一往无前的信念。为了抓鱼，花了那么多人力、物力和财力，连一条鱼都没有抓到，而且花费的时间那么长。如果换成一般人，也许早就泄气了，不干了，但他们认定做的事，就有一种誓不罢休、坚持到底的决心。自古以来，在衢州这片土地上，这种义无反顾、开天掘地、勇往直前的大无畏精神，薪火相传，一脉相承。

龙游有石窟，这个天大秘密被发现的消息不胫而走，引起国内外轰动。龙游县委、县政府对石窟的发现高度重视，迎请各地专家学者前来考证。考证发现，不仅在凤凰山麓分布有众多的洞窟，在衢州北岸，类似石窟星罗棋布，附近2.88平方公里的地下至少有50个洞窟。在古代并不发达的技术条件下，如何完成如此浩大的地下工程，实在匪夷所思。

石窟艺术源于印度，兴于中国。中国四大石窟的敦煌莫高窟、麦积山石窟、龙门石窟和云冈石窟都在中国北方，印度、阿富汗、伊朗有石窟很正常，在中国南方浙江龙游也有这么壮观宏大的石窟，实在令人难以理解。

专家学者们的考证，龙游石窟是中国古代最高水平的地下人工建筑群之一，也是世界地下空间开发利用的一大奇观。它是中华民族文化博大精深的体现，集人文、艺术、文化、工程技术于一体。因此，这一秘密的发现，被人们称为"世界第九大奇迹"。

龙游石窟是一个谜团百结的地下建筑群，在方圆0.38平方公里的丘陵上有规律地分布了大小24个洞窟，每个洞窟的面积从1000至3000平方米不等。每个洞窟从矩形洞口开始垂直向下延伸，高度约30米；顶部呈漏斗形，洞窟内科学地分布着3至4根巨大的"鱼尾形"石柱，与洞顶浑然一体。更让人叹为观止的是洞壁、洞顶和石柱上都均匀地留下古人似乎带有装饰意图的凿痕。

龙游石窟规模宏大，气势磅礴，瑰丽壮观，巧夺天工。走进石窟，宛若时光倒流到远古。而它的开采年代、开采人、用途……都是千古不解之谜。国内外考古界、建筑界、史学界等专家学者纷纷到龙游县探秘。

谜团接踵而至。

有学者疑惑：石窟系何人开凿？凿于何时？有何用途？石窟为何呈倒斗

状，口小底大，如何采光？石窟并行排列，并行的石窟间隔仅50厘米且互不沟通，在当时的历史条件下，用什么方法做到如此精致？

有专家疑问：24个石窟，开凿出的石料会有8万立方米，运往何处？洞中有鸟、马、鱼等石雕图案与闪电状的刻纹，表达什么意思？石窟的数量究竟有多少个？……而如此庞大的工程，史书、方志以及典籍均无可查考，连当地的传说故事都没有，为何做得如此保密呢？

我想，这就是秘密。想当年，甘肃敦煌莫高窟藏经洞，就是一个叫王圆箓的道士在清理积沙时无意间发现的，他还挖出公元4至11世纪的佛教经卷、社会文书、刺绣、绢画、法器等文物。当时，清廷腐败无能，无暇顾及这些文物，英、法、日、美、俄等国知道后，以欺骗和掠夺的手段巧取豪夺。藏经洞绝大部分文物就这样流散到世界各地，仅剩下少部分留存在国内，这是中国文化史上大浩劫！而今，祖国强盛了，龙游石窟这个秘密被发现，正当其时。

秘密被发现后，又有新的秘密产生。正因为有秘密，才有谜团。一个又一个谜团使人费解，费解的谜更吸引人去探秘，去破解。破解结果有：采石说、地下仓库说、藏兵说、地下宫寝说、道家福地说、伏龙治水说、巨石文化说……甚至有人提出可能是外星人所为，于是又有了"外星文明说"。毫无疑问，不管是哪一种学说，在没有得到科学论证之前，都只能是假说。

千古之谜，解好，不解也好。

有一种观点，宇宙之大，永远有谜。谜是一种资源，谜是一种力量，让世间的人们去探索吧！现在保存了龙游资源的巨大魅力，不好吗？谜解开了，谁去探究？

"保护为主，抢救第一，合理利用，加强管理。"这是国家文物工作的方针。坚定文化自信，推动文物活化利用，守护好、传承好、展示好中华文明优秀成果，是我们必须遵循的原则和根本。

"保持谜面，形成谜团，定位旅游，科学建设。"这是龙游县委、县政府针对石窟的开发与保护提出的方针。这一方针是否与"谜是旅游资源"的观点有关尚不得知，但有一点是明确的，那就是因为这个谜，龙游县的旅游业兴盛起来了。如今，龙游石窟已是国家重要文物保护单位，中国文化旅游精品景区。

谜，是用来猜的，可以猜，也要去猜。秘密，是靠人去不断发现的，要解，也应该去破解。无论谜团何时解开，龙游石窟展示在世人面前的历史沧桑和磨难，都越发显得庄严深沉。它是人类古代文明的一大见证，是世界人民共有的文化遗产。

这是龙游之幸，衢州之幸，浙江之福，中国之福，更是世界之福。

因为，中国有凤凰山。

在常山，走不出胡柚花的香

罗俊霞

刚进入常山境内，雨便急切地来了，它是一定要为我们营造出山水迷蒙之境的。不然，怎么对得住在这春四月来常山采风的浙皖闽赣的作家们呢？

一路上，山一程，水一程，曲曲弯弯，我们行走在烟雨江南里。没有晴空山河，意境恰更佳。且有柚子花香，浓浓淡淡，弥漫在空气里。一切，皆是大自然赐予，刚刚好。

沿"联盟大道"，蜿蜒前行，一派田园风光，引我们进入芳村，至未来社区，感受"油茶原乡·宋韵千年"的风采。进入加工展示区，油茶原始加工制作的大型场面在此还原。坊内油茶泛香，木车辘辘，一派劳作繁忙景象。剥壳、碾粉、蒸粉、压饼、榨油，循序进行，有条不紊。每一种劳作，都是人力战胜自然的片段，在每一个片段里，总有一曲动人的弦音，最能打动人心。在这里，各种声音循着它该有的律动，不知疲倦地重复着单调的歌曲，唯有榨油的号子声，于混杂的声音中响起，抑扬顿挫，如天籁绝尘而来，此起彼伏，吸引了我们每个人。

撞杆用树干做成，大小合宜，劳动者手执一端，运力，推动撞杆，由慢而快，至终点时加大力度，猛地撞击，油夯内的油饼遭受重力挤压，油便涓涓流出，黄澄澄的，晶莹透亮。榨油本是辛苦的，有了劳动号子，便成了一种艺术的创造。劳动者与观者都在此获得一种独特的审美享受，那是力量的美，是劳动的赞歌。

从油坊出来，天已放晴，我们带着一身茶油香，走在暖暖的阳光里，触目新绿满野，草木庄稼蓬勃生长。我们的领队对我们说："你们来得正是时候，在常山，这个季节到处飘散着柚子花香，等明天我带你们去金源乡，一进入那里……"我听着他的话，心里有诗句涌出："暗香一道随风力，知是前村枳橘花。"

第二天，他带我们到了金源乡，果真如他所言。

先是参观胡柚生产基地的各种展览，我们在种类繁多的胡柚产品中流连，感叹着常山胡柚品牌的打响，惊异于常山人的眼光与智慧。随后，我们坐下小憩一会儿，有胡柚系列产品摆放在桌上供我们品尝：几瓶"柚香谷"果汁饮料摆放整齐，颜色浓淡不一，口感各异；新鲜胡柚、柚皮干、果脯装满了果盘；几杯柚花茶已泡好，加一点柚花蜜进去，清新怡人。

我们的味蕾绽放开来，吃吃这个，尝尝那样，柚香弥漫开来，酸酸甜甜，爽口润心。吃罢，唇齿留香。

走出展览基地，雨飘洒而来，我们撑着伞，走进胡柚园林。满树繁花盛开，夹道欢迎我们的到来。碎雪满野，细细密密，挤满了枝丫，空气里都是柚子花馥郁的香味，沁人心脾，如神赐的清泉，甘甜清洌。

采风队伍一路疾走，我与一女文友被绊住了脚，明显落后。雨露沾花丛，枝头满芬芳，风过，摇曳生姿。我俩近观，远看，拍照，凑近嗅花香，听到前面领队催促声，才回过神来往前赶。

待走至最高处观景台，放眼四望，漫山遍野都是柚子树，百亩葱茏，绿树白花，葳蕤蔓延，一派大气蓬勃。果真如宋代董嗣杲所描述："千林翠幄千英雪，一点琼苞一颗金。"单是这景，已足够诱人。再说此时青山远黛，近水含烟，啼鸟声声，细雨蒙蒙，一切，像是常山人民特意为我们准备好了的，达到了出游的最佳境界。

到江南的乡村，一定要有雨，天青色，烟雨朦胧，山色空蒙，绿树繁花，万水千山，如诗如画。

我们走着，在这诗画江南。在澄潭村的胡家自然村里，看那株约有百年树龄的胡柚树，如今仍青枝绿叶，年年花繁果硕，被当地人称为"祖宗树"。作为常山胡柚的原产地，其种植历史源远流长，已有一百多年。这一百多年，是一个世纪的变换，是几代人的艰辛传承与发展。一直以来，胡柚产业是常山的农业支柱之一，与山茶油、猴头菇一起，并称为"常山三宝"。

如今，常山胡柚已不仅仅是一种果实、一种景观，它也是哺育常山人民的食粮，是乡村振兴的金名片。三衢大地上，"柚香谷"飘香，它出现在各地的超市里、餐桌上，可谓家喻户晓。你来到衢州，随处便可遇见它。那天，我在胡柚生产基地，拿一瓶"柚香谷"，喝下一半，带回家一半，不禁感慨："一瓶柚香谷，足以慰乡愁。"它令我想起了故乡的橘园，想起了家乡的味道。

没错，我是新衢州人。在四月，我用脚步丈量常山的土地，一步一步，千步万步，走不出胡柚花的香。在这里，适合慢慢地走，深深地嗅。

我陡然生了情愫：离家千里万里，我翻越千山万岭来看你。再看常山，再嗅柚子花香，我有身在故乡的感觉。

来常山，要慢慢走，猛然，你就跌入历史中去，走进了宋韵常山。到东案乡的金源村传统古村落去看看，脚步轻轻，走进"贤良方正"祠堂，你能感受到王氏家族"一门九进士，历朝笏满床"的辉煌。你听一听关于王介的故事：在北宋皇帝亲自主持的一次科举考试中，仅有三人入选，第一空缺，苏轼第二，王介第三，苏辙第四。可见，王介的文才，确实非同一般。

我在祠堂内伫立良久，想象着当初三人夺魁折桂之时，王介与苏家两兄弟拱手道贺的场景。或许，日后他们成了好朋友，某一次，趁着公务闲暇，王介邀请苏轼、苏辙到他的家乡常山游览，三人徜徉山水，流连忘返。庭院内，柚花满枝，满庭芬芳，桌上摆放着新鲜的胡柚和一些瓜果。三人言谈甚欢，饮酒赋诗。酒酣之时，王介信口吟出一句："常山有客远道来，庭门今为二君开。"苏轼斟满酒，饮尽，哈哈大笑几声，和道："胡柚做茶亦做酒，他乡故知共宦游。"苏辙举杯，笑道："非诗，非诗也。来，饮酒，饮酒！"

我沉醉其中，仿若穿越至宋朝。待回过神来，我用手指蘸墨，翻开常山人物志的一页，书写王氏家族的瓜瓞绵延："常山，地处金衢盆地西部，位于钱塘江上游，水系发达，耕地广阔，土地肥沃，有'八山半水分半田'之称。此地钟灵毓秀，人才辈出，尤以东案乡金源村的王氏家族为盛……"

此时，雨至倾盆，噼里啪啦而下，打在屋檐上，落在广袤的原野，远山近水，迷蒙一片，天地相连，浑然一体。在常山一千多平方公里的土地上，我们走啊走，走不出胡柚花的香……

听取蛙声一片

罗俊霞

某夜,宿于龙山运动小镇。白昼里那些鲜亮热闹的东西绝迹而去,只剩下夜的黑和静,除了灯火和那一塘蛙声。

酒足饭饱之后,我们几个人步行回酒店,途经一个池塘,塘的边沿有装饰灯,萤火虫一样,闪烁着,摇曳着。塘里有一些睡莲,朦朦胧胧,只看见一些轮廓。我们的心思全然不在它们身上,同时被池塘里的那些蛙声吸引了。

那是怎样的蛙声呀?声音洪亮高亢,浑厚铿锵,如破磬响,回荡在山谷,如唢呐起,划破夜空。一片洪亮的呱呱之声,声声入耳,那是雄蛙在扯着嗓子喊叫。又有雌蛙的咕咕之声略弱,但也卖力地鸣叫着、应和着。此起彼伏,交响乐一般,响成一片。

我们驻足,凝神听,那是怎样的蛙声啊!在山野深处,在夜的静里,它们闹腾着、招摇着,发出求偶的信号;它们呼应着,打着节拍,欢呼着夏的到来;抑或高唱着繁衍的歌,昭示着生命的伟大。

过了一会儿,随行同伴离去了,我择塘边一块石头坐下来。此时,我可以独享这一塘蛙声了,坐着,听着,突然觉得这一片小天地是自己的了。此时,蛙鸣声充盈于耳,清风轻拂脸庞,身上的热气散去了一些。远山重叠,形成模糊的鬼魅的黑影。近处的树蓊蓊郁郁的,姿态各异,如我一般,守着这大山深处的夜。都说万物有主,各有归属,可这蛙声,包括这山里的风、草木的气味,那飘散在空气里的若有若无的花香,它们又属于谁呢?

我想,此时它们是属于我的。

回到酒店,洗漱完毕,却没了睡意。索性走到阳台上坐下来,让身子自在地蜷缩在藤椅里，闭上眼。池塘就在几十米外，青蛙家族的"聚会"依然在热闹地进行着，它们是不知疲倦的演奏家。它们并不知道，有"粉丝"在守着它们，同样无眠。

不知道在那个夜里，有没有人像我一样，沉醉在这一塘蛙声里，感受着这盛大的生命礼赞？有没有人像我一样，坐到阳台上，聆听这激越而又有些瘆人的音乐合奏？有没有人在这美好宁静的夜色里，想入非非而又进入非非之境，辗转难眠？

谁知道在那个夜里，有多少睡去与醒着的灵魂呢？

已至凌晨一点，我依然没有睡意，随着窗外的蛙声，我的思绪翻飞，翻山越岭，回到了我的故乡小镇，那千山万水之外的土家族苗族聚居地。那时我家的瓦房，坐落在一片田园之中，四周是果木庄稼，在一年四季不断变换着的田园风光里，从春末至秋，一直有蛙声响在田野里，它们是夜间的歌唱者，是天地间精力充沛的精灵，昼伏夜出，欢唱着，呼喊着，乐此不疲。

因而在我童年的记忆里，被深深地烙上了蛙鸣。只不过那时的我尚不懂得欣赏它们，但在结束了晚自修夜归的黑夜里，有它们迎接并一路护送着我回家，这样的记忆，格外温暖与生动。

"明月别枝惊鹊，清风半夜鸣蝉。稻花香里说丰年，听取蛙声一片……"这就是山乡田野的全部真实，你如果愿意，可以尽情享受此般诗境。我在这样的诗境里浸泡着，饱尝山光水色，感受土地的厚实与生命的蓬勃，在土家族的吊脚楼和山歌声里长大，然后离开，到达几千里外的另一个地方。

我从鄂西来到浙西，一晃便已是十九年。都说故乡安放不了肉身，他乡安放不了灵魂，所以，我们从长大开始，便一直不停地出发与行走。因为心中梦的驱使，我们出发，到达另外一个所在。我在他乡的土地上，耕耘着残存的梦，扶起犁耙，趔趄向前。我的父亲没有教给我耕耘的技术，他只在那些有着蛙声的夜里告诉我："你要好好读书，走出去，才能看到一个更大的世界。"

是的，我走出来了。今夜，在异乡听取蛙声一片。可是我不知道我的世界是更大了，还是更小了。我是不是池塘里的某只蛙，囿于一方塘，却以为自己拥有了一个大世界？

收回思绪,睁了眼,看时间,已是1:38。我笑了:有趣的谐音!有时想太多,完全是庸人自扰啊。

可是如果人活着,都不会去想了,那是不是少了一些意义和趣味呢?尤其在这深夜的静和无边的夜色里,任思绪蔓延,那才有趣呢!

我独坐,闭眼,继续想。想这里的山风、虫语与蛙唱;想夜色、酒香与歌声;想,那茶山、鸟巢与天梯;想,这几天一起采风的男人、女人,想我们还在坚持着的诗歌、小说与散文……

白日里不去想和不能做的事,在深夜里可以全部涌现出来,你可以任由思想穿梭,任由心灵放空,任由情绪蔓延,此时,你是个自由的人,没有人可以限制你。

在暗夜,到底隐藏着多少白昼里我们不敢想和不能做的事呢?比如对着山的黑影偷偷地喊几嗓子,比如想来一次彻夜不睡,独自去登山,比如想有一股风能把父母捎过来,比如想唱一首歌给青蛙听……

哦,我想只有在黑夜,很多隐藏着的情愫和欲望才会跑出来,它们像初春的蜜蜂一样,从蜂巢里涌出,密密麻麻的,带着刚长全的嫩翅膀,亮晶晶的,也带着螫针,有时会蜇痛你。

所有这一切,在龙山运动小镇的深夜里。那一塘蛙声提醒着我们,它搅动我们的思绪和灵魂,让我们从虚渺的想象中走出来,更加清醒地看清自己。

这个世界啊,活给他人看与活成自己是不同的样子,我内心还残存着对命运的不屈与挣扎,只有山和那一塘蛙知道。

参观"改革担当精神传承馆"

季风

2021年10月17日至18日,我有幸参加了衢州市作家协会主办的"四省边际文化周·衢江区采风活动"。为期两天的采风活动行程紧凑,内容丰富。有不少地方我是故地重游,可谓感触良多,也有挺多"没想到",以谢高华生平为主题的贺绍溪村"改革担当精神传承馆"就是其中一处。

我年少时就来过贺绍溪村,曾沿下山溪一路垂钓,在流光溢彩中收获很多欢乐,留下了美好的回忆。后来我知道这里叫贺绍溪,顿时喜欢上了——贺绍溪,仄仄平,朗朗上口啊。记忆中贺绍溪村民房低矮,道路残破,溪岸泥泞,如今再看:"别墅楼"林立,柏油马路宽敞平坦,溪岸做了水泥硬化,真好像换了天地。这是我的一个"没想到"。

第二个没想到是谢老的精神在一个地方被实体化、具象化,成了一座看得见摸得着的钢筋水泥丰碑,其中展示和保存了那么丰富翔实的文字、图片、影像资料。这个"没想到"让我更开心了。

除了那些耳熟能详的事迹,通过参观我了解到谢老更多的故事,如他坚持不用公务车送母亲看病,而是用独轮车推着母亲走了十五公里;如他对待儿子工作分配一事大公无私,让儿子离开了公务员序列;如他坚持不肯换掉家里的旧沙发,说那是自己从义乌带回来的唯一"宝贝"……展厅里一张谢老与义乌商界人士的合影深深吸引了我,照片上众多西装革履的"巨贾"腰系粗布长裙,扮作旧日"货郎担"模样,将谢老簇拥在中间,其含义不言而喻。

讲解员动情的讲解令人心潮澎湃,其实即便蓝牙耳机里空寂无声,光是看谢老事迹就已经很感人了。而比语言、文字和影像资料更有生命力的是人的情感，更有传播力的是"口碑"。我早在接触各种资料前就屡次听闻谢老大名了。有人指着崇山峻岭和我提到他，有人拿着义乌的小商品和我聊到他，有人指着奔涌的"乌引"渠水和我说起他……人心自有一杆秤，所以当地才有"谢天谢地谢高华"的民谚。

我曾在2018年和谢老一起担任衢州某颁奖典礼的嘉宾，但是我事先并不知道谢老会来。活动正式开始那天谢老由人搀扶着来到会场，又由人搀扶着上台为获奖人员颁奖。这是我第一次近距离看见谢老，我惊诧于谢老的消瘦。实在是太瘦了！我还从来没有见过这么消瘦的人。但是他的体态和他所释放的能量有着巨大的反差，而他又是一脸深深的皱纹，仿佛他整个人都是由艰辛和沧桑铸造而成的，让我没来由地觉得心酸。当时我很想找机会和他握一下手，说一声："谢老您好！祝您身体健康！"但是谢老座位与我隔着三四个人的位置，活动开始后不方便走动，而颁奖仪式一结束谢老就走了，所以我没能问候老人，非常遗憾。

走出纪念馆已是秋雨霏霏，颇有几分薄凉，然而内心却温暖充实。回头再看这座浑圆结实的灰色水泥建筑，由衷地希望更多人能够了解这个小小村庄蕴藏的巨大能量，希望有更多的后来者将谢高华为人民服务、勇于改革的精神传承和发扬光大。"馆"因"人"而建，而"人"也可以从"馆"出发，奔赴自己的人生丰碑。

黄茶帖

周华诚

　　这次喝到黄茶，是在浙江的龙游，烟雨蒙蒙之中，一条江的湾里叫泽潭的地方，简直是惊为天境——怎么有那么好的地方！江开天阔，一艘船停泊在江中，烟雨笼在江面上，也笼在人脸上。

　　就这样看一会儿，折身返回时，却见有女子坐在路边亭子下泡茶。这是很有意思的——刚刚面对那样阔大的境界，一转身又有如此具体可感的小而美的事物，顿时觉得，如果不坐下来喝一杯茶，简直是要辜负这样的美景。

　　在路上讨一碗茶喝，就仿佛置身在千年前的沧桑古道上了，我便是那浪游天下的旅人。感恩路上的施茶人，赐我一碗茶汤。这碗茶汤让人眼睛一亮，它的颜色明澈鲜活，叶色金黄，问了才知道，这是黄茶。

　　一口茶汤入喉，顿觉身心清明。泡茶人还在继续煮水泡茶，我则喝了两碗。继而人声鼎沸，周遭热闹起来，也没法潜心静气地喝茶，觉得是唐突了眼前的美意。如果只是二三人，临江摆出这样的一席茶，如此坐上两三个小时，统共只说四五句话，只凭清风过耳，飞鸟停留，茶席边一年蓬的白色花朵默默开，就太好了。

　　因为对黄茶感了兴趣，便存了心思想去了解。后来知道，这泡茶女子名伟燕，十多年前开店卖手机，卖服装，卖电脑，后来因为孩子要学舞蹈，小县城里找不到学舞蹈的好地方，索性自己开办了一个舞蹈学校。再往后，开办了国学课堂，让更多的孩子们爱上传统文化。她的书院，叫作仁礼书院——她说，要是有空，可以去书院里转一转。

　　这更有意思了，一碗茶喝出一个故事来。我心里还念着那一条江，沿着

"95联盟大道"在江边散漫行走半天,所见皆是风物。

后来又路过一座小村庄,有一家子农人在田里收拾油菜,大人从远处怀抱晒干的油菜,抱到摊开的布面上,便于敲打,让油菜籽脱落出来。油菜枝干比人还高,晒干了之后,看上去居然像是白色的花枝。抱了满满一怀的油菜,竟像是抱了满满一怀的花。一会儿是男人去抱一怀油菜回来,一会儿是女人去抱一怀油菜回来,来来回回,让人想起西方经典油画里,怀抱巨大花束的男人和女人。这是满怀喜悦的劳动场景。更让人喜悦的是,地上油菜秆的中间,还有一个三四岁的小孩子,忙忙碌碌,爬进爬出,满头满脸沾了白色的碎屑,开心得不得了。这样的一幕真是好,传统乡间的劳作,是大人与小孩都处在同一个情境之中。大人在劳作,小孩也在劳作。大人在田地间,小孩的玩耍也在田地间。这是心意相通的地方。倘若大人在田地里劳作,小孩早早就关在幼儿园里读英文单词,则难免心意阻隔。

茶园,在一路上也能见到,是不是黄茶倒也分辨不出。这个时节,已经过了春茶的时间,偶尔还能见到老妇人在茶园里采茶。龙游的黄茶,主要产自圣堂山,听说那座山八百多米,以后应该会有机会去爬一爬。龙游这个地方,最有名的,还有一个"龙游商帮"。南宋时期龙游商帮就有了,明清时期至于鼎盛,做的生意遍及全国,那时候也正是这样的商帮,把龙游的茶叶带到五湖四海。

桂花饼、灌肠香以及老街面孔

周华诚

今年桂花开得迟，刚零星闻到桂香，朋友就要带我去吃桂花饼。

但是要吃到这个桂花饼可不容易，须得去浙西衢州一个叫杜泽的古镇。桂花饼乍看起来像个馒头，里面却是空心的，只有薄薄一层，桂花散布饼内，一口咬下去，饼层松脆，又香又甜。别看这饼小巧轻飘，里面还是空心的，却让人吃得欲罢不能，毕竟是当地的非物质文化遗产。

于是，这个秋风乍凉的午后，我在杜泽古镇的老街上，吃到了这一道时令美味。这是一条历史悠久的老街。古时，杜泽乃浙西衢州往杭州建德的必经之地，到明末清初时，文人辈出、商贾云集，甚是繁华。杜泽小镇上，形成三十九条街巷交错的格局，有"千户烟灶万户丁"之称。而今，这些老街穿越历史时空留到现在，前些年，当地政府按照修旧如旧的原则进行改造，既保留了原有的建筑风貌，也保留了原住民的珍贵的生活样貌。

桂花饼店的男主人谢志雄做饼已近二十个年头，他开店的老房子已有一百四十多年历史，前店后作坊，有电烤炉、吊炉，也有土炉，生产实现了半机械化加工，除了桂花饼，同时也制作出售鸡蛋糕、麻酥糖、小酥饼、芙蓉糕等糕点。据说，单单桂花饼，每年就要卖一百多万个。

谢志雄生于老街，长于老街，他的日常生活，便是这老街的一部分。他的桂花饼，也是这老街的一部分。桂花饼属于衢州月饼中独具特色的一种。从清末开始，镇上的人就在中秋节送桂花饼、吃桂花饼。

前不久，据说有网友来此打卡，买得此饼回去见是空心之饼，还大为光火。哪里知道，这桂花饼的特点，正在于其空心。这"空心饼"是如何做出来的？我们一边喝茶、吃饼，一边听老板聊天，知道很多秘密——桂花饼虽然是空心，亦是有馅、有皮。馅是由面粉、白糖、干桂花、麦芽糖调制而成。把馅包到饼皮里，再把饼扔进一匾芝麻堆里，匾筐左右摇晃，让饼面沾满一层白芝麻，然后上炉烘烤。"空心饼"的秘密就在这里——在水分和温度的共同作用下，饼皮迅速膨起，上下饼皮分开，形成空心。高温下的桂花香气裹挟糖浆，在中空的饼内左突右撞，却又始终封闭于内，成就了独具特色的桂花饼。

走南闯北许多年，但这样的桂花饼，除了杜泽，我还真没有在别的地方遇到过。在老街停下脚步，坐下来喝一口茶，听老街人讲讲他们的故事，是老街能提供给当下生活至为珍贵的部分。

跟谢志雄一样，这条老街上的很多手艺人天天都在此经营生意。打铁的、理发的、用麦芽糖做糖画的、廊亭里说书的、卖馄饨的、卖灌肠的，他们是这老街的一部分。难以想象，如果这一条街上缺了他们，老街还有什么意思。

譬如说，街上有家手工馄饨，已经开了四十四年。主人宝仙阿姨现在年纪大了，依然是每天早上三四点就起来做馄饨，所有馄饨皮都是当天亲手擀的。白天有客人来吃馄饨，宝仙阿姨一律现包现煮。刚煮出的馄饨，皮薄如蝉翼，汤汁鲜美，很多年轻人都是排着队来这里吃一碗馄饨。朋友说，不知道宝仙阿姨二十来岁刚开店的时候，是怎样的情形，一定有着许多美好的故事吧，20世纪80年代的老街，一间小小的馄饨店开张，一个年轻姑娘的生活故事从这里展开，想想看，这是一部多么具有怀旧气息的电影场景呀。

再譬如说，老街上还有很多家灌肠店。杜泽的灌肠分为两种：一种用石磨将米磨成浆，用盐、生姜、辣椒等调料配好，灌入猪肠内，称之为米浆灌肠；另一种是糯米直接浸入调味料里，再灌入猪肠内，谓之糯米灌肠。喜欢爽滑的就吃米浆，喜欢有嚼劲的可选择糯米。煮好的灌肠，一段一段扎成滚圆，浸在红通通、香喷喷、咕嘟咕嘟冒泡的卤汁里，香气飘荡在整条街上。饥肠辘辘的游客只要闻到这香气，就无法抵挡得住它的诱惑。尤其是秋冬季节的凉风里，捧一段热乎乎的灌肠边走边吃，真是一种温暖的享受。老街上，卖灌肠的店也特别多，水仙灌肠、土花灌肠、黄明灌肠、玉仙灌肠，一店有一店的风味，一家有一家的秘密，口味略有差异却都好吃。在这条老街上，许多人吃着这样的灌肠，忆起自己数十年前的故事来。卖灌肠的人，也跟随着老街一起变老。他们的身影几乎是与老街的身影重叠在一起的。

再譬如说，这老街上还有酒坊、糖坊、染坊、豆腐坊、药铺、旅店、丝线店、烟店、杂货店，哪一家没有故事呢？这样的故事，随随便便一说便是几十年的时光，随随便便一说便是两三代人的光阴；既有令人唏嘘不已的变迁，也有叫人感动落泪的细节，有风起云涌的时代背景，也有日出日落的平淡日常。一条老街，细心收藏了多少的人世悲欢，也轻轻抚平了多少的岁月沧桑。

所以，当我们走在这一条老街上，其实是走在他们的生活里。如果说老街有灵魂的话，他们就是老街的灵魂。

古镇也好，老街也好，这些年可真多，简直是遍地开花。什么新建仿古的老街、旧底子翻新的老街、不老不新的老街，形形色色，热闹一时，而其中昙花一现的为数不少。深究一下，不过都是徒有其表而已——原住民都搬走了，过去的生活记忆都拆掉了，烟火气息都抹去了，所谓的老街，还能留下什么？不过是虚假的风景。

老街一定得是"活的"才有味道，才能使人们情感的共鸣，找回记忆中的乡愁。在杜泽老街上，听说还开了一家池畔酒吧和玉露茶舍，主人是个年轻的姑娘，她的店吸引了一批年轻的客人。是这样的，老街的记忆，终究是属于那些努力追寻美好生活、不让一日虚渡的人。老街其实不老，街上人的面孔，是构成老街的集体记忆。也只有这样，老街才能够传承讲述新的故事。

杨炯的盈川不了情

周晓清

　　衢州东二十公里处，江水浩渺。美丽的衢江北岸，坐落着一个浙江历史文化村和首批千年古村落——高家镇盈川村。随着江水流逝的是时光，而留存下来的，却是盈川首任县令的不了情。

　　公元650年，正是唐朝立国之初。距离盈川万里之遥的华州华阴（今陕西华阴市），走出了一位天才少年。公元659年，年仅十岁就应弟子举及弟，被举为神童，授弘文馆待制。他，就是"初唐四杰"之一的杨炯。

　　杨炯，字令明，与王勃、卢照邻、骆宾王齐名，合称"初唐四杰"。自嘲"愧在卢前、耻居王后"的杨炯，在浙西的高家镇盈川村却并不以诗歌闻名，而因政绩在当地老百姓口中传唱，在这里，流传的是一个贤良县令刚正不阿、为民担当，并为之付出生命的动人故事。

　　其实，被誉为神童的杨炯，其仕途并不一帆风顺，而是历尽了堪称艰辛和漫漫的等待。

　　公元676年，已近而立之年的杨炯参加了"应制举"，被补为校书郎的九品官员。又过了六年时间，才擢为时为太子李显的太子詹事司直，官衔是正七品。原以为从此官运亨通，可谁知好景不长，公元686年，其被贬为四川梓州司法参军。一路的宦途生涯，不仅蹉跎了大好的年华，也可谓酸甜苦辣尽尝。特别是在四川梓州，他留下了"美人今何在？灵芝徒有芳。山空夜猿啸，征客泪沾裳"的感叹。

　　但"宁为百夫长，胜作一书生"的壮怀，一直在士大夫杨炯的胸中激荡。

　　这样的机会还是来了。公元692年盈川设县，其年冬，杨炯终于离开朝廷，授职首任盈川县令。

盈川县，钱江源头，浙江西部，即便是今天，其归属的市域也不是一二线城市。遥想当年，这里只是蛮荒之地，离京城路途遥遥，交通运输极为不便，除了水路可以舟船代劳，其他的路程都要靠脚步丈量。难以想象，一介书生的杨炯是怎么一步一个脚印来到这里的。又加之盈川县是新设的治所，一切从头开始，万事都须亲为，"创业艰难百战多"，要想打开新局面，让老百姓衣食无忧、安居乐业，这的确需要经历几场恶战。

杨炯治县盈川的细节在官方的史料里已无从考证，但礼失求诸野，至今，在盈川老百姓的口中，还流传着他"怒杖地头蛇""智斗竹刺史""深夜借粮度荒""捐建九龙塘"等故事。这些事例，一桩桩一件件，都透着他不畏强权、公正执法、爱民如子的精神追求。作为古代集行政司法于一身的一县之长，要干出一番事业，造福一方百姓，没有一点儿勇气和智慧是不行的。

但有可能正因为他的为人公正刚强，官方的记载并没有给他留下什么好名声。《旧唐书》就说他："为政残酷，人吏动不如意，辄榜挞之。"史料中的杨炯似乎是一个酷吏，可是当地的老百姓却不这么看。在至今还存在的杨公祠中，有一副楹联这样写道："当年遗手泽，盈川城外五棵青松；世代感贤令，法瀼水江旁千秋俎豆。"表达的是百姓对他的崇敬和景仰之情。

历史往往会被时光淹没，或被任意打扮，但人心依然承载着正道沧桑。如今的盈川，已不是当年的行政县了，但盈川村还在，似乎盈川村的存在就是因为杨炯。

因为，杨炯来到盈川，他就再也没有离开过。

在清澈的衢江两岸，绿油油的庄稼竞相生长。我至今不明白，白居易何以写下"是岁江南旱，衢州人食人"的诗句，至今读来，让人心生凄凉。这里并不是缺水的地方，举世闻名的钱江潮水就萌发于此。盈川，也应该是江水丰盈、川流不息的意思。可偏偏就在盈川，杨炯不惜跃入枯井，只为感天动地，求得一场久旱甘霖。

《新唐书》和《旧唐书》中的《杨炯传》，俱谓杨炯卒于盈川任上，据专家多方考证，其大概在公元703年至704年去世。他是怎么去世的，史书并无记载，但当地老百姓代代相传，言之凿凿，说他是为求雨而逝。如果是真的，那"初唐四杰"的离世似乎都不幸与水有关，王勃溺水而死，卢照邻投水而死，而杨炯为求雨而死。

盈川村的老百姓都说，杨炯任职盈川县令期间，有一年盈川大旱，民不聊生。在那个缺乏科学知识的年代，他也不能免俗，只能日日向老天焚香膜拜，祈求龙王降下一场豪雨。可天不遂人愿，眼见骄阳似火，禾苗枯槁，杨炯心忧如焚，情急之下，他竟跳入一口枯井（有说是跳入盈川潭），不幸遇难。"天地不仁，以万物为刍狗。"但吊诡的是，当天夜里，雷声阵阵，暴雨倾盆，晚来的雨水，却也让即将枯死的稻禾复苏。

如专家考证确实，那么杨炯的殁年也只有四十出头。背井离乡，担当一县重任，杨炯是为施展一腔抱负而来的。正是人生壮年时候，杨炯却以身殉职，不知他的心中装满了多少的不甘和遗憾！而这种遗憾，在他身后，都化作了对盈川的不了情。

"生为盈川令，死为城隍神。"得知杨炯殉职在任上，当时的皇帝武则天亲笔题写"其死可悯，其志可嘉"，并敕封其为盈川城隍神，当地百姓为他建了一座杨公祠。这座杨公祠，历经一千三百多年，至今香火不断。杨炯作为盈川唯一的城隍神，如他所愿，继续守护着当地老百姓的平安和对美好生活的向往，延续着他对盈川深厚的不了情。

去年随同衢江作协采风，正逢当地百姓认定的杨炯1370岁生辰（农历九月二十九）。盈川村附近村民自发来到杨公祠，为他祝寿。据当地村民介绍，每年村民到杨公祠的次数达七次之多，在其任职盈川县令日、忌日、出巡日、封城隍日及其父母和妻子的生日，村民都要纪念。特别以杨炯出巡为最隆重，2007年，杨炯出巡祭祀仪式以其强烈的教育意义与地方性文化象征入选浙江省第二批非物质文化遗产名录。

正是为了延续对盈川的不了情，杨炯去世后，当地的老百姓在每年的六月初一这一天，都要把杨公祠的杨炯塑像抬出，像他当年活着那样，巡视如今的衢江区高家镇、莲花镇以及龙游县境内的十六个村庄共二十八个站点，一千三百多年，从未中断。因为相传，杨炯到任盈川县令后，在六月初一，都要下乡巡查县域，轻装简从，走访当地村民，了解社情民意，为民排难解忧。杨炯塑像所到之处，沿途老百姓焚香祭拜，求杨炯保佑风调雨顺，五谷丰登，人丁兴旺，生活安宁。

这次随衢州市作家协会参加走进联盟花园衢江行红色采风活动，又一次来到高家镇盈川村，发现在杨公祠旁又新增了一座建筑——盈川清廉文化馆。该馆突出杨炯生平事迹，综合运用皮影造型、多媒体影像、沉浸式体验、体感互动、研学答题等多种现代展陈技术，立体化地展示了杨炯短暂而不平凡的一生。在其周边，初唐风情街、江岸民宿、杨炯文化广场、江心半岛等一应俱全。如果说建杨公祠是民间百姓自发而为，那么，盈川清廉文化馆及杨炯文化广场的出现，就是当地政府顺应民意，契合当代主题，而对杨炯文化现象的一种弘扬和升华。

在信安郡（今浙江省衢州市），古往今来，所任官员甚多，留下美名政声的也不少，就是本地出仕的赵抃，曾历仕多地，唯"一琴一鹤"相随，不畏强权，廉洁奉公，被誉为"铁面御史"，死后谥为"清献"，与北宋包拯齐名，但身后哀荣似乎也不及盈川县令杨炯。而且盈川县作为治所，存留的时间其实很短，为如意元年（692年）置，元和七年（812年）废，也只有一百二十年。那么，究竟是什么让杨炯能够受到当地老百姓念兹在兹，无日或忘？

答案似乎也只有一个，为了报答杨炯生前对盈川的以命相许，感谢他对盈川的深厚不了情。

蛙鸣的夜

赵春媚

"95联盟大道龙游行"文学采风活动的第二天,恰逢小满。这一晚我住在龙山小镇,屋外一池塘的青蛙"咕呱咕呱"地叫个不停,聒噪但莫名亲切,我有多久没听过这么热烈的蛙鸣了啊。

时值五月,我猜想这些胆大的青蛙应该是在求偶了吧。你听,这声音里有情窦初开的蠢蠢欲动,有骄傲自大的炫耀显摆,有挑逗勾引的嚣张霸气……虽然看不见这些躲藏在暗处的小精灵,但是我可以想象:雄蛙们肯定鼓着肚子卖力地鼓吹,那洪亮如钟、中气十足的声音就是它们最多情的诱惑;雌蛙们也肯定是在妖娆地献媚,它们昂首倾听,时不时搭腔回应几声。在这一唱一和之间,新生命的诞生就被演绎得如此丰富多情。

或许是好久没有听过这些声音了,乍听起来有点激动。但是渐渐地,那潺潺的水声,那摇曳在水中的水草,那跳跃其间的小精灵……所有的一切就仿佛浸润在宣纸上的中国画——浓墨涂抹、轻描淡写地在脑海中浮现出来,而眼前的黑夜就如同一块无穷无尽的幕布,将童年的故事一幕幕缓缓地绽放。

小时候,每一年的夏天我们都要去溪口眠犬形的外婆家,这个小山村因整个形状像一条卧犬而得名。外婆家四面环山,身后是满山的竹林、松树,正对面是绿油油的茶园,只有一条窄窄的山路通往城里,恍如世外桃源般与世隔绝。即便要走到自家的稻田,也要翻过一座山的距离。

我们多喜欢待在外婆家啊:上山拾柴火挖竹笋、下河摸螺蛳抓螃蟹、去果园偷梨摘西瓜,在茶园采茶叶换零花钱……什么事都干过。不过印象里最刺激的一件事还是跟着表哥去找青蛙。其实表哥也没比我们大多少,但就是因为大了这么一点点，便成了我们的"孩子王"，什么事都是由他带头，当然什么锅也都是他背。

那时，为了打打牙祭，增加一点饭桌上的鲜味，大人们也鼓励我们去外面搞点儿吃的，就是苦了表哥，带我们出去还要把我们照看好。

于是，在一个月黑风高的夜晚，表哥一手拿着手电筒，一手拿着一根棍子在前面开路，表姐提着一个蛇皮袋紧随其后，我们几个小一点的就跟在后边，一行人走在伸手不见五指的小路上，心里就有点发毛。为了壮胆，大家拼命找着话题叽叽喳喳地说个不停。头上有闪烁的繁星，身边有忽明忽暗的流萤，耳边还有虫儿的呢喃……蜿蜒的山路在月光下极其幽静，说着说着，就只剩下了树叶的沙沙声。

忽然，表哥猛地停下了脚步，回头吩咐我们："嘘，站住！别说话！"

我们闻声一惊，第一反应就是糟糕，肯定遇上蛇了。果然，在皎洁的月光下，隐约可见一堆"小土堆"盘在路中间，大家吓得大气不敢出。表哥胆子大，操起手中的棍子一下子就快狠准地挑起了蛇身，又用力甩到远处，然后带领我们一溜烟跑过这片山路。

"是条菜花蛇，不怕，没毒！"表哥一边安慰我们一边还不忘提醒，"小心脚下！踩到了才更麻烦！"

我们连忙又放慢了脚步。不过这一段小插曲倒让这次经历更加惊险了，大家"扑通扑通"的心跳和"噼噼啪啪"的脚步衬得四周静得可怕。

"呱——呱——"终于，铺天盖地的蛙鸣袭来了，眼前就是无边无际的水稻田了。我们加快脚步，走近了才看见水田沟渠中到处是黑压压的青蛙。表哥立刻打开了电筒的最强光，强烈的光照在一只只绿油油的青蛙身上，它们便立刻停止了"轰鸣"，只是鼓着下巴，一动也不动地蹲着。

"你帮我拿着电筒，不要摇晃！"我点点头，高举着电筒，只见表哥弓身靠近，用手轻轻一捞，就将它抓住了。这只骄傲的大将军，刚刚还在凯歌高旋，现在就偃旗息鼓了，乖乖地束手就擒，我们都看得愣住了。

表姐兴奋地跑过去，打开蛇皮袋口，不顾青蛙猛蹬的后腿，一把接过，将它迅速地扔了进去，又紧紧地抓紧袋口。田野里四处的蛙鸣依旧在我们身边回响，它们似乎一点儿也不清楚刚刚发生了什么……大家配合默契，一个晚上就能换来第二天满满的一碗炒青蛙。

这是我小时候最难以忘怀的一段经历，现在只要一想起来，那雷鸣般的大合唱还会回响在耳边。

就像这一夜，蛙鸣四起，激起了无数人的回忆，诗人周新华就即兴写下了一首诗，说要把怪声音活捉了，切片、蒸煮，送给伊丽莎白。读了他写的诗，作为俗人的我不禁想起了自己当初可真的是把青蛙活捉了，切段入锅，炒成了可口的下饭菜，最后送给了自己。

此时此刻，汹涌的蛙声此起彼伏，一浪高过一浪，它们叫得肆无忌惮却又撩拨心弦。那么，我就伴着蛙鸣入睡吧，一闭眼仿佛又回到了曾经的小山村，沉浸其中，一片澄明。

一切都刚刚好，正如小满。"95联盟花园"也刚刚好，正如这美好的旧日时光。

近处的未来

桔小灯

看衢江水,第一站是未来社区。我去未来社区吃过饭,在社区的共享食堂里,人挤人,等待的时长多于用餐时长,倒也没有悻悻而归。食堂前面有家小店,招牌上用粉笔字写着供应馄饨、饺子和面条。招牌下面支着一个架子,架子上摆着电子秤,秤旁边放着青提。

我走到门口就摘了两颗尝尝,我是打算要买的,才主动摘了两颗。附近有许多农场,跟着节气种葡萄、火龙果、桃子、桑葚、西瓜和柚子。早些时候我来采摘,常吃得汁水四溢、腰圆膀阔。

称青提时,老板娘说青提是自家种的,所以卖得便宜,不为赚钱,只是田地荒着可惜。

田地不能荒着,人也不能,所以老人在后院开了个门,做餐饮,我扫码付钱时,一对男女走进小店,要了两碗面。

时隔不久,再到未来社区,这次去的是一家民宿,民宿是农家房屋改造的,篱笆很高,竹竿和竹竿紧紧挨在一起,把小院的门衬得娇小低矮,门内就是小拱桥,下有流水,水上漂着几朵凤眼蓝。

凤眼蓝我是认识的。我母亲常到村后池塘里捞凤眼蓝来喂鸭子,鸭子养在院子外面,围墙底下。捞凤眼蓝,母亲是有时间讲究的,一般是清早和黄昏。

这两个时间太阳小,母亲说。

一般,她一捞就是满满一桶,但她并不骑电动车去,她走路去,为了锻炼身体。

我母亲把凤眼蓝叫作水葫芦。水葫芦的花开成紫色,长得极像丹凤眼,所以同行的文友告诉我，水葫芦就是凤眼蓝。

如果叫凤眼蓝，那和院落就般配了，何况也就一两朵，明眼人一看就知道这个不是用于喂鸭子的。和凤眼蓝一样，小拱桥、碎鹅卵石上铺着的脚丫子形状的大石块、木亭、陶瓷猫都是装饰功能多于实用性。

我想母亲是不舍得凤眼蓝浮在水面无所事事，所以她一定会为凤眼蓝养几只无所事事的鸭子；她一定会为猫配上几条鱼，在水里游来游去。

如果她不说，我也会说。

小院二楼可以看见稻浪和麦浪。我也在田边看过稻浪起伏，金色的，风吹过就会高高低低。晴朗的夜晚最好，星星、弯腰的谷穗、风一阵阵扑在面颊上。

我少时随处可见的风景，成了现代人的诗意田园。

一座诗意田园，大概也绝不是竹梯、打稻机、晾在二楼围栏上的旧棉絮、松松散散的篷布所能代替的。在未来社区，那是去年春天，恰逢枯水期，河床裸露，一些脚踝浸在水边，一些漏网在水边窜来窜去，他们在捕捞螺蛳。

清明前后，螺肉正嫩，吃清明螺，眼睛亮。我母亲这么说，未来社区的人这么做。

十月份的芝溪水是丰满的，我在水边仰望一座桥。桥那边就是未来，走过去就到了未来世界。文友打趣道。

不，桥这边就是未来，看似无用的庭院、声控喷水池、"盒子空间"、竹筒做的凳子，哪一个都在未来的前面。

这是离我最近的未来，只是每次来，我都在现在。

音坑——传出时代"好声音"

徐金渭

环村皆山，山皆翠绿；马金溪碧水如兰，由南而北不疾不徐流向远方。开化县音坑乡下淤村村庄环境美如画。

2023年仲夏时节，我们走进下淤村时，恰遇阴雨天，酷热全消。这是一个有着悠久历史的小山村，晴日的早晨红彤彤的太阳缓缓登上村庄东面的月亮山，阳光铺洒在村庄西面马金溪的沙滩上，于是沙滩灿若披霞，故而下淤村古时有个富有诗意的名字：霞洲。据该村《叶氏宗谱》载：明朝崇祯四年（1631年），突发山洪，致霞洲村地段的马金溪沙滩淤泥堆积，自此"霞洲"以方言谐音易名为"下淤"。

地处山区，人多地少，下淤村的居民祖祖辈辈为了生计而奔波忙碌。"早在十年前，村民有一半多四处打工。"该村党支部书记、村民委员会主任叶志廷介绍说，以前，除了在各地企业做工的，村里木匠、油漆匠、泥水工等工匠有很多，全村不足千人，外出务工挣钱的即达六百多人，留守村庄的只有老人、小孩和妇女了。

家家户户的房前屋后杂物垃圾堆积，成群的鸡鸭在村里摇摇摆摆走动，猪圈污水四溢横流，马金溪畔成了垃圾填埋场——脏、乱、差是下淤村原有的村庄面貌。下淤村的"蝶变"源于一个理念的深入人心：绿水青山就是金山银山。2012年始，乡亲们行动起来整治村庄环境，除了把各自居家环境清理整洁，还对整个村庄进行精心"打扮"。"治水造景，是我们村跨出的村庄美化的第一步。"叶志廷说，村里下决心，全面清理了辖区内马金溪河道以及沙滩，继而在马金溪水面、岸边打造水上娱乐园、烧烤场、垂钓区等，还种起草坪、建起漫步道。村党支部、村民委员会和村民群众对保护马金溪是认真的，为确保河畅、水清、景美，专门出台村规民约：不在溪流洗衣物、洗涮有油渍的污秽的器具，不向溪流倾倒垃圾物、排放污水，不在溪流边搭建棚屋堆放杂物，不在溪流电鱼、炸鱼、毒鱼，不在溪流边养殖家禽家畜，等等，还专门开通全天候举报电话。马金溪美了，休闲娱乐项目配套建起来了，八方游客纷至沓来览景游玩，马金溪成了"聚宝盆"，于是下淤村的乡亲们索性把马金溪改称作"金溪"了。

下淤村村民群众初尝"卖风景"的甜头，继而进一步将山、水等自然元素与农田、传统美食、乡土风情等糅合起来，兴起建设农家乐、度假民宿、灯光篮球场、农家学堂、山谷木屋、观景栈道、登高山道、林间漫步道以及蔬果采摘园等。至2014年，整个村庄成了休闲娱乐功能多样化的AAA级景区。村里乘势而上，加强规划和引导，建成"霞洲度假村"，共有三十五家农户成了度假村的经营者。同时吸引北京、上海等地艺术家入驻，根据艺术家需要在村庄东面的王坞山下建设各具特色的房屋，以二十年免租金的方式供艺术家们居住、创作。现如今"霞洲艺术村"已初具规模，书画、雕刻等艺术家以及释、儒、道文化大家汇聚，成了游客们向往的一方游览园地。

"迎着春光，让心情随意奔放。""踏着花浪，将烦恼抛向远方。""青山绿水装下你所有的愿望。"这几句话是下淤村村歌《快乐在前方》的歌词。这首村歌展现的是下淤村的美景和乡亲们的好心情，是新时代下淤村的"好声音"。是的，下淤村已不再是穷乡僻壤，村民群众也不再背井离乡，近些年来全村在本村从事景区服务的村民即达一百五十余人，去年村民人均纯收入高达三万三千元，而村集体更是拥有了固定资产七千余万元，收入逾三百万元。建设美丽乡村，发展美丽经济，下淤村闯出了一条富有特色的成功之路，2016年即名列"中国十大最美乡村"。

其实，音坑乡的时代"好声音"到处在传唱。我们还走访了音坑、儒山、姚家、对门、汶川口、城畈、王家店等村，但见处处呈现美丽经济，樱桃、葡萄、蓝莓、草莓采摘游基地触目皆是。城畈村引进"浙江瑶源国际垂钓中心"，约十亩水域鱼鲜蟹肥，常年有众多垂钓者在此乐当"姜太公"；姚家村那一座完成了历史使命的砖窑以"红窑里"的响亮名字华丽转身为特色民宿；儒山村极具传奇色彩的读经源古村落令无数人流连忘返。下淤村传出的"好声音"在音坑乡各地响起——我想，这样说或许并不准确，应当是新时代让广大的农村大地响起了"好声音"。

那一泓水，绽放了异彩

徐金渭

对姜席堰，我是不陌生的。最初得知姜席堰，缘于官潭。

官潭是个钟灵毓秀之地，那里有龙山、虎山、旗山、鼓山，一座座因形似而得名的山让人感觉那山水之间就是旌旗猎猎、战鼓咚咚、龙吟虎啸的古战场。传说，官潭原是能出天子的。在某个漆黑的夜里，龙山、虎山在缓缓移动，调整着各自的位置。此情景被一位撑着船在灵山江捕鱼的农民看到了，他见此异象不由大呼小叫起来：呀！这山怎么动起来了？这一声喊泄露了天机，由此造成两个无法更改的后果：本应是龙下水虎上山的，但龙山的"龙头"朝山上去了，虎山的"虎头"朝向了灵山江；龙、虎既错位，刚诞生的天子娃娃性命难保，被朝廷抓去砍了。

因为官潭属"风水宝地"，我曾多次约一群男男女女从龙游县城出发骑自行车去游玩。有一回采风登上龙山，当地一位特地充当"导游"的村干部让我顺着灵山江往东望去，告诉我哪座是鼓山、旗山在何处，还告诉说传说当年有位在耕田的农民得知天子娃娃被抓后，连忙就把牛夹在腋窝下，心急火燎直追官军要抢回天子，可惜已是救护不及了。"导游"又相告：灵山江绕过鼓山东去，那里有姜席堰，是很久很久以前建造的。

随着汽车时代的到来，要约人骑车出游变得不容易，故而作为"无车一族"的我已很久很久没去官潭了，也就很久很久没在龙山上遥望姜席堰。

随着姜席堰被列入世界灌溉工程遗产而与早已闻名于世的四川都江堰齐名，它的身价陡然百倍增，格外引人瞩目，而姜席堰又恰处于"95联盟大道"的一个节点，于是浙皖闽赣四省作家在龙游采风时格外关注姜席堰就是理所当然的了。我有幸参加了此次采风活动，因此有了一次亲近姜席堰的机会。

　　山青，水清，舞文弄墨的作家们身处美景，显得特别兴奋，对着灵山江赞不绝口，纷纷举着手机自拍互拍起来，还挤挤挨挨地合影。我看到江边有人在垂钓，便信步走去，躬着身站在垂钓者身后。"今天怎么这么难得啊？"垂钓者扭头看到了我，跟我打了个招呼。记不起这位中年汉子是谁了，也想不起他是怎么认识我的，我也装作跟他很熟："好悠闲啊，过着钓翁的日子。"中年汉子告诉我，他吃鱼从不买鱼，都到姜席堰"取鱼"。"这鱼特别鲜美。感谢老祖宗造了姜席堰养了这么一汪水。"听得出，中年汉子的感激之情是真诚的。

　　老祖宗建造姜席堰不是为了蓄水养鱼，是为了拦水引水灌溉农田。时至今日，姜席堰又有了老祖宗意想不到的功用：居住在姜席堰之畔的农民很精明，他们扎起一叶叶竹筏候着，来了游客就招呼上竹筏，然后撑着竹筏在灵山江的港港汊汊中漂流，让游客们观景，从中赚旅游业的钱。慕名特来采风的浙赣闽皖作家抗拒不了竹筏和清清江水的诱惑，乘着竹筏出发了，于是在山包环绕的一道道港湾里响起了欢笑声、响起了撩起江水打水仗的嬉闹声、响起了"小小竹排江中游"的歌声，也响起了男作家女作家异口同声的赞叹声：那位达鲁花赤，做了件大功德啊！

　　夜宿龙山脚下，听取窗外蛙声一片。青蛙从来是被农人们当作朋友的，因为它们会除去农田里的害虫，有助于农作物的成长与丰收。由此我又想起了流传在官潭的传说，想起了姜席堰。

　　那天子夭折了没长成，我想即便那传说中的天子长成了坐拥天下，是不是能为百姓谋福祉也无从得知，所以完全可以把他忽略了。但是，七百年前那位只是个"七品芝麻官"的蒙古族人察儿可马无论如何是不会被忽略的，因为他为百姓做了件好事，而且泽被千秋万代。

　　察儿可马建造姜席堰没有想要"扬名立万""流芳百世"，只是为了三万余亩农田能避免旱灾，为了数以万计的乡民能吃饱饭。但是，七百年来察儿可马流芳了，七百年后的今天扬名而且大大地扬名了，他的名字传到了国外，在世界级评审大会上响起。

而今，姜席堰的灌溉功能弱化了，那一泓水绽放了别样的光彩，衍化成了垂钓休闲区、风景名胜地，带给人们别样的利益，当然其中还应当包括独特的教化功能：任何一个人，不论是否为官做宦，也不论官大官小，只要做了有益于百姓的事，百姓会记住他，历史会记住他。

我的家乡团石湾

徐建红

浙皖闽赣"95联盟大道"龙游段入口的第一站是小南海镇团石村，这是衢江边的一个千年古村。据《汪氏宗谱》记载，这里是宋朝状元汪应辰的故里，而矗立于江岸的两座节孝牌坊、默默伫立村边的里坊门，无不向人们诉说着这里悠久的历史和曾经的兴盛。团石村，人们喜欢叫它团石湾；又因村中居民大都姓汪，也被称为团石汪。我的婆家就在这里，这里是我的第二故乡。

第一次来到团石湾村，是20世纪的90年代初期。犹记得初见江边的古埠头和众多参天古树，我一下子就被深深地折服。据说，早年间，江上的商船、货船来往如麻，埠头非常繁忙，每天上下的人员、货物和牲口络绎不绝。这样繁盛的景象，我无缘得见。古埠头宽大的青石板，以及石板上大大小小的凹凸，不时提醒我这里曾经的繁盛。而古树浓荫里的古埠头旁，停歇着的一只大木船和三两只小渔船，却分明告诉我，衢江航运的式微。大木船是江上的渡船，类似绍兴乌篷船的样式，但比乌篷船要宽大许多。渡船主要是为了方便南北两岸附近的村民，到对岸走个亲戚或是赶个集市。船老大是撑船的好把式，仅靠一根长竹篙就能撑着渡船在宽阔的江面上自由往来。那时的夏日，我喜欢坐着渡船，到江心去吹凉爽的风，用手掬一捧清澈的江水洗一把脸；更喜欢渡到对岸的河滩，回望团石湾村在江水中的倒影。在苍天古木掩映下，村庄静稳如一位老者，在波光粼粼中，有一种妙不可言的韵味。

"隔河千里"是住在江边的人们常说的一句俗语。它是用来形容河两岸交通的不便、渡河的不易。随着县乡公路网的日益完善，人们出行的方式也日益丰富，一改以往出门靠步行、等个车船望"秋水"的局面。家庭拥有的交通工具从自行车到摩托车、电瓶车，到后来几乎家家都有了小轿车。然而，再怎么先进的交通工具，隔河相望的人们想要去到对岸，不乘渡船的话，都得先绕道到下游四公里外的汀塘圩大桥过河，也就是不得不绕一个马蹄形的大肚弯。时间漫溯到2010年，汪船头大桥开始动工兴建了。这大桥将横跨衢江，从江南岸詹家镇的汪船头村正跨到江北岸的团石湾。北桥头就在团石湾老埠头上游几百米处。在建桥的那段时间里，老渡船一定是最伤心难过的，因为来往过渡的人没有一个不说"等桥修好了，我们就不用再坐这渡船喽"。人们在说这些话的时候，无不带着满满的憧憬和喜悦，似乎全然忘却了渡船这些年的任劳任怨。渡船提早知晓了，大桥的落成之日，便是它寿终正寝之时。如今，老渡船已然销声匿迹，古埠头也已在水中沉睡。而横跨江面的汪船头大桥，成了江上的一道风景。夕阳西下，晚霞铺满天际时，"江桥晚照"是团石湾古村的一大胜景。大桥上往来不绝的车辆传来阵阵呼啸声，似乎昭示着老村繁荣振兴已走上新征程。

2013年的冬天，正逢衢江的枯水期，人们惊奇地发现，村边杂草丛生、杂树乱长、垃圾乱倾的堤岸上，运黄土的卡车来了又走，走了又来，不久，垃圾被清理了，长歪了的小杂树被砍去了，杂草被黄土掩埋了。人们在江里的沙石滩上还看到了几台挖掘机和运沙石的大卡车正在作业。原来这是浙江省推出"五水共治"的伟大工程中，龙游县团石湾段衢江防洪堤的改造工程。当又一个冬天过去后，按"百年一遇"的防洪要求整修一新的石砌江堤出现在人们的视野里，一个个延伸到江底的水泥浇筑的新埠头取代了坑洼残破的老埠头，惹得浣洗衣物的妇女们喜笑颜开。沿江还修好了石板铺砌的步行道和宽阔的大马路，路边围起了花坛，种上了花木，铺好了草坪。那时年已耄耋的婆婆，不无骄傲地对我们说："老家也有公园了，像你们城里那样的！"是啊，家乡越变越美，美得像个花园啦！老百姓的幸福感越来越强烈了。家乡的崭新模样正是中国美丽乡村建设的一个缩影啊！

在团石湾村民为江边的变化而笑逐颜开的时候，他们也许没有注意到，距村庄下游两公里的红船头村，有一项两年前已开工的工程，如今正在紧锣密鼓地施工中，这就是衢江航道的疏浚工程之红船豆船闸和水电站建设工程。在团石湾村的防洪堤落成之后不久，江边的人们发现，门前的江水漫上了河埠头。那是因为下游红船豆水电站的大坝拦截蓄水了。2016年3月红船豆水电站并网发电，团石湾段衢江江面达到几百米开阔。清澈的江面，波平如静，一望无垠，让人有仿佛置身大海之滨的幻觉。"一条大河波浪宽，风吹稻花香两岸，我家就在岸上住……"每到傍晚，不时会有这样的卡拉OK的歌声从岸边的"江景房"里传出来。是的，如今他们在睡梦中都会笑醒的。想往年，一到汛期，看着漫天的大雨和不断上涨的浑浊江水，家住在岸边的大人小孩无不提心吊胆。因为他们亲眼见过大水漫进家门，亲眼见过江边的大树被洪水卷走，也亲眼见过洪水中江面上时沉时浮的牲畜。因而，家住江边的小孩们从会走路起，就被严厉警告不准在雨天出门玩耍。啊，这不堪回首的一切都过去了。现在，每到傍晚时分，孩子们在家门口的大马路上欢愉地蹬着滑板，追逐嬉闹，老人们坐在古树下乐呵呵地拉着家常，年轻的父母们推着婴儿车，在步行道上吹着江风散着步……家乡人们的生活越过越美好了。

真的，依傍衢江一湾清水的团石湾村，人们美好的生活一直在来的路上。

2016年衢州市政府提出建设美丽沿江（衢江）公路，打造Y型美丽经济走廊的宏大计划时，美好又悄然降临到了团石湾村。这条美丽沿江公路遵循"沿江布线，路堤结合，路景产镇相融"的思路进行规划，本着"造一条路，修一片景，富一方百姓，营造美丽长廊"的理念，以"山、水、田、林、滩"为自然特色，以"文、史、民、宗、艺"为传统底蕴。团石湾村作为衢江边的一个千年古村落，自然是这条诗画风光带上一颗璀璨的明珠。2017年5月，美丽沿江公路开始动工了。这条道路通车后，从团石湾村沿江西行而上，可至开化县的钱江源头。2019年5月，美丽沿江公路的绿道开始动工，不久，原来沿江一米宽的步行道，被三米宽的亲水栈道所取代。借"两江走廊"和沿江绿道的东风，团石湾村开始了农房风貌提升和庭院整治工作，外墙粉刷、拆围透绿、一米菜园等工作相继落实。依托美丽的衢江，村中还打造出一条一公里左右的沿江风景线，团石湾变得更楚楚动人了。你看，村民庭院里的一米菜园，叶绿果红；江边百岁以上的古树下，供人休憩的桌椅整洁美观。特别值得一提的是，两棵被村民称为"夫妻树"的古樟下，铺起了木栈台，旁边建起了风雨长廊，这里成了村民休闲娱乐的集散中心，也是后来年轻人常来理论宣讲的主阵地。2021年7月13日，省委书记来衢考察美丽乡村建设，来到这古树下的栈台，聆听了一场关于乡村振兴和青年责任的宣讲。

自从沿江绿道开通，一时间，团石湾村因风光秀美成了县域内"网红"打卡地。人们还饶有兴致地确立了几个打卡点——爱的拱门、夫妻树、古渡、古埠头、里坊门、古牌坊等。随着游客的纷至沓来，龙游商帮兴盛地的后裔子孙的经济头脑渐渐被激活了。先是几个村民在路边摆起了零食小吃摊；之后，老埠头、汪家大院等农家乐、民宿相继兴起。特别是2020年的"风起小南海，醉美团石湾——迷辣啤酒音乐节"的举办，更是带动了团石村的"夜经济"。活动持续了七天七夜，每天人流如织，活动首日来往的游客就达三万余人。团石湾村美好的休闲生态，为村民带来了巨大的经济效益。2021年国庆，团石湾沿江风景线亮化工程完工。一场"醉美两江，夜秀团石湾"活动轰轰烈烈地举行了。每晚1.5公里长的灯光带都会亮起，其间的景观灯打在浓密的树冠或花坛上，营造出不同的意境，国庆的氛围异常浓厚。活动吸引了四面八方的游客四万多人，带动消费三百多万元。村民的腰包鼓起来了，脸上的笑容更灿烂了。"这里有美食又有美景，在这里生活真是太惬意了。"来这里的游客不无羡慕地说。是啊，这诗画田园般的生活，怎能不令人心生羡慕呢？

团石湾的村民们也许不知道，在他们的家乡变得越来越美丽、越来越热闹的过程中，美丽沿江公路修建工程也在如火如荼地进行中，衢江航道的疏浚工程、龙游港的建设工程也在同步进行中。直到有一天，人们惊奇地听到"突突突"的巨大声响从宽阔的衢江江面上传来，看到一艘艘千吨级货轮排着长队向上游驶去。这时，人们才知道，家门口的衢江又恢复通航了，宽阔的江面从此有了新的生机。2020年5月18日上午，团石湾村江边绿道上聚集了不少村民，他们几天前就从各大媒体、各种渠道得到消息，杭衢钱塘江诗路之旅首航的"衢州有礼"号游轮今天将经过家门口，他们早早来此守候，只求一睹豪华游轮的芳容。9时04分，"衢州有礼"号游轮缓缓行驶在团石湾段的衢江江面上。远望青山如黛，近看碧水如玉，蓝天白云下，游轮乘风破浪。啊，这是一幅多美的山水画卷啊！站在岸上的人们一定陶醉了，陶醉在自己家门口秀美的风光里；而他们和自己的家乡，也定格在游轮上游客们的眼里、心里、照片里，成为永恒的诗意风景画。

2020年7月浙皖闽赣联合构建"联盟大花园"，打造全国首个跨省域交旅融合项目——"95联盟大道"。衢州的沿江公路在"联盟大道"上，秀美而古老的团石湾村自然成了这条旅游环线上的重要驿站。如今，沿着"95联盟大道"东来西往的游客们，来到团石湾村必会停下脚步，静下心来深呼吸这里的清新空气。他们或走进特色农场，来一次亲子的采摘游；或走进农家乐，体验乡村的特色风俗和风味；如果是一队摩托骑士，他们会在江边的"摩道驿站"喝着咖啡，赏着江景。也许用不了多久，如今已初见雏形的龙兰水上活动中心就将向游客开放，到那时村民和游客乘坐着各式水上游乐设施，在衢江水中游乐嬉戏，岂不美哉！快哉！

"这是到哪里了啊？风景这么美！"

"哈哈哈，团石湾！你娘家到了啊！"

"啊？！三年没回来，娘家变得我都认不出来了！"

这是那天我开车带远嫁绍兴的小姑回到村口时的一段戏剧性的对话。从中你可以感受到，团石湾这几年发生的变化是多么让人叹为观止，大有"士别三日，即更刮目相待"的感觉。

"我的家乡团石湾，家门口的衢江波浪宽，风吹樟花香两岸，乡村振兴美名扬……"听，古樟下的长廊里又一场宣讲开始了。

我的家乡因水而生，因水而美，因水而兴，一幅乡村振兴的宏伟画卷正在衢江之畔徐徐展开，欢迎远方的你来细细品鉴。

留住"三味",书写"三人"新诗篇

——溪口乡村未来社区文学采风实录

徐寅

"在乡村未来社区的发展模式上,我们组建产业联盟、创客联盟、治理联盟,一起办公、一起生活、一起创业,以'留住原乡人,召唤归乡人,吸引新乡人'为目标,着重做好 '三个人'的工作经验。"

这"三个人"的提法真新鲜,一下子吸引住了我的目光,便靠近讲解员,想听听还有什么奇思妙想的社区建设。

一名年轻人正在图板前讲解,讲到归乡人时,他举了一个回乡来做陶瓷、在未来社区创办了瓷米文创室的事例。

"那么,如何做好他们的工作,那就是要让他们有活干、有钱赚,这样,就会有更多的人来了。这就是我们所说的'三个有'。我们要让他们记住'三个味',即乡土味、乡亲味和乡愁味,但仅仅有这三个乡味,还是远远不够的,我们推出了'三个造',即造场景、造邻里、造产业,目的就是优化工作生活环境,打消他们的顾虑,实现五分钟奋斗公社核心圈,十五分钟美丽乡镇核心圈,三十分钟龙南一镇三乡幸福生活圈……"

我从小生长在乡村,还以为懂得现在的乡村,但刚才听到的有关建设乡村未来社区的内容,真的让我很意外——原来乡村还可以这样建设啊!

溪口镇于2019年率先提出打造"乡村未来社区",经过两年多的美丽乡村建设,形成了改革集散地、旅游集散地、双创集散地等多样化乡村未来社区,大大提升了工作和生活的舒适度。

我故作镇静地望着讲解员，却是心潮起伏，有很多话想要细细地问：什么是原乡人？什么是归乡人？什么是新乡人？三者之间有什么联系？他们又是怎么和谐相处的？于是有了跟讲解员的对话。

我：你前面说到的"三个人"，更新了我以前的认知。那就先问归乡人的事吧。他们是什么原因要回来的？假如他们在外面做得很好，为什么还要回乡来重新创业？毕竟这里是乡下嘛！

讲解员：我们以瓷米文创为例，第一是她有家乡情结，她为什么不到别的乡村去，非要到这里来，有落地归根的情怀在这里；第二个是她有了一定的积累，她在杭州做，在龙游乡下做，其实都是一样的，她有稳定的消费群体，有一定的社会资源，她只要在线上跟客户商量好，不需要每家每户再去跑业务，她已经过了那个初创阶段；第三个是对家乡的自然风貌啊，风土人情啊，都很了解，很有感触，她愿意让这些跟艺术做一个深度的结合，让自己的才情得到升华。

瓷米文创2021年邂逅溪口，创意独特新颖，跟龙游石窟文化有了结合，跟畲族文化有了结合，跟状元文化有了结合。这是艺术与乡村文化的深度结合。

我：能让当地文化跟艺术相结合，真了不起！对了，那个做陶瓷的归乡人年纪不小了吧？

讲解员：她很年轻。

我：很年轻，那为什么要回来？我们假设一下，她是不是有其他原因，才回到家乡来了。这些故事情节，在电视里经常见到。

讲解员：没有！她纯粹是有家乡情结，回来发展。她本人是大学毕业，她有很多老师也来这里搞创作，学生也来实习。对，这里是他们大学的实践基地。

我：实践基地，确实有点特别的味道了。

讲解员：是的，老师们喜欢这里的自然风光。因为研发新产品压力很大，来到这里，工作之余到江边走走，去老街吃小吃，或者去爬个山，去骑个车，能放松一下心情。在大城市工作压力大，上下班需要一两个小时。在这里很方便，住宿就在隔壁。

溪口镇位于灵山江畔，群山环抱，竹波荡漾，山清水秀，空气质量全年一级，交通便捷，是浙西地区及闽、皖、赣等邻近诸省市通行浙东南地区的咽喉要道。它也是龙游商帮的发源地，有"铜钿银子落溪口"之美誉。

我：这是一个归乡人的成功案例。那么，本地的原乡人，会不会受到了冲击？那些好的项目，会不会都被归乡人拿走了？

讲解员：不会的。归乡人只会带来更多的项目和资金，就像瓷米文创室，能带动原乡人就业，比如一些非技术性岗位，保安和保洁工等工种。

我：归乡人带动了原乡人求业。

讲解员：是的，有一位"80后"，他原来在杭州做线上销售，他和几个小伙伴聚在一起，以"一盒故乡"为品牌，把老邮局改造成乡愁邮局，以线上销售、线下体验的模式，直播带货，他们设计新颖包装，融进乡愁元素，形成一个产业链，推销龙游发糕、烤饼、笋干等产品，打包乡愁寄到远方。

我：他们把乡愁融进销售中来了。

讲解员：对对对，乡愁不仅召回了在外打拼的游子，还吸引了一批归乡人，成为乡村未来社区引领乡村振兴的主力军。

我：这是年轻人的时代，破解了乡村传统的销售模式，赋予农产品更丰富的内涵，客户们尝乡味，解思乡之情。这就是你前面介绍的"三个味"。

讲解员：是的。

我：刚才你说了归乡人，请说说原乡人吧。

讲解员：说到原乡人，我们把原来一些老手艺人集聚起来，做传统的工艺品，大师带老师，老师带创客，创客带工匠，工匠带农户。大师设计出来一款产品，回头在老街那边就会看到。一个顶尖的手工艺大师，设计出来的新产品，会让工匠去制作，那些简易的产品，工匠会交给农户去制作，便增加了收入。这是归乡人带来的结果，资金和渠道都带到我们乡村里来了。

我：新的思想理念和技术，融合传统工艺，创造了新的产品和销售渠道，带动了原乡人观念的变化，也带来了新的致富模式。

讲解员：对，要实现共同富裕，大家的口袋里都要鼓起来。

我：还有一个问题，那些新乡人是从外地来的，他们为什么要来这里？要知道，这里并不是发达地区。

讲解员：说到新乡人，可能是因为某一些契机来到这个地方，比如有的跟我来这里工作一样，或者有的因为家庭的因素，嫁到这里来，或者被亲戚朋友带过来的。就像我们那个数字化的项目，由上海相关公司来做的，设计师有内蒙古的，有安徽的，在这边工作了一两年以后，有了非常深的感情，有的便留了下来，这样，又有了一批新的新乡人。

我：请问你这位新乡人，你的定位在哪里？

讲解员：按照我们领导的话讲，我们叫"店小二"，定位是全心全意为他们做好服务。

我：你是镇里的干部。

讲解员：对对对。（电话响了）哦，我接下电话，哎，哎哎，您好！您好您好！欢迎您回家乡创业……

又是一位归乡人要回来创业了，说在老街等他。

溪口老街初形成于明朝，商贾云集，店铺林立，形成"一街八巷六码头"的格局，曾有"小上海"之称。凡来溪口者，逛古街，品美食，购特产，选工艺品，是他们最心动的时刻，而且这里的东西物美价廉。

我望着这位镇干部的背影，想起了汤显祖的诗："谷雨将春去，茶烟满眼来。如花立溪口，半是采茶归。"汤显祖每经溪口去青田，都会在此停留，便留下了这首优美的诗句。

这位镇干部和他的"三个人"们，不正是在为溪口书写更美丽更动人的诗篇而全力以赴建设美丽乡村吗？！

登高望远，一条龙形绵延的灵山古江，纵深穿越在众山之间，势不可当——

创业者们从众山之间走来了，乡亲们从众山之间走来了，"店小二"们从众山之间走来了……

一起走向美好的未来！

千古奇迹姜席堰

联心

衢江、乌溪江、灵山江，大凡衢州的水系都穿越龙游，流向下游。得天独厚的地理位置，给龙游带来了丰沛的水资源，也使龙游的水利工程独具一格，奇迹不断。

位于灵山江下游后田铺村的姜席堰，便是一处世界治水史上的千古奇迹。

在五月，这个让人思雨恋水的季节，参加龙游行，姜席堰便成了我梦幻般的牵挂。

那天下午，虽没有炽热太阳，但天气依然有些闷热，姜席堰，就在这闷热之际，呈现在了我的面前。

哦，姜席堰，你原来是这般模样。

一条极具灵性的江，从海拔千米以上高山，奔腾至龙游城南十余里，遇上南北两座山头，南面是龟山，北面称蛇山，江水从两山脚下穿行而过，继续向东奔去，龟蛇二山也像两位壮士，日夜守候着这条具有灵性的江。

江水灵动，壮士孰能无情？龟蛇相望，日久生情，成为一对恋人。白天，隔江相望，暗送秋波；夜晚，如胶似漆，紧紧相拥。一夜，这对恋人浪漫过了时辰，造成江水回溯水漫官潭。官潭有一对虎面水、龙上山的错位龙虎山，因为江水遽涨，虎惊而欲返身上山，龙喜而想掉头下水。这还了得，一旦虎上山龙下水，官潭就会出天子，那必将引来天下动荡。于是，天庭急派神仙下凡，斥退龟蛇，一剑斩向蛇七寸，一钉钉于龟背间。霎时，两股精气如白雾迸出，弥漫在灵山江上，先合后分，渐渐幻化为上下两堰，江水便从蛇山斩断处流入平原，泽润万顷良田……

这是姜席堰的美丽传说。

而现实版筑堰史记，并没有传说这般逸情浪漫，反倒是艰辛和悲壮。

元朝至顺元年（1330年），察儿可马就任龙游达鲁花赤（县令）。那时，龙游虽江河众多，但百姓却是靠天吃饭，荒滩薄地，不旱则涝，民生十分贫困。一边是江水滔滔流失，一边是庄稼嗷嗷待雨，这是察儿可马从未遇过之难题。连年灾荒，迫使察儿可马痛下决心，去做一件前无古人之壮举：在灵山江上筑堰引水，润泽万家百姓。察儿可马立即动手，筹集资金，把筑堰任务交给了姜文松、席寰泰两员外，由他们承建此项水利工程，并上奏朝廷恩准：免交三年皇粮，限时三年完工。

当时生产力低下，建造如此浩大工程，艰难程度可想而知。开始时，堰坝屡建屡毁，建成的堰坝，一场洪水过后便荡然无存。在一次次对失败的反思中，姜、席两公终于悟到了，应顺应水势、地势，巧妙借助河道中的沙洲，以沙洲为枢纽连接上下两堰，创造性地在堰身埋入河床部分的迎水面用青石板连成石壁做基石，防止堰底因渗水而溃坝，背水面则用松树打格桩，而后填石块，松树浸水，千年不蚀，使堰坝有了坚固基础。

六百余米长的堰堤，就这样屹立在灵山江上，成为千古奇迹。

然而，故事至此并未结束，修筑漫长的灌溉干渠，要经过数十个村落，数万顷田地，地主们如何舍得？而且，这些田地宽窄高低不同，难以丈量。来自北方游牧民族的察儿可马有办法。一个晴朗的夜晚，两位蒙古族骑手，各在马尾上扎上石灰粉袋，大喝一声，骏马各朝指定目标策奔而去。夜间行马，马匹善走平川，策马身后便留下两条弯弯曲曲的白线。堰渠就沿两条白线而修，察儿可马下达了指令。这个被称为"黑夜走马定位法"的创举，恰恰使修筑堰渠的效益最大化。

一项浩大的治水工程，三年如期完工，可得令而行的姜、席两员外却已倾家荡产，自觉无颜对父老乡亲，遂择日一同登上蛇山，鸟瞰耗尽万贯家产之堰堤，长叹一声"吾两人去也"，跃马投江而尽。

此刻，灵山江水共呜咽，沿岸万民皆泣泪。

后人为纪念姜、席建堰功绩，将此堰命名为姜席堰，将二公跃江殉身之处命名为马井,在近村堰渠旁,建堰神庙,内设姜、席二公塑像供人瞻仰,旁竖记载姜、席功名石碑。20世纪20年代末,灌区民众敬制"惠我农众"匾额一块,悬挂庙祠中堂。神庙于20世纪60年代被毁,但"惠我农众"的匾额被保护留存,现置于县博物馆。

姜、席公庙虽已被毁,但旁边那棵参天古樟,依然见证六百余年来,衢州这方热土上,治水英杰辈出,护堰故事不断,视水脉为人脉,不断传承着大汉人及姜、席二公之治水精髓的故事。

进入21世纪,姜席堰的历史文化内涵得到空前丰富和传承,姜席堰不仅被视作一项水利工程,更被作为古水利文化遗产、旅游资源进行保护、建设与开发。2011年1月,姜席堰被列为浙江省重点文物保护单位;2018年8月13日,被列入世界灌溉工程遗产名录。这个建于浙西小山村的水利工程,走上了世界灌溉工程的巅峰。

在为之欢呼之际,不禁让人想起了察儿可马、姜文松、席寰泰等治水古人,而被称为中国水利泰斗的龙游人何之泰,依然值得特书一笔。这是让龙游或衢州人都倍感自豪的一位水利专家。他出生于衢江南岸的龙游水汀圩村,虽家境贫寒,但他从小心铭远志,奋发读书,毕业于南京河海工业专门学校,留学美国。学成回国后,曾出任浙江省水利建设厅技正、北洋工学院教授、湖南大学教授及工学院院长等。

1949年初,何之泰应邀赴香港讲学,学业讲完后,受命保护水利仪器资料回到内地。他不仅保存了洞庭湖工程处所有测量仪器和大量宝贵资料,还积极参加到和平解放湖南的队伍中。新中国成立后,何之泰先后担任武汉大学水利系教授、主任,长江水利委员会委员、副主任委员、副总工程师,湖北省水利学会理事长,长江水电科研院院长等。

何之泰当年回乡探亲,应乡亲们要求,设计采用通了节的毛竹做水管,穿过百步溪底,运用"倒吸虹"方法,引姜席堰西干渠的水灌溉农田,使下汪、水汀圩、小汀塘、后厅等村的五百多亩旱地变成良田,被当地百姓交口称赞。

在衢州治水群英谱上,谢高华的名字是不能缺失的,他被称为是衢州驱赶旱魔带头人、当代治水先锋。有名的乌溪江引水工程,是集农业、工业、生态、发电、旅游和百姓生活用水于一体的大型综合水利工程，它横跨衢州、金华两地，洞穿 18 座大山，越过 10 条溪流，总干渠长 82.7 公里，灌溉农田 50 万亩，开发利用低丘红壤 25 万亩。这项划时代的水利工程，正是在谢高华任总指挥的全力推动下建成的，那时，他已五十七岁。

时间再向前推至 1972 年，谢高华被任命为当时的衢县县委副书记，主抓铜山源水库建设。上任第二天，他就来到了曾两次开工、又两度停工的铜山源水库工地。他这位总指挥必须得善始善终，不负使命。

谢高华的干事风格，就是靠前指挥。他把办公室设在工地，吃住在工地，与具体抓落实的干部打成一片，有什么问题和困难，当场讨论，现场解决。经过近六年的亲力亲为，库容 1.21 亿立方米的铜山源水库终于竣工，16 个乡镇、3 个农场的 25 万亩农田和 20 万亩黄土丘陵，受到库水恩泽。

谢高华不仅是当代治水带头人，更是改革开放的开拓者，2018 年 12 月，谢高华获"改革先锋"称号，在人民大会堂接受党和国家领导人颁奖。

我手头这部 281 页的《谢高华传》，记录了他跌宕传奇的人生、造福百姓的故事、助推城市崛起的历程，同时，让我读到一个伟大民族从战争到和平、从贫穷到富强、从保守到开放那波澜壮阔又跌宕起伏的历史篇章。

关于开化音坑乡的几个词

紫含

金溪清澈,察溪纯洁,燕溪甘冽。三溪汇合东流浙,起银浪,奔腾急。象狮守护蛟龙绰,下淤平湖阔。远客来,驾艇乘舟,游兴尽就餐休息。

——刘功才《探春令·下淤水碧》

一 下淤水碧

站在开化县下淤村的桥上时,我并没觉得这座桥有什么特别,直到刻在桥上的几首诗词映入眼帘,我才惊觉,这个被一碧如洗的溪水与倒映水中的黛色山峦环绕的小村,是个浓墨重彩的地方。生于1933年的开化诗人刘功才七十多岁开始学习写诗词,《探春令·下淤水碧》里描写的金溪,便是开化县最大的河流马金溪。

作为钱塘江的源头之一,马金溪从下淤村环绕而过,静静地流淌着。下淤,隶属衢州市开化县音坑乡,距开化县城六公里,景色宜人,2019年11月被评为"2019年中国美丽休闲乡村"。

从衢州往开化,高速一个小时左右。这是江南特有的梅雨季节,雨水不分昼夜地降临,随之而来的,是一天比一天膨胀、潮湿而闷热的大地。

出县城,初夏的稻田一片新绿,公路两边栽种的水杉高达几十米,张开绿色的三角形树冠,映衬着公路边清澈澄碧的河水。河水丰沛,水色随山色树木和天空变化,时而黛蓝,时而青绿,连日来的潮闷一扫而光,空气清新得不知如何呼吸,宛若老朋友相见不知如何欢喜。

我站在桥上望着远方的山峦，它就像一条随手勾勒的高高低低的直线，雨后，白雾轻柔地缠绕在山顶，水波轻轻地吸吮着山峦，空气纯净，一些明亮而晕染的颜色，相互碰撞着落向水中，仿佛不是山峦映在水中，而是水将山峦满满地抱住了。

万顷深碧，山翼如云。整个世界簇新如斯。溪流、山峦、沟壑、树木，这些大地上神秘的线条，你根本无法描述它们的走向，不知道它们从哪里来，经历了怎样的时间和历程。

这些山水站了多少年？它们看见了什么，知晓了什么，有谁曾为它们写下过诗词，留下过文章，又有谁曾为它醉过哭过和笑过？

临水浩歌，江山有思。下淤村是美的，得天独厚的。山川河流的自然之美，哺育着人类的心灵，亘古不变。我不知刘功才老人词里的察溪和燕溪在哪里，但我实实在在地看见了金溪，看见了下淤和金溪相依相伴，溪水两岸，树木葱郁高大，岸边停留着村民们的快艇小船，一如刘功才诗词里描写的景象："远客来，驾艇乘舟，游兴尽就餐休息。"

六月的阳光无遮无挡地洒在金溪水面上。风起，风过。一片静谧，但热热闹闹。

世间的一切，其实都这样于热闹中蕴含着平静，于平静中蓄满了热闹吧，静与闹，谁又能划清它们之间的界限呢？就像百年前的金溪和今日的金溪，谁又能知道它们何时平静何时热闹？

历史于时间的缝隙里苟延残喘，能够留下只言片语的记录太少，空白太多，到最后，剩下的就是满目的山峦、河流和植物，默默地述说着今人不知的一切。金溪溪畔的下淤，还有太多的答案，等着人们去发现吧。

二 姚家姿态

午后，去往姚家。

姚家的红窑里去过几次。每到春天，红窑里酒店旁边一条百米长的小路开满了白玉兰和紫辛夷，四周除了大山，就剩下田野里的油菜花，美不胜收，我常去那里拍照。

"走进联盟花园"开化站采风的诗人作家们在窑洞改造的餐厅里坐下来，饶有兴致地了解起酒店的历史。作为砖窑厂标志性的烟囱和红砖墙，这座集民宿、餐饮、休闲娱乐为一体的酒店形象是独具一格的。我喜欢它精心保留下来的无处不在的砖窑厂元素，喜欢走过一间间红砖拱门的窑洞，虽然里面已经变成了餐厅，但仍旧可以让人想象那些窑洞如何将泥土夯成砖块，堆叠在里面，经受着高温的炙烤和时间的沉淀，发生着难以想象的变化。

这是关于时光的故事。

酒店旁边的路上，玉兰树张开巴掌大的树叶，田野里立着一人多高的玉兰，而就在几个月前，它还是一树白色和紫色相间的花树呢。时间就是有这样的魔力，将所有的一切都染上它的特质，烟囱还在，窑洞未变，但当你再次看见，已是花非花，叶非叶，甚至人也不是固定的那个人了。

时间是人类永远无法征服的自然。经过了时间长河的洗礼，世界才会呈现出令人目瞪口呆的变化。

在参观姚家村的时候，我和几位诗人不知不觉走到了河边。金溪水依然开阔，岸边一株高大的樟树吸引了我们的目光。诗人们笑着说，看到古樟树就到了村口了，果然不一会儿就有人发现在河流的拐弯处一块巨石上刻着"姚家古埠"四个字。诗人涧星踏上一块石头，眺望远处的金溪。我不知道那时他想了些什么，但恍惚间，我突然觉得，那些从这个古埠上岸的人群里，一定也有他这样回头眺望金溪的诗人吧。而他们，又曾经写下过什么呢？

流经开化很多乡镇的金溪，一直以来都是航运通道，繁忙的航运带来了富足的经济和增加的人口，也带来了文化的交流和美的开悟。

那些盛大的场面。热闹的人生场景，总会让人情不自禁感触。时间塑造着生命，所有的植物与动物，都在慢慢走完自己的一生。那些路过的，没有被看见的，永远大于呈现在我们面前的。

这就是姚家的姿态吧。它隐藏在人和自然之间，处处留下人与自然的印记，烟囱、红砖、青石台阶、大樟树、祠堂里围坐着打牌的老人，几处断墙下盛开的夜来香，它们是人们与自然相处留下的痕迹，是日复一日漫长生活里深入人心的温暖力量。

三　儒山断章

沿着一条几乎没有车辆交会的水泥路行驶十几分钟后，读经源村猝不及防地闯入了我的眼帘。

读经源村，属开化音坑乡儒山村自然村。当我们一行十几人到达读经源村山脚的时候，可容纳十几辆车的停车场只有我们这三辆车。

停车，入村，沿着一条坡度不高的青石小路前行。路的尽头，一株枫树已长满新叶，粗大的树干上贴着它的树龄：420年。

不禁驻足，拍照，猜想：秋天的时候，它该是何种景象呢？

一小段台阶后，拐弯，下了雨的路面长满青苔，有些湿滑，小心地走，满目的绿里突然跳出来一截黄澄澄的墙，半遮半掩，夏天的浓绿几近将它淹没。墙后，密不透风的沉绿之间，黄色的土墙越来越多，一层一层，由着路的蜿蜒，一栋栋黄泥墙土木房站在路边，而屋后的高山上，巨大的树木像一道绿色屏障紧紧贴着整个山村，那些树木如此高大，如此密集，如此苍翠，仿佛要将那些黄色的小小的房子衬托得更加可爱而拼了命地生长着，存在着。

一下子噤声了。这样的景象是有几分肃穆的，不由得人一惊。又走得几步，忽地一株巨樟斜插而来，黝黑嶙峋，冠盖大张，昭示着这个地方时间的久远性。千百年历史的显露，有时仅仅在于一棵衰老的树。

古老，质朴，原始，幽静。我不知如何形容我看见的读经源村，带领我们的村支书说，这个村内有46栋土坯房，全部以纯土木结构为主，是开化县音坑乡拥有土坯房数量最多、保存最完好、村民居住率最高的传统古村落。

"中国传统村落儒山村读经源村"，当我看着挂在黄泥墙的木头牌子，看到上面刻着"二〇一九年六月"，我明白，读经源村给了我最好的礼物。它还没有被更多的眼睛看到，没有被蜂拥而至的猎奇游客占据。

它就那样留在了自己的时间里，不慌，不乱，不被打扰，也不为欲望所动，它有着自己朴实而稳妥的美，它是日复一日生活的本来面貌。

我希望它永远不被打扰，来到这里的人们凭着对它的缘分，来了，走了，喜爱着，又来，又走，"世界上有些地方，走过以后会像走在回忆里。"读经源村，一定是这样的一个地方吧。

我们在村里走着，爬到村里一户人家的房顶，尽情地看着村庄的全貌，视线里那片由黄土夯就的墙如此显眼，如此粗糙，却也如此温柔，如此古老，它仿佛将我们小时候的记忆深深地藏在了里面，它忠诚地服务于最平凡的生活，再没有过多的烦恼和压抑。

我被黄泥房、山峦、落叶、林间斑驳的阳光勾住了眼睛，被风声、鸟的婉转啼音、溪水远远近近的流淌声、落叶静静飘下的声音塞满了，被山村里安安静静坐在门口的身影、石板台阶上前前后后晃动着的身影，被那些像植物一样在大山里漂移的身影，迷住了……

　　你站在桥上看风景
　　看风景的人在楼上看你
　　明月装饰了你的窗子
　　你装饰了别人的梦
　　　　——卞之琳《断章》

开化音坑乡儒山村带给我的感受太多了，我无法一一述说。我觉得儒山村读经源自然村，就是这样一个"断章"吧，它是我们对于乡村的想象，是我们的梦，是梦的断章。

一生低首胡柚花

鲁海燕

"春雨惊春清谷天",过了清明,又是一年的谷雨。

在隆隆的雷声中,谷雨这个散发着稻香般湿润气息的名字,就这样落在了地里。雨丝湿了农民手中离不开的农具,润了常山人民心里放不开的那片胡柚林。胡柚是常山的"三宝"之一,是农民手中的宝贝。它以独特的味道——甜中带点微苦而闻名。它的前身是碰柑,几世轮回后,它成了拳头大小的柚子,因外形像葫芦,所以取名为胡柚。

胡柚有着金黄的外表,浑圆的身子,静静地放置在那里,一股清香就散发开来,久久不会散去。所以,它不但是水果,也是一种调香,更是一种药果。剥下它的壳,晒干泡茶喝,可以很好地缓解喉咙痛,还可以将它整个切开连同冰糖一起炖着吃,一碗下去,咳嗽自然就好了。

细雨微风的日子,万物生长,走过闹得人招架不住的热闹的油菜花,越过清明时节梦里都逼得人走投无路的杏花,常山的胡柚花就顺应自然规律悄然开了。

微雨过后,不经意间就能发现星星点点如米粒般大小的花苞,带着人们期许的目光,带着农民丰收的喜悦,羞羞怯怯地悬在枝头上,颤颤巍巍地开满整个山头。

白色的、小小的花苞簇拥在枝头,密密匝匝地在枝头。远远地就会知道,就知道它就是胡柚花。汲着蓄了整一冬来自根部的力量,在阳光雨露中,它一点点壮大,到一指长的时候,就开始了它的最辉煌的一生——绽放之旅。

那是不肯屈身就范于园艺杂志的未经世故的花,有着鲜活的白,它们的集体亮相，顿时明亮了整个山头。微风吹来，颤颤巍巍，风中带着淡淡的香，给人怦然心动的美。一朵花一道白，五六片洁白如玉的花瓣，花蕊顶端带着淡淡的黄，那是一种安静的、不张扬的存在。

细雨沙沙，花瓣搜集着落下的雨水，汇聚成晶莹的"泪"。这些"泪"在花瓣底部，迟迟不肯离开。"胭脂泪，相留醉"，那是一种不舍的别离，是一种不屈的信念，正如我们古老常山那一代又一代的种柚人。

这时候，你安静地走在胡柚林中，只要稍加用心，就能听见胡柚花开的声音，这声音细密绵长。

微雨的日子里，你也可以看一场胡柚花的盛事。你会发现，比起四五天就猝然消亡的热烈的油菜花，比起毫不防备一股脑儿滚下枝头的山茶花，它的消亡像是含蓄悠远的笛声。

微风徐徐，一片，两片，三片，四片……叶片上仍然带着它特有的绸的光泽，依然带着枝头的温暖。那依然带着枝头的温暖，依然那么鲜活洁白夺目，即便坠地后还带着它固有的那鲜亮的白。那一片片落下的花瓣啊，脱离了枝头的束缚，摆脱了枝头的那般局促与拥挤，反倒是更自由舒展地躺在树底。柚花无声，否则借着漫山的声势将会震耳欲聋。

悄然无声的柚花啊，熬过萧瑟的秋，在人们的期待中，不负众望地孕育出黄澄澄的胡柚来，如期地给柚农们带来丰收的喜悦。

所以，我爱胡柚花，爱它的洁白馨香，爱它的含蓄内敛，更爱它的一生不低首。

一棵胡柚荡常山

鲁海燕

十年树木，百年树人。

不，树木成材也得百年，譬如我——一棵胡柚树，历经百年之后，才开始了闯荡江湖。

历史的车轮滚滚而过，时间悄然流逝。我在一个叫作常山的地方待的时间很久很久，至今六百多年了。

我本是贫瘠山林里的一棵小树，小小的身子蜷缩在山坳里，长在常山县青石镇澄潭村外的荒山上，随风摇晃，寂寞随行，只在每年的秋季里，长出似橘非橘、似柚非柚的果子来。外形粗糙得让人生厌，提不起半点兴趣来，导致我一直无人问津。

长在深山里的我，只好自娱自乐。春天，自个儿开个白灿灿的花，用芬芳吸引着一众蜜蜂，嗡嗡作响；秋风萧瑟，我就结个果在枝头招摇。

不承想，还真有人拿回去尝一尝。因为有人翻开了泛黄的医书，说我有着止咳的奇效。一传十，十传百，我成了远近闻名的明星了。

来年秋天，一众人就开始盘旋在周遭，听口气应该是农艺师，直说我是个好东西，就凭好养活这一点，就可以推广。

真是我的伯乐呀！不出两年，我便颤巍巍地挤满了山头，常山的荒山丘陵都有我招摇的身影。常山的土地成了我的地盘。

不过，数量虽多起来了，可是我还是有点不甘心。因为俺们就是个"小土妞"，就凭种植户自产自销，就让我无颜。凭啥那跟我差不多个头儿的水果，能有高价格，俺怎么提不起价呢？农民提不起劲，有些人就房前屋后随意种个几株，大户人家不过承包个山头，算是大规模了，没有销路是死路呀，我也提不起劲！

真是心有灵犀一点通呀！2017年真是我的好运年呀！常山县出台了相关政策，要对我进行标准化种植和高端化加工了，真是天助我也。2018年，两大胡柚基地拉开了帷幕，我从一个土老帽跳出了格局，跳到了台面上，让更多游客认识了我，接纳了我。他们走进了胡柚林，来亲手采摘我的果子，体验了一把丰收的喜悦，我也过了一把当网红的瘾。

我这颗心呀，真是激动。抬眼望去，高端大气的车间里都有我们的身影，拣选、去皮、取瓤……我成了果脯、果汁等，更让我激动的是我以"衢枳壳"之名入选了《浙江省中药炮制规范》，我的身价也一下子提高了许多。

想来，胡柚也是名正言顺的药果了，我的头也抬得高高的。

不就是长得粗糙了点、带点酸吗？那就继续改造，增糖降酸、绿色无公害、有机栽培……胡柚的品质已经有了大幅度的提高。随着品质的提高，胡柚也成为一种文化。胡柚景观大道、胡柚文化博览园……这些俺以前想都不敢想的事，通通都要实现了。

最欣喜的是以胡柚为原型打造的动画电影《胡柚娃》横空出世，登上了国际舞台，俺真的一下子成了网红，被人民网、新华网、中国新闻网、《浙江日报》等多家媒体纷纷报道，网民点赞，俺胡柚娃成了柚都石城的形象大使，一下子高大了起来。

白云苍狗，白云苍狗呀！我伸了伸懒腰，醒来睁开了眼，我惊奇地发现自己进了华丽的房间，和很多小伙伴一起。我看见了摄像头，看见了美丽的小姐姐，我眼珠子骨碌碌转了起来，我身边站着的不是我们县的领导吗？正和小姐姐一起推销我呢，我真是脸上有光呀！我不自觉地跳起了舞……

作为一棵胡柚树，我现在已经是"常山三宝"中的一宝了，"三宝"展览馆里陈列着我的各种加工产品：胡柚汁、胡柚果脯、柚子茶、柚子糖……人们提起我，都会给我前缀三个字：了不起。

了不起的我呀，走上了涅槃之路，现在已遍布了常山的各个角落，成了农民致富的"摇钱树"。

铺里莲花

谢华

其实我是到铺里两次了。

第一次去铺里应该是 2020 年 11 月吧，秋冬相交时节，正寻思去哪里踏秋，衢江的一个朋友说，可以去莲花的铺里看看。于是挑了一个秋阳朗照的日子，约上家人朋友，开车寻铺里而去。

一路风景，田野、林木、溪流，天湛蓝，水碧绿，天水之间还有一溜简约流畅的木栈道，还撑着太阳伞。再往前是村舍，白墙黛瓦，绿树掩映，河埠头的石阶上，还有白鸭嬉戏。

移步进村，满眼洁净，屋舍井然。屋前屋后菜地，都用砖木框着，这样一来，菜还是那些菜，但没了拖泥带水的凌乱。村里很静，只有零星几个村民往匾里晒颜色各异的秋实，见了我们，热情示意：文化礼堂在前面。那一片高大的建筑就是乡村文化礼堂了，敞亮大气，设施齐全。也许是午休时间，显得有些寂寞，与我们记忆中的乡村礼堂相比，总觉得多了点什么，又少了点什么。

今年作协的衢江区采风，我又去了一次铺里。说是看莲花的未来社区，可我们循着路标，又到了铺里。不过我这次是从正大门进的，一片开阔的草坪，绿地上错落的小木屋、房车，还有时尚的盒子空间。再往里，就是我去年来过的乡村文化礼堂了。建筑没变，可内容更丰富了，门口那个喊泉，在大家的喊声中扬起了高高的水柱，银花四溅，喜气洋洋。

田园还在，村舍依然，可我还是品出了一些不一样的味道。后来听了乡领导如数家珍的介绍，真是大吃一惊，这里居然在 2019 年 10 月就被列入"SUC 联合国可持续社区标准试点"。我们去年来时正是莲花未来社区第一期开园。

后来，我们又走进新引进的民宿、名人工作室，还有草坪一侧，芝河之上那高高的无背索斜拉桥。

原来此田园已非彼田园了，他们在人本化、生态化的基础上融入了数字化、智能化，在原乡人、归乡人中又加进了新乡人。

他们在村庄布局中既突出田园质朴，又叠加了现代化场景功能。

多么大胆的想象，多么宏大的手笔！我刚刚还在斜拉桥下感慨为什么不造一座中国传统的石板桥，这样又协调又省钱，殊不知我还是落于未来之后了。

两次到铺里，两次不同的感受，未来一定是超出我想象的美好。

回来，有人问我去了哪里，我答："莲花—铺里。"

"什么？铺里，莲花？"

心里突然一亮，太美了，铺里莲花！

就是它了，铺里莲花，这个田园型乡村国际未来社区，它已种在衢江这块丰厚的土地上，正徐徐开放，等待丰硕的果实。

未来可喜，未来可期，祝福未来！

伯益美名　峡上井河

嘹亮

芳村镇井河村位于芙蓉大峡谷东侧,芙蓉水库的下游,东临常山县最高峰——白菊花尖,是个典型的靠山面溪、环境优美的小山村。据《徐氏宗谱》记载:徐姓于明朝永乐初年由附近皇字庄(今猷阁)迁此,已有六百年的历史。因村庄地势低,如同在井下,原名"井下",方言"下"和"河"谐音,后雅化为"井河"之村名。

前几天,一位村干部打电话给我,说村里正在建设一个凉亭,让我帮忙起个名。

我一听很高兴。那取个什么名字好呢?我认真思考起来。

江南村庄之美,美在历史的深邃,美在文化的悠久。前两年,该村就入选了浙江省历史文化(传统)村落保护利用村,我想,徐偃王庙应该起到了一定的作用。村里曾多方征集形象宣传语,也让我帮忙出点子,后来,村里选用了我提炼的"伯益美名,峡上井河"。

"伯益美名"暗含徐偃王庙及徐偃王的传说;"峡上井河"就更直观了,芙蓉峡谷最主要的一段,就贯穿了整个村庄,井河村就是顺着峡谷的蜿蜒,依谷而建的。

如此想来,我就有了建议,给出"伯益""观谷""醉心"等五六个名字供村干部参考。

"望得见山,看得见水,记得住乡愁。"我相信待亭子建成以后,一定会与已经被修复保护的徐偃王庙相得益彰,与峡谷之上白墙黛瓦、错落有致的农房相呼应,成为村里一道亮丽的风景线。

村道两旁的土墙破院变成了小绿地、小游园；曾经泥泞的村道都铺成了光滑的柏油路，更加整洁；村庄主干道建起了绿化带，村庄环境得到了明显改善。

谈到村庄的变化，村支书也是感慨有加："过去的井河村是个不起眼的小山庄，村里基础设施建设滞后，主次路几乎全是土路，每逢雨雪天气，就变得泥泞不堪，群众出行很不方便。"近年来，村干部与村民团结一心，把村里的道路全部进行硬化，大大方便了村民们出行。接下来，户户相通的步行小道，也将要进行硬化。

"拆除了残垣断壁，硬化了道路后，我们又趁热打铁，铺设污水管道三千余米；铺设了自来水管道，家家用上了芙蓉水库的优质饮用水。在村里主次干道旁，还种植了冬青、红叶石楠、红花继木、杜鹃等苗木，为打造美丽宜居乡村添砖加瓦。"村干部说，村里变化的不仅仅是环境，还有村民们的生活习惯，看到村里环境变得这么美，群众也都自觉维护，环保意识大大提高。

井河村的美丽乡村改造只是常山县实施乡村振兴战略的一个侧影，在这里，一幅幅"全景常山、全域旅游、全时旺季"的美丽乡村新画卷正徐徐展开……

红窑里，窑里红

戴如祥

这次采风活动中，陈才老师似乎对"红窑里"特感兴趣。在他的提议下，我们首先走进了姚家村的"红窑里"。

听说"红窑里"，是音坑乡姚家村一处红砖窑改造成的民宿。一座红砖窑，"窑""姚"又同音，称其"红窑里"，与当下红红火火的乡村旅游热，似乎很应景、很贴切。

走往音坑乡姚家村，远远望去，有一处醒目的地标——红砖裸砌的一座大烟囱拔地而起，巍然屹立，这便是"红窑里"。靠近"红窑里"，我像见到了一艘红砖打造的"航母"停泊在村口，大烟囱犹如船头高高竖起的"桅杆"。走近大门，"红窑里"整体看去很是壮观：26孔连座窑洞，有上下两层。"红窑里"主体北面正中，建有一很宽敞的大踏步楼梯，像是大型客机上的舷梯，可步步拾级走上二层"机舱"。

走进"红窑里"，进入窑洞，像是钻进了防空洞，别有一番洞天：窑里由通体红砖砌成，其内所有的门窗都是拱形的。初进是砖窑的外廊，整体相通，每孔窑的间隔处有一道拱门。为解除窑里居徒四壁的寂寥，墙壁上布置着新中国成立后各年代的宣传画片，让人在里面有种穿越时光的追忆感，也为窑洞平添了不少生气。底层每道内洞进去，都是独立的包间或茶室，装饰简洁；上层进去则是一间间客房卧室，为保持整洁墙面上另贴了层墙砖，为了防潮也有用木板置顶的。另外，底层设有大餐厅，二层还设有可聚会用的大活动室。总之，"红窑里"就像一座宾馆，里面设施一应俱全。谁会想到昔日冒烟的一座旧砖窑，今天会成为一幢有星级宾馆功能的大民宿——其精巧的设计构思和打造，可谓匠心独运，巧夺天工。

走进"红窑里"大院，一条笔直宽敞的柏油路向里伸展，右侧便是"红窑里"主体大民宿，左侧是块大草坪，边上"镶"着花卉树木。"红窑里"大院内，四周柏油路旁设有不少车位。东头大烟囱往右拐进，红窑主体南面有一个花园，是院中的小家碧玉。草坪正东有一幢三层办公楼，像是"红窑里"一道旭日东升的屏风。沿着草坪北面进去有一农家乐，算是"红窑里"的外花园。里面种有不少可供游客采摘的蔬菜瓜果，还放养着一群鸡鸭，正是农家菜现取的好食材。藤廊过道曲径通幽，里面竟会有一处马厩，旁边还设一小跑马场，供人游玩。

我在"红窑里"民宿和整个大院内转了一大圈，感触良多。

想起我工作的浮石街道，同样也有个窑里村（原上窑、下窑两村合并而成）。从地名，便知村里有过烧窑的历史。然此窑里非彼"窑里"。尽管都说红砖黛瓦，烧红砖的窑自然可称"红窑"。然窑里前冠上一个"红"字，却多了许多丰富的内涵和新意。

我是1983年参加工作的，那时改革开放后不久，城乡发展迅猛，国家建设各类建筑与农民建房蓬勃而起，原村中的小土窑烧出的土砖瓦，根本满足不了规模宏大的建筑需求。各类建材供不应求，红砖更是稀缺抢手，砖价随之暴涨。于是砖窑应运而生，如火如荼在各地乡村迅速崛起。

记得工作后的第二年（1984年），全国掀起了轰轰烈烈的乡镇工业发展热潮，最为立竿见影的就是兴办砖瓦厂。窑厂可就地取材用工且无销路之忧，于是各地立窑、轮窑林立，瞬间走红。但接下来问题也开始显现，人们开始渐渐觉醒，形成了耕地保护意识——国家相继出台了保护耕地相关政策，对各类大小砖窑厂进行了集中清理整治，这股开窑烧砖热才得以遏制。

砖窑厂停产关闭，留下的旧窑或拆除或遗弃，一时成为投资生产者的痛。

然而，今天我们所看到的"红窑里"，却能在千万"下岗"砖窑中异军突起而不湮灭，实现了最成功、最华丽的转身——昔日冒着浓烟的旧砖窑，而今"窑"身一变，成了"窑洞民宿"。她保持了原窑洞的结构和风貌，将每个窑孔改造成一民宿居室，可开休闲会馆，能做旅店房间、饭馆包厢，也能办陈列室、纪念馆……奇迹般跃进当今乡村游的行列，名副其实成了农家乐中走红的"窑里红"。

事实证明，思路决定出路。我不得不为"红窑里"能在浴火中涅槃，实现华丽蝶变的"窑里红"而惊羡，更为姚家村人有建设新农村的这种大智慧和致力乡村振兴的这一好谋略而点赞！

下淤初行

戴如祥

2023年6月19日，衢州作家"走进联盟花园"系列采风活动，在开化县音坑乡下淤未来乡村启动。我有幸与各位大家同行，又多了一次走进钱江源的机遇！

早闻钱江源头，马金溪畔有一下淤村，享有"中国十大美丽乡村""中国乡村旅游模范村"的盛誉。我还是第一次来下淤。想必这盛名不是浪得的，百闻不如一见。

钱江源头的下淤村，自然不缺好水。马金溪自流进"绿水青山就是金山银山"这条新时代的河流，干脆就叫上"金溪"了。所谓"靠山吃山，靠水吃水"。可不是吗，正是这条清澈灵动的金溪，让下淤温润碧透，成了一方游客络绎不绝、流连忘返的金色绿洲！

梅雨季初入盛夏，晴雨无常。在美丽的金溪畔，感受着"水光潋滟晴方好，山色空蒙雨亦奇"的妙处，别有一番情趣。

下淤村依山傍水，风景怡人。青山倒映，染绿了半壁金溪。两岸垂柳依依，绿荫夹溪而伴。溪中的水鸭子"白毛浮绿水，红掌拨清波"，悠闲地在水中游弋，不时窥视游人对它的注目。一条条木筏小舟三三两两地逗留在溪畔，等着游人的光顾，青睐它的家园……这点点滴滴，无不渗透着"水岸风情、休闲下淤"的万种风情。溪水潺潺，缓缓流淌，似水月流金——这是我对"马金溪"直观的解读。

走进下淤村，乡野新村的气息扑面而来。被雨水刚冲刷过的村庄，道路清洁、环境清净、空气清新；农舍新修的小院墙，令人耳目一新；修葺一新的老宗祠,透着新农村的文化气象;农房整治后,路旁边角旮旯里的闲地,变成了一畦畦"一米菜园",与农家小院、路旁花木相映成趣,把村庄点缀得更加生动。

深入村中央,在旧宅与新楼掺杂着的一条深弄里,独立着一面文化墙——墙身是用鹅卵石砌成的,石墙里散淡地嵌入几个老酒坛,墙面正中浮起一块由七彩方块组成的大方格,扑面而来,很是醒目。沿文化墙往前挪,突现一处通透的阳光玻璃房——向村霞洲艺术馆,颇具现代文化气息。路旁墙根处攀爬的绿藤上,一串鲜艳夺目的凌霄花从翠绿中探出,绽放着新生勃发的活力。馆的正门,由一根根大长竹竿竖立排成;门匾则是一块很粗糙的木板拼制的,古朴简洁。这"向村"馆的设计,恰是现代与传统的嫁接,让人陡增一种时空的穿越。

馆内陈列着各具形态的木刻艺雕。玻璃房内的隔墙,又都是用拳头般大的鹅卵石垒砌的。门进去就是两道这样的高墙,隔成一条高深的巷弄。墙上爬着青藤,顶上则是通透的玻璃板遮盖着,让人有一种置身室外的感觉。门外有条绕着墙根的小径,迎头是面鹅卵石砌成的高坎,上半腰水管里排出一注水似瀑布飞流而下,令人有置身山涧之感。

高坎上正是"梨花公社"农耕文化纪念馆。玻璃阳光房旁是一大露台,露台架顶的上空搁着诸如木辘轳、谷风车、打稻机之类的农耕具,摆成了象征农耕文化的"梨花木轮法阵"。台面上无序摆放着几个酒坛,架柱上悬挂着箬盖、竹篓等篾器农用具,试图引领人们回归到农耕时代。

正遇一场大雨,露台阳光棚恰是让人躲雨的好去处。大家饶有兴趣地谈论着,欣喜下淤村接纳了赵丽华的"梨花公社"农耕馆、周相春的"向村"艺术馆,让这些作品曾在国内外获过奖的网红艺术家走进乡村——给乡村提供了新时代的文化元素,浓厚了新农村的文化氛围,使乡村文化振兴呈现出新气象、新风貌。

这只是我这次下淤初行留下的点滴印象;我只能在这场梅季夏雨中与你匆匆告别。尽管此行令我意犹未尽,如此下淤给我留下了一次再来的机会。这样我便可更从容地走进汉唐香府传统文化体验馆,在檀香缭绕中,细细品茶,欣赏并感受插花、抚琴、书法的雅韵,在此穿越体验一番浓郁的汉唐风情,尽兴而归!

姜席古堰和龙山运动小镇

传说姜席堰是元朝至顺年间达鲁花赤察儿可马任上所建。新中国成立以后多次对姜席堰进行保护修缮，使得古堰至今仍在发挥重要作用，造福一方百姓。

姜席堰枢纽工程由上堰、沙洲、下堰、汇洪冲沙闸以及渠首分水闸五部分组成。姜席堰的一大特色是以河道中沙洲为纽带，上联姜堰，下接席堰，组成一条长约630米、略似直角形的拦水坝，这在中国治水史上是罕见的。

姜席堰另一个特点是整道拦水坝均采用松木框架，其中填充石料，受水流冲击不朽不糟，坚固如初，也算奇观了。

2018年8月13日，姜席堰在加拿大萨斯卡通国际灌排委员会第69届国际执行理事会上入选世界灌溉工程遗产名录。

因为时间关系我们没有坐船进入渠道，有点可惜。我已经在渠口观察过，其通幽之境好似楠溪江某段。

龙山运动小镇在龙山脚下，距溪口镇不远。

小镇建筑面积约一万平方米，健身休闲活动场地约三万平方米。建有网球场、五人足球场、拓展训练中心、骑行徒步绿道等。

我们饭后在园区参观，沿着木头栈道，穿过据说有五十年历史的老茶园，见识了人造攀岩、空中探险、与"恐高症"势不两立的双子塔等设施。周围渐渐蛙声一片，细听并非普通的青蛙，而是石蛙，即衢州人俗称的"石杠"。蛙鸣随着夜色渐深而愈烈，尤其集中在我们睡房前后，让这山村之夜好不热闹。

衢州市作协在此召开主席团会议，散会已是深夜。

大家像分析石窟一样分析起蛙鸣来了：有求偶说，有开会说，有肚子饿了说，有天气闷热说……团里好几位诗人为这些聒噪不休的朋友写诗，尽吐衷肠，当然是以人类的情怀。石蛙无私地提供旋律，人们填上心仪的歌词，共谱一曲自然生命的礼赞……对我来说，这蛙鸣像是催眠曲，让我一觉到天明。

龙游溪口老街

大巴车直接开进溪口未来社区，我们下车后跟随讲解员了解溪口的发展变迁。未来社区的基础是巨化黄铁矿职工生活区——多年前我就来过，看见建于20世纪60年代初期的红砖小楼和后期灰白色制式公寓楼依然挺立，感觉很亲切。

从前的职工舞厅现在是矿史展览厅，从前矿办公楼现在是工业特色民宿，从前的食堂……现在还是食堂。新建的图书馆和格子空间等，为老篮球场增加了很多现代元素……一路行走，既感熟悉又觉陌生。

社区介绍上写着："场景设计上以溪口黄铁矿家属生活区地方特质为根基，尽量保留场地内建筑历史风貌，植入现代设计语言，要记得住乡愁，看得见发展，让历史与未来产生对话……至今拥有住户500多户1000余人……"

昔日小树已成参天林木，池塘变作鸣禽，物是人非花依旧。

溪口老街位于龙游县溪口镇灵山江畔，成于明代，盛于清末，总长400余米，一面临江，多是徽派建筑，端庄秀丽。沿江景观漫步道建设得很成功，深受游人喜爱。

眼前的老街是复建的。我印象中的老街商铺不多，几间老旧的二层雕花木楼而已，油亮的门板映着条麻石路，街道短而狭窄，沿街摆着不少地摊，卖着各色玩意儿。我在地摊上买过一个小小的黄铜烟锅和一斤切得极细的烟丝……那一口烟至今还在我咽喉里盘旋。

我们走遍老街，参观了竹制品联社的工作坊和商铺，好几位团员购买了社员的作品。中午我们在灵山江畔品味"长桌宴"。餐桌拼起长长一条，参加采风的人员面对面坐成两排，桌上是老街知名小吃和特色小菜，面前是志同道合的伙伴，身边是灵动的江水，欢声笑语自然不断飞出来。

桌上凑巧有一盘炒牛蛙，我们笑称这是昨晚龙山小镇的石蛙在"以身相送"。

我很喜欢小铁锅慢火炖起的腌笃鲜，可以就着吃掉一大碗米饭。那碗清亮鲜美的小馄饨也深得我心。

溪口老街是龙游商帮的发源地,历史上商贾云集,店铺林立,拥有"一街八巷六码头"的格局,龙游本地素有"铜钿银子落溪口"之说,一度被称为"小上海"。

现代溪口人决心恢复老街盛况,建设一个全新的、富强的溪口镇。为他们点赞!

长桌宴结束后四省边际作家采风活动也正式落下帷幕。接下来会员们返回衢州市文联,开展知名作家小说理论讲座,并隆重举行"衢州市作协小说创作委员会"成立仪式,为本次浙皖闽赣四省边际文学系列活动献上强有力的尾声。

谢高华的水利情

戴如祥

这次参加衢江市作家协会组织"走进联盟花园"衢江行红色采风活动,在横路贺邵溪"改革担当精神传承馆"、杜泽乡贤馆两次邂逅谢高华同志事迹展示,勾起了我许多与谢老相关的回忆。

我在改革担当精神传承馆里,看到一张介绍谢高华不动用公车接送家人的照片。他妻子就是自己骑自行车到贺邵溪老家看望婆婆时,途中发生车祸早逝的。那时,谢高华已是市委常务副市长。按常人看来,一个副厅级领导,如果叫司机送一下妻子回趟老家,兴许就避过了这场车祸。

这让我想起,早在1979年夏季,我高考刚结束,随姐夫到城里做小工,在府山防空洞建设工地上挖水井建水塔。当时我们借宿在徒有砖壁还未粉刷的人防办二层楼里,吃饭则在县军人接待站(现南湖桥附近的友好饭店)搭伙。当时军人接待站的支部书记正是谢高华夫人,小小的个子,看上去和蔼可亲。在站里常遇到她,对我们这些泥腿子小工和和气气的。在这里,我第一次偶遇高高瘦瘦的谢高华,说实在的,他的外表和我们打工人没什么两样。后来,听说谢夫人因发生车祸突然离世,总觉得像失去了一位往日的亲友,想起来特别惋惜,令人哀痛!

看到馆里墙上挂着当年谢老端着一粗碗茶水,蹲在乌引工程工地上现场办公的照片,我想起了1990年,我在柯城区姜家山乡工作,因旱情严重急需修建水利,乡里资金紧缺,还要勒紧裤带动员乡民出工、出力、出资支援乌引工程建设,压力可想而知。屋漏偏逢连夜雨,这时遇上了另一件糟心的事:境内六一水库因旱水浅,邻乡莫家村来哄抢库鱼,双方村民发生群斗。所涉两乡,一为柯城区姜家山乡，一为衢县河东乡，跨越县区，急需市里出面协调，当时谢高华同志正是分管农业的常务副市长。未经联系，我们就直接来到市政府闯进他的办公室。进门，只见他桌上摆着一包已拆封、下面还叠放着一包未拆开的"大重九"香烟，不停地抽着，像个农村里拉家常的邻里。

最后，在谢副市长的关心支持下，水利修建资金短缺和水库抢鱼事件，都得到了妥善处理。这件事让我看到谢老的沉稳淡定、亲民和担当。

在传承馆和杜泽乡贤馆（当年谢老办公地），铜山源水库建设工地热火朝天的场景和激情燃烧的岁月重现了。这让我想起2013年为写铜山源水库建设采访谢老的往事。水库管理局联系好谢老，约定我早上去采访他。我如约来到谢老的住处，他高兴地在家等候我上门。当我进门，坐下，向他打开手提电脑，翻看当年铜山源水库建设的那些旧照片，在他面前重现昔日。他显示出无比激动愉悦的心情。八十二岁的谢老，脸色红润，精神矍铄。说起铜山源水库建设往事，他打开话匣子像打开铜山源水库大坝的闸门——水流奔涌而出，滔滔不绝。一直说到午饭时分，老人家仍意犹未尽，便挽留我在他家吃饭，用他自己露台上亲手种的青豆、茄子、番茄等新鲜时令蔬菜盛情招待了我。

谢老一直谈兴很浓。他讲到参加工作后一次次组织发动群众大兴水利迸发出的热情。无论是20世纪50年代到70年代"三上两下"的铜山源水库建设，还是90年代乌引工程建设，无不彰显谢高华同志的水利情怀！

旱情，一直是历代衢北百姓的心头之患，新中国成立后，长期在杜泽区担任区委书记的谢高华，面对衢北黄土地上的旱情刻骨铭心。

新中国成立初期，衢北杜泽区公所和镇政府因旱情屡遭不明真相民众的冲击，区乡干部为此而大伤脑筋。人们长期被水所困，因此，对自己所属塘库堰渠所有权和使用权的呵护和捍卫，会奋不顾身，不惜牺牲自己的性命。

在水利设施的使用管理上，各地都有一套族规民约之类约定俗成的制度。比如什么时候筑堰蓄水，什么时候开闸放水，堰坝里不准乡民随便下水捕鱼……诸如此类的规定。

遇旱时，衢北用水如油，各地都得遵守相应的用水族规民约。谢老说，他老家就在衢北高家镇横路贺邵溪，小时候就知道村里人在贺邵溪筑堰蓄水，堰水有限，遇到大旱，生产用水必须按原村里约定好的族规行事。那时候稻田里灌水，得用几辆水车从堰里接龙式地运水才能传到稻田里。村中规定每户人家按人口多少来确定车水时辰。时间按点香为号，规定几炷香点完，不管你家稻田灌没灌溉过去，必须就此打住，让给下一家灌溉。因此，大旱之年用水紧张，往往由不得人，稻田只灌了个半饱是常有的事。自己家中的田，少数田勉强灌过去了，有的田水刚灌了半途，还不到半饱，湿了点儿嘴皮子，香就点完了。这时轮到大部分稍远点儿的稻田，连边都沾不上，眼巴巴地看着水往自己身边过去，就是挨不着。到了收割时，灌上水的明显颗粒饱满喜获丰收，灌了半途的只能因灾减产，那些没灌到的——等着的只有晒枯绝收的命。那时人们建库围塘筑堰，也只能抵御小旱小灾。可想而知，人们在大旱大灾面前，显得多么渺小，有心无力，只能听天由命，靠天吃饭！

那时，每遇大旱之年粮食收成的时候，乡民们便成群结队地手持晒枯的稻把来到当地政府。每每看到手捧枯稻的老农，谢高华书记就会想起自己小时候大旱时点香运水的那一幕。双眼只能干巴巴地瞧着那些晒焦得嗷嗷叫的稻子挣扎呻吟，望着水车不愿离去的情景，总会浮现在眼前。看着来访的老农，就像看当年大旱稻田里的稻子一样的心酸。于是他立志"为官一地，造福一方"，下决心要为衢州人民搞好水利——改好水、治好水、用好水，将为人民造福作为自己毕生的追求！

谢老感叹，正因衢北连年旱灾，人民深受其苦，所以在铜山源水库建设中，群众激发出无穷的力量，在极其艰苦的环境条件下，发扬"自力更生，艰苦奋斗，愚公移山"的创业精神，先后完成了衢北铜山源水库和衢南乌引工程两大水利工程建设——创造了衢州水利史上的奇迹！

四省边际作家龙游采风掠影

戴鹏

我心目中的"95联盟大道"是诗意和远方的象征，是勤劳和奋斗的代名词。

1995公里的漫长路线，串起浙江衢州、安徽黄山、福建南平、江西上饶四地九个国家AAAAA级景区和其他众多优质旅游资源，是不折不扣通向美丽远方的诗意之路，而建设道路的初衷是为放大区域交通旅游资源，打造四省边际共同富裕区，为国谋发展，为民聚财富。

我走这条路最远只去过衢江区和开化，对"更远的远方"唯有存念期许，没想到2022年5月20日这天"文学"竟然助我圆梦，不但沿着联盟大道往龙游境内畅游一番，而且是和四省边际文学代表结伴同行，文学和美景为我们筑起心灵的桥梁，借此通向无穷无尽的远方。

团石村和泽潭村

团石村是四省边际作家龙游采风活动首站。

村庄坐落在衢江北岸，"95联盟大道"将小家碧玉的她和烟波浩渺的衢江隔开来。

村子似乎正在打造"机车小镇"，沿途可见多家摩托车文化为主题的民宿和饭店，以及来自四面八方的威风凛凛的骑手。

龙游有关方面工作人员已在此等候。我们在"机车驿站"稍作休息后，前往"大樟树底"参加采风活动启动仪式。

忽然觉得面上微凉,抬头,透过百年老樟的枝叶看见小雨纷飞。会场气氛丝毫未受影响,衢龙两地相关领导和采风代表做了热情洋溢的讲话,衢州市作协领导和衢州"联盟花园建设专班"负责人为"衢州市作家协会创作基地"揭牌……掌声阵阵。

仪式结束后队员们沿衢江岸边参观。这段江面阔如湖海,对岸则像一条细细的焊缝把江天连接起来。浮埠里停着几条快艇,造型矫健,让人想发动马达,在江面驰骋一番。不远处汪船头大桥横跨衢江,之上车水马龙,一样雄伟的龙兴殿大桥与之东西相对,两座桥都以衢江南岸村庄命名。

工作人员为我们详细介绍情况,还准备了当地特产和小吃,其中水果玉米因为爽脆甘甜,有爆浆般口感(我掰玉米时好像溅了一手牛奶),获得大家一致好评,团里有人马上找来供应商下单购买,还有人要求邮寄到家,你一件我两件他三件……掀起一阵小高潮。也许还会促成更大商机也未可知。

第二站是泽潭村,参观"泽潭览胜驿站"。这是衢江一个回流处,江水在此笑出了酒窝。我们前方是一块浓荫叠翠的沙洲,白鹭不断起落盘旋。据说沙洲上曾有村落,现在已全部迁离了。我看见绿树环绕着几洼白亮的积水,面积可不小,感觉沙洲会渐渐瓦解,被江水吞噬,归于来处……这也意味着会在他处聚集,诞生出新的村庄甚至城镇。

游人络绎不绝,只因此间确可"览胜"。如何"览"呢?高处有草坡,有八角亭,有露天茶寮,有玻璃观景台,而"驿站"本身就是供人休憩盘桓的地方,尽可流连。

龙游石窟

离开泽潭,采风团来到有"世界第九大奇迹"之称的龙游石窟。

龙游石窟景区共有大小 24 个洞窟,目前已开放游览的洞窟为 1 至 5 号洞。石窟最高处约 30 米,洞顶呈漏斗形,洞中有 2 至 5 个顶天立地的石柱,最粗大者需 5 人方能合抱。洞顶、石壁和石柱表面均凿刻着细密斜纹，据说是当年开采石料的痕迹，在彩灯照射下恍如波光水纹，亦真亦幻。

我们在幽暗中蜿蜒前行，为石窟的作用争论着：有人说是采石场，反对者认为所出石质不佳；有人说是宫殿，反对者说地下居住条件差；有人说是古代藏兵洞，反方表示藏兵洞不需如此高大，又不停飞机咯；有人干脆说是外星人挖的，可挖来干吗呢？做基地不够隐秘，收集标本又不需动此干戈……

我对洞内仅存的石块产生了兴趣，据说这是当年采石的遗存，已静立千年，如今被手腕粗的铁栏杆围住。石头啊石头，其他的都走了，为什么单你留下来呢？是因为块头太大还是因为太小？或者像老百姓吃饭一样，碗里剩几粒，以求"顿顿有余"？石头兀自不语，似乎知道一开口所有秘密都要失守，天机从此不再。

那尊唯一的石人像也让我着迷：仁兄为何会在此处？洞天浩荡，为何只你一人？你是臣、是王还是神？你是朝拜者还是被朝拜者？又是谁让你身首异处的？伸手触摸，是冰凉光滑的玻璃罩子。

游览结束，谜题依旧，传说依旧。人类天性好奇，喜欢追逐神秘事物，喜欢猜谜语，千古之谜龙游石窟召唤来一批又一批的游人，他们同我们一样，沿着 95 联盟大道汇集于此，活跃了道路，活跃了地方，活跃了老百姓的钱袋子。

红木小镇

次日采风第一站是"红木小镇"，联盟大道在此换成水路。

很久没有坐船了，不知不觉中拨弄清波，迎风远望，水草萋萋，鹭鸟在旁伴飞，心情也跟着起飞。

小导游说前方有一座通体用红木打造的拱桥，造价超过一个亿，等我仰起头小桥已一掠而过，模样都没看清楚。就这样错过一个亿。

我们正行驶在衢江里，圆了我昨天在团石做的美梦。很快前方出现一片亭台楼阁，风格沉稳雄厚，仿佛穿越回了汉唐，恍惚中有小帽拢袖的宫人往来其间……如此好景，不做影视基地太可惜了。

红木小镇是按照国家AAAAA级旅游景区标准设计建造的，建筑风格包括唐、宋、元、明、清……了不得。

我们参观了记叙中华民族文明史的"中华文明碑林"，赞其独特匠心。史前不晓，未来不知，于是前后立起两块无字石碑，代表不妄和不虚，可称"明智"。尤其代表"史前"的那块石碑，让我想起石窟里那尊神秘的人像。

之后"万姓宗祠"引发团员很大兴趣。宗祠上精美的徽州砖雕便足一观。祠堂分成左中右三厅，中为百家姓，左为圣贤厅，右为帝王厅。游人纷纷念叨姓氏对号入座、认祖归宗，场面非常之有趣……我挤不上去，只好下次再来相认。

小镇高处有一座"三圣殿"，供奉着老子、孔子和鲁班。关于为何尊此三圣解释颇多。在我眼里这三位代表了三个字："哲、学、工"，或者"思、育、做"。这是我个人对三圣殿意义的理解，对红木小镇立镇之本的理解，也是对传统文化内涵的理解。

因为时间关系没有参观红木博物馆，挺遗憾的，小镇工作人员安慰道："留个悬念，下次好见！"她的立场很正确，而我也乐意做一个"回头客"。

从水路进，由陆路出。我在车上又看见几个大型场馆，其中一个好像是少年宫，一群孩子在它前面草地上奔跑嬉戏。导游说那里是亲子乐园，供孩子上实践课的地方。

集玩、教、吃、住于一体的龙游红木小镇2016年度接待游客已达两百多万人次，并呈逐年递增势头。祝福小镇欣欣向荣，年年红！

龙游博物馆、民居苑和浦山村

我对号称"县级博物馆天花板"的龙游博物馆心仪已久。在门口排队时就有点小激动。这时候排在我前面的外地作家出现一点小意外，陪着处理完事情，我差不多四十分钟后才跑回博物馆，追赶同伴也是追赶进度。

转眼间跑过数千年，停下来的地方赫然有四只精美的金杯，看标签是明代文物，1990年8月出土于龙游石佛乡，国家一级文物，据说拥有者是曾富甲天下的龙游商帮一员。金杯有两种造型：荷花杯一对，内刻"元""亨"二字（取元亨利贞）；菊花杯一对，内刻"文""行"二字（取文行忠信）。似乎在说：金子固然珍稀，比之还要珍贵和隽永的是文化内涵。

这一跑连走马观花都没了，错过很多宝贝，还好龙游并不遥远。

"民居苑"在鸡鸣山。鸡鸣山自古是人文荟萃之地，北宋学者吕大防在此创办鸡鸣书院，元代天文学家赵缘督在此建立观星台，明代时建成鸡鸣塔，清代时"鸡鸣秋晓"成为龙游十二景之一。

龙游历史悠久，古建筑颇丰，该县出于保护古文物需要，从1991年开始陆续从他处迁建"翙秀亭""滋树堂""汪氏民居""邵氏小厅""灵山花厅"等三十余幢古建筑于鸡鸣山，使这里成了"明清古建筑博物馆"，蔚为大观。

我紧跟衣袂飘飘的年轻导游。游览人文景观不听解说等于白游，这是我的观点。她果然告诉我们很多墙壁和桌椅不会说的知识和趣事，还告诉我们天井的排水沟叫"名堂"，大门檐下一排凸出的柱头叫"担当"，好险，差一点儿就"没有名堂，不知担当"。

民居苑是全国两处"古民居异地保护工程"之一，具备得天独厚的文旅资源，未来可期。

浦山村隶属龙游詹家镇。小村有着浓郁畲乡气氛，因为村舍等建筑漆着各种色彩，所以叫"七彩部落"，这里是省级美丽乡村特色精品村，乡村休闲旅游新热点。旅人行走其间好像漫步在童话小镇。

我们不免拿村子和衢州几个以建筑彩绘闻名的地方做比较。有人问陪同我们参观的工作人员："搞房屋彩绘是你们这里早，还是他们早呢？"她回答得挺好："我们是约好了同一时期行动的！"

诗歌

常山行采风诗

一度

常山胡柚黄金果

密密麻麻的灯笼上
挂满了乡愁

风中酿造甜蜜
也酿造幸福

黄金在天上舞蹈
在枝头摇曳

在暴雨中品尝的甘醇
像傍晚的酒和蜂蜜

摘油茶的少女

是吧，就在茶山，她回不去了
不会唱歌，不会跳舞
却在风里飘荡
像一块不知疲倦的云

陌生人，你品尝过她唇边的茶香
也亲吻过她额头的蜂蜜
和所有抱子怀胎的油茶树一样
她在枝头向太阳献出温暖的自己

晚霞和黄昏，早就铺好秋天的小路
滚烫的泉水，是谁止不住的热泪？
这些沸腾过后的山峰
更加安宁

一粒粒油茶果翻腾着
像采摘姑娘银铃般的笑声
像手心里遍布的祖国山水
有时候，我们会变成透明的油茶树

在常山的山冈，高擎火把
那些品尝一口山茶油
就可以返乡的人
都点亮了屋里的灯火

总要有人歌颂爱情

草地上，傍晚的思想破碎着
刚刚，抬走剪草机和唢呐

总要有人歌颂爱情
有人把情书埋在月季花海

总要带她来一次郭塘
趁着月色刚染眉梢

送信的人在路上
他在溪水边
将汉字又洗了洗

大路章港口

一度

人的一生反对过多少水?

河流让我见到更多的水

更多的沙和镜子

进港船舶如中年幻象

每一步小心翼翼

这截河流,早就过了奔腾的年纪

不学海水的汹涌

不学溪水上下跌宕

我早已不把衢江和新安江对比

每片水花

都是我们逝去的一部分

每次鸣笛都提醒我们

还有多余的部分可以剔除

云上上山溪

一度

树影投在溪面的水墨
和山上蒸腾的云雾
隔了很远，还在对话
山越来越高，水越流越低
它们不会再相见。这也是一次告别
刚看过大洲镇的徽州会馆
对于我这个徽州人来说
不也是告别吗？
不同的是，有些事物尽管消逝
但我们清晰地捕捉到了
岩石上跌宕起伏的流水
至今流淌在枕侧
"灵山多秀色，空水共氤氲。"
桥上的人都行走在暮色里
两手空空，不仔细看
很难发现他们手里紧攥的几团云朵

溪口流泉

一度

流水里听琴。落叶撞响琴键
我们踩着这些鼓点
像走在热闹的大街上
如果沿途的樟树穿上我们的衣服
如果溪边的石头
能够活过来
它们能走到隔壁的一首诗中
与其他的句子互换
走到溪水边,洗自己的故乡
它们比流水的祖先更古老
比樟树古老,比大洲镇古老,
比书本上的文字古老
它们能走到我身边
有的紧贴额头,
有的刻进骨骼

衢江港

凡人

临水而居的人们是幸福的
左手挽山,右手牵河
可踞高远望,依水吟哦
群山连千里,大地多辽阔

透过暮霭,穿越灯火如豆的过往
林立的桅杆矗立在时间长河
喧哗或寂静,繁华与凋敝
如悠悠衢江水,潮起潮落

在江边,风的力量成倍增长
如庞然的吊车之于货物
静流的深水之于舟楫
如江河之于山谷的力量

一座因水而生的城市
必定因水而长
她头颅高耸,筋骨强劲
躯体丰腴,血脉通畅
她汇聚涓流,千里奔涌通海达江

铺里印象

凡人

一生中注定会在某时某地,遇见
似曾相识的情景
如果有挥之不去的亲切
那一定是故乡和故人

任何时候田野都值得信赖
春天生长的希望
枯黄是成熟的另一种表情
即使是荒芜,也有野蛮的力量

而此时安静,房子在村庄与田野之间
栅栏不高不低
你轻轻坐下
周遭是挥霍不尽的秋天和白云

诗意衢州

木易南

古城墙

穿过霓虹的颜色与摇滚的旋律
在一个阔而静的时空
与唐朝的晚风相逢,与一片
宋时的月光相逢
也会与沿途陆续前来的唐诗宋词相逢

一座城的往事,许多章节
现在已经无法打捞
在"铁衢门"的记忆里
只留下这厚重的一个片段

衢州古城墙
是这座已经长大的城市的证人
它坐在最初的座位上
依然倾听不远处
衢江起起落落的潮声
依然遥望一座城在远方不断变换的模样

余西村和余东村

一条河流穿过东与西的界碑
穿过一段历史的腹地
也穿过
最初的狗尾巴草的摇摆
和现代式的霓虹布局
我在一段烟雨的写意里
来看你

在东岸的农民画里
我遇见,已经很遥远的杀年猪的时光
没有大手笔,也呈现了
一方水土古朴的欢乐和吉庆
在画展的空间
隐隐约约响起,
迎亲队伍的唢呐声
那是这里日出和日落的烙印

在西岸的农民诗课堂
倾听到一个叫伤水的诗人的讲座
这是诗歌的线条在泥土的投射
经线和纬线,
定格一个村庄
已经走远的
和正在发生的

四省边际诗人,在这一天

他们没有把余西和余东分成两个地块
他们走进一幅画
也走进一首诗

南孔家庙

以一种肃敬靠近你
就靠近了宋词里的月亮和清风
在"大成门"不远处的古银杏树下
聆听《大同颂》的鼓乐声
一口方塘
它的深处
摇动锦鲤的影子
也摇动生命的斑斓

南孔圣地的桂花
把一座城的芳香装上列车出发
香樟树的飞絮
是一座城的特写镜头

南孔家庙站立在时光处
它闪烁的亮光
融入一座城的光亮
那是一座有礼的城市

龙游三题

叶大洪

团石湾一日

进入团石湾,风慢了,雨也越落越细
在古樟的宽容下,启动仪式正常进行

诗人崔岩兴奋地说
看,对岸也没有高楼

商帮追着木材、大米,顺流而下
甚至来不及回望一眼屋顶的炊烟

老人在江边观鱼,像沉默的树
他们更关心水的肥瘦

白鹭飞过,偶然滴下几滴啼鸣
都不是有意的安排

掰开水果玉米
女孩的笑跟玉米粒一样白

黄昏

荷花山上的女巫，着黑衣起舞
舞姿充满歧义
不远处洞窟与洞窟暗通
寻找一条丢失多年的
缀满淡蓝色星星的裙子

有雨，一直潮湿
偶遇绿萼、姚黄
所有表达都包含危机
只有柳叶马鞭草行走于边缘
一遍遍重复着紫色的小泼辣

之后是红木小镇，民居苑
等待暮色轻轻覆盖
而修旧如旧之人
在洞窟之外
建造另一个洞窟

江畔

火车经过，铁轨随之而动，唤醒一百只蚂蚁
每一只对应一朵欲开的花

嫩绿，鹅黄，暗红
每天都给出不同的比喻

灵山富有灵性，如石窟中幽暗的台阶
托举起一具具无法更改的肉体

只有你在人群中跳跃
像无法捕捉的光

新的一天，对岸白鹭从雨雾中飞出，又进入雨雾
如此反复，驮着一颗虔诚的心

千里岗，一根红色的骨头

叶大洪

我们在纪念碑前肃立，默哀
在静默中敞开胸膛，放波涛入怀
同时在心里沉下一块铁

我们看见，你举着蓬勃的火
面对当时那撕裂的时代
你抽出自己的骨头，当作鞭子
抽打黑色的云、后退的水
后来，你站立空中，俯瞰衢、遂、寿
山势奔腾如龙，应和着远方沸腾的呼喊

你是日月，也是江河
你不断提升一座山的海拔
你笔落惊风雨，画出一条色彩鲜明的路
人们沿着这条路，一直向上

此刻，在我们面前，硬的崖以及更硬的风
纪念碑深入山体，成为山的骨头
我们跨过自身，在千里岗山脉最高处
拥抱红色的潮

常山采风诗

加加

那么近

我有十二次近距离靠近你
然而每次都惊鸿一瞥
你的手心里
捧出了那么多趣致盎然的拓印
这一捧厚重得让我落泪
我第一次听到这样
声势沉猛的号子声
曝晒、精轧、沉淀、压榨、提炼
这一路风尘仆仆
传承了岁月多少古朴的意志
乌黑的茶饼开始涅槃
清亮的油滴
仿若慈眉善眼的佛祖

拈花一笑

那声息渐弱

语言意向开始瞬移

我接受这生生不息的呐喊

也聆听千年之前的肃穆

而我怀抱其璧

同她交换了生命的奥义

雨落芳村

早在前几日

就忧心忡忡

那些花儿、草儿

可允许一群俗世的人唐突喧闹

然而

这场雨落得让人喜不自胜

她带了三分试探、三分纠缠

三分盎然、三分泼辣

她低低蜿蜒而过

俯首时皆化作了禅语

落入这千年古镇

宋诗之河

这座慢城吟诵着

在雨雾中影影绰绰

不过是城郊偏隅一角

古老遒劲的樟树奏响和弦

雨静寂而又激荡

屋舍灰白俨然

此刻的芳村迷离又不失妩媚

室外修天地自然之气
室内却是烟火人间
令人口舌生津的各色茶果
附赠了主人温情的言语
芳村
在雨中初绽斑斓

柚花香

避无可避
这是梦中燃起的情景
那样素净的花朵
竟然有这样让人心惊肉跳的香气
先侵染了小径，再突袭了人心
她飘荡得那样漫不经心

我已迷失自己
满心欢喜
接过这团洁白
一如我携起尘世中那个渺小的自己
等她铺天盖地将我包围
将喧嚣一一剥离

杜泽古镇记

加加

我总是游离在人群之外
这种古镇的面孔都相似
建筑无非雕梁画栋
明窗、净几、古鼎
并小桥流水曲意通关
而花快意纳于此间

然而又被莫名的味道所吸引
一丝颤颤巍巍在风中飘荡
一缕凌厉激扬击破云层
一团绵绵甜甜绕在指尖

我沿前辈人足迹
踏过青石板桥
抚过砖瓦檐头
一股腥甜充斥喉咙
这百年风霜侵染
自成胆识飒飒作响

千里岗记

加加

山巍峨者众，秀颀者多
素以睿智通达
俯瞰众生
而山有个性者却如孤掌
森然立世，难鸣人间

我化身千里岗的虫豸
喏喏爬过每一块褐红光裸的石头
嗫嗫啃食过每一节原始厚重的林木
这山路十八弯
每一段陡峭里都有荡气回肠的脊梁

烈士墓碑前的俯首
静默无声
玉白冰晶的雪莲果
拈花微笑
而我唧唧又唧唧
在沉思中、在徘徊中
在辩论中、在期盼中
羽化成蝶

乡愁

江宏伟

乡愁是自发萌生的抑郁症
乡愁是无法形容的失落感
其实,乡愁是落叶归根的仪式感
如同大地默默承载着岁月的年轮

在异乡打拼的游子,临近年尾
这种心境越加任性蔓延
他们透过时光的长河
在脑中上演着无数幅熟悉的背景

村口光秃的老树下
有父母佝偻的背影,驻足守望
有留守儿童,热切渴望
父爱母爱的无邪眼神
乡愁,对于他们而言
便是一份永恒的牵挂
……

浙西有条宋诗之河

江宏伟

千年古县
花枝招展
柚花橘花
成就三衢道中

长山为药
古县建邑
南来北往
诗歌唱和

杨万里招贤驻足
陆游何家泛舟击水
一江水荡漾,两岸青山重
浙西有条宋诗之河

江枫渔火万盏灯
古渡罗列繁忙客
商贾流寇皆流连
兴衰成败有印记

美丽乡村

江宏伟

千里钱江
河道时窄时宽
九曲徜徉
绿源养眼
皆因自然造化
临水的村庄
都有古树的庇佑
如同百岁老人

那些分叉独立的身影
从沙砾中伸展
从岩壁中坚挺
抖擞着精气神
任沧桑洗礼
随着一叶飘落
水面漾起轻波
文化的元素一旦注入
村庄
便舞动一波灵气
清幽的

粗犷的
羞涩的
精致的
随着千里钱塘
一湾一滩
演绎着四季风情
让人的心中
泛起希望的欢愉
……

耕耘是不错的选择

江宏伟

醉酒当歌
人生几何?
那些渐行渐远的日子
会心一笑的回忆很多

择一巷弄口
享受美食"凤凰蛋"
择一处净土
吃着"煎饺"品乡愁

在竹海里寻梦
春笋换着新衣
它们在花海里深呼吸
时间清晰地搅匀了四季
这一春的梦想很真实

春笋一点一点地长着个儿
它们携着手
唱着歌
礼貌地让行

不簇拥
偶尔乖巧地磨砺
把生活过得很诗意

晶亮的水滴从高空坠落
它们在空气里糅合
它们在山涧里融合
它们把各自的精彩
糅合成欢快的生命成长曲

这时候
有许多的前辈毛竹上升了高度
它们虽不再俯视
却也深情地默念着
天地之间，无欲无求

耕耘是不错的选择
别人看不到的努力
却可以让希望澎湃万千

一个人可以在延伸的梯田之端
一屁股坐定
慵懒地仰望着高耸的山峰
眯着眼睛，抽着香烟
让所有的思绪无限地扩散蔓延

他们也轻松地想象着
"盘古开天"的故事

似乎也看见了
岁月的长河中
走远的生命传承着厚道
激情万丈地
修理出一条条悠长往上延伸的长梯

高高的苍穹上
还挂着成片的夕晕
懒洋洋地伸出双手
摘下万千如棉花糖的云朵……

会说话的瓦罐

麦田

在博物馆,一只安静的瓦罐
像沉默寡言的先人

瓦罐有隐忍的泥土
线条粗粝,像山河的褶皱
瓦罐有精心缝制的补丁
是岁月留下的疤痕

瓦罐里有水,罐底有火
时间在容器里沸腾,缓缓蒸发
瓦罐盛着青碓,装着荷花山
繁衍着古老的姓氏

在陈列柜,一只瓦罐
从地层深处走向光天化日
它长着一张笨拙的嘴巴
絮絮叨叨地说着无声的话语

蛙鸣

麦田

蛙鸣,让我怀疑所处何时何地
家乡的稻田、麦地
挑水塘
抑或童年简单而干净的夜空

今夜,蛙声透明
穿越龙山、虎山,高远的岑山
音符抵达之处
万籁俱寂,内心安静

昨晚,官潭酣睡,灵山江失眠
都枕着不可复制的蛙鸣

亲爱的，带我去 95 号联盟大道吧

李红

周末的早晨醒来有阳光
一首歌的时间扮个靓
亲爱的，放下手机出发吧
带我去 95 号联盟大道吧
你看，你看
山那么青，水那么长
风儿轻轻滑过了脸庞
粉黛子开放
温柔了我们的好时光

亲爱的，带我去 95 号联盟大道吧
把我的手放在你温暖的手掌
亲爱的，带我去 95 号联盟大道吧
把所有的不开心丢进后备厢
四叶草为我们导航
向远方打捞一江青绿的诗行

日落的时分心情很美满
半盏茶的工夫到驿站
亲爱的，推开藩篱相拥吧

带我去 95 号联盟大道吧
你看，你看
山连山青，水聚水长
一路铺开美丽的画卷
明珠连成串
浪漫了我们的好时光

亲爱的，带我去 95 号联盟大道吧
把我的手放在你温暖的手掌
亲爱的，带我去 95 号联盟大道吧
让这里的精彩刷爆朋友圈
四叶草为我们导航
向前方拥抱四方联盟的力量

红木缘

李红

红豆酸枝，花梨紫檀
一圈圈年轮，勾勒生命的华章
榫卯相扣，画栋雕梁
一寸寸匠心，雕琢小镇的时光
盈盈瀫水如画卷，向东流淌
衢江之畔曾相许，筑巢引凤
红木为媒，相逢是缘
树有根水有源
取之有道本自然
红木为媒，相逢是缘
木有心人有情
天地万物结善缘
繁华踏遍
梦想如约靠岸

绿楼红桥，亭台长廊
一杯杯清茶，洗净尘世的悲欢
器以载道，先贤流芳
一脉脉心香，感念大爱的宽广
龙天宝地随缘起，凤鸣悠扬

衢江之畔年年红，岁月沉香
红木为媒，相逢是缘
树有根水有源
用之有度恩德长
红木为媒，相逢是缘
木有心人有情
天人合一共安详
花开叶落
梦想精彩绽放

背着生命的行走

——致常山金钉子

李祉欣

一位老者背着陈旧的背篓
向下行走，
蹒跚的步履
在浸了风雨的泥地里摸索
他向上回望，
露出脸上的沟壑
在他交错的皱痕里，
我看到了
沧桑、磨难、意气风发
以及还未说出口的回答

布满罗纹的手　向下延伸
沿着他指引的方向
一颗名为奥陶的金钉子
在常山深深扎根
在它金灿灿的平面上
有火山迸发的熔岩
有冰川凝结的晶霜
还有在生命的波涛里

起起伏伏的浪花

老者拾起虫鸣、鸟啼
和走兽的低语
装进背篓
继续向下行走
背上的孩子已经睡着了
他小心翼翼、沉默不语
将背褶皱成岁月的模样
在漫长而沉寂的路上
留下一串又一串
深深浅浅的故事

常山吟

杨叶根

千年古县奥陶镶,九子金榜耀华章。
黄冈仙刹拾灵秀,石崆灵寺引佛光。
宋诗长河醉且吟,草坪炮台隐战云。
红色西源振祖国,劲拳辘轳走好运。
招贤旧渡诗千篇,篑岭古道书万言。
青石砚瓦凝墨意,卅六天井古韵见。
胡柚山间香气满,茶油炊烟情自招。
长寿贡面培新岁,猴头菇鲜酒兴高。
白石素鸡异香秀,芳村狗肉独尝妙。
乔老爷淳理经纶,双柚汁醅喜应好。
不老神泉潺潺流,绣溪清水洒人间。
文峰古塔红运昌,三衢古道风光现。
父亲水稻丰收喜,达塘茭白出地秀。
云湖仙境美如画,村上酒舍诉乡愁。
牛角迷洞虎豹藏,龙潭鲤跃动安阳。
文人骚客重重聚,美妙诗纶代代传。

在衢州，在南孔圣地

汪远定

孔子敦厚，站在那儿一动不动
公园在山坡上，绿树浓荫
离我们有几百米远
我一眼就认出先生
有点眼熟，原来
我们是同行者
谁往讲台上一站
不是另一个孔夫子

我心甘情愿，回到最初
出发地不是最美的风景吗？
人生在粉笔造雪机里穿梭
夫子的表情沉默，目光如炬
好像在开示弟子：
今晚你们留下
徽州来的客人！
我知道，衢州有礼了

余东，余西

一条河是多余的
河东叫余东
河西叫余西

东边日出，余东村的地里
除了长庄稼，还长出
各种线条和色彩——
画里画外，播撒弥漫开
余东的气息

或许这条河是五彩河
阳光照射下，河水变成彩虹
村民以河为笔
才绘出余东村斑斓姿色

而余西，即使是目不识丁的农民
随口丢出一句话也是好诗
有点土气，有点水气，有点山气，有点蔬菜气
是的，接上地气才是真诗

在余西，驻村诗人余元峰
以诗为锄，挖出一首首好诗
亮晶晶，金闪闪
诗是发光体

一群农民诗人点亮村庄
星星灯火围炉谈诗
谈一部江南诗

常山行

张蓓

香，是一种若即若离的感应

山不在高，有仙则灵
常山，因了一个胡柚而闻名
如果仙气有味道
那么常山，一定就是胡柚的味道
吃过胡柚的人，不一定到过常山
到过常山的人，一定见到过胡柚树
但不一定闻到过胡柚的花香
如果你在春天里来常山
那么你会发现，原来一棵树开花
是可以香一座城的
那花香，是一种若即若离的感应
是很多时候，你闻着满城花香
却不知芬芳从何而来
在常山，胡柚的花香
不是一次偶遇，而是一场赴约
是几千公顷的太公山上
满山满岗的胡柚花如繁星点点
在春风的邀约下一同盛放

我在常山的记忆，亦犹如这一阵阵在鼻尖摇曳的花香
如新如故，且远且长

一颗红宝石的初心

一块块石头的美，被裸露出来
翡翠的翡
玛瑙的瑙
玉石的玉
水晶的晶
钻石的钻
我走进去，走进中国观赏石博览馆
就走进了鬼斧神工、巧夺天工
就走进了层峦叠嶂、瑰丽磅礴
我走进了亿万年前的光阴里
像是穿越了一样看见恐龙、飞鸟、禽兽、冰川
看见了亿万年前的鱼、鳖、虾、蟹、螺
天崩地裂的火山喷发与海啸之后
总有一些生命是幸存者
山川河流、森林平原的涅槃
亦总会留痕一些人类的印记
守了几万年的寂寞
终于听到从远古吹来的一阵风
一抹彩虹过后
白云牵着一弯瘦月
悄然泊在山尖
就让今晚的月光做证

我对着一块来自珠峰的灵石发呆

听它叙述它的前世今生

高原的风刻画了它的筋骨

珠穆朗玛的雪滋养了它的身躯

草原的猛兽启蒙了它的才智

日月的光辉增添了它的灵秀

我用我眼眸里所有的光与它对视

是时候展示自己了

当我公开身份的时候

我庆幸,我还能以一身的红润

在剖开一个斜面后

解释我最初的激动

常山印迹

陈剑

柚香谷

是不是柚谷中的花骨朵
提前接受了春的旨意?
四月,一朵朵小柚花
已然开成了一片香雪海

饱经春雨恩泽的柚园
仿若春天的百花园
一群浙皖闽赣的作家、诗人
兴冲冲地深入这一片柚的海洋

一群小女子
如奔赴春天的小鸟
每一位都自配亮嗓、自带光芒
顷刻间柚园便充满了鸟儿的欢叫

为了向外面的世界播撒出更多春天的种子
常山还巧妙地借用了春风、春雨和春阳
从这儿走出的常山胡柚、香柚

一如春的使节
携着一抹柚香从容走进了海内外寻常百姓家
这一刻，胡柚花开得正好
而我亦刚好赶上

欣欣然把自己安顿在柚树垄中
瞬间屏蔽了外界诸多无序的杂音
就像一个在柚园寻梦的仙子
仿佛看见无数颗金灿灿的小星星
在柚树上荡秋千

一朵朵刚绽放的小花
仿佛点点星火，汇聚成炬
把梦想照进现实
在常山、在太公山、在柚香谷
每一棵开满小花的柚树
叫我再次确认
唯有辛勤劳作者才能幸运地
拥有春的通行证

榨油坊

捶打声此起彼伏
仿若一首首奏鸣曲
在宋韵芳村
一排水碓的敲打声
瞬间把我带回千年古镇的故乡

榨油坊从不辜负每一滴汗珠
此刻　水碓和磨盘张开其隐形的翅膀
眉尖上　一不小心滑落的那一滴汗珠
在晨阳中
将满坊春光折射

芳村，用一壶芳油
留住浙皖闽赣来宾的味蕾
让舌尖上的常山
在一滴醇香的山茶油中
续写下绵绵不绝的乡愁和家的记忆

金钉子

古老的印记与现代的意象在这里辉映
千年的宋韵与亿年的"金钉子"在这里交融
在天马街、在黄泥塘
4.6亿可不只是一个简单的数字
中国第一枚"金钉子"也不是传说

距今4.6亿年全球标准地层剖面
足够撑起一个国家级地质公园
笔石化石、牙形刺生物化石
腕足类生物化石、三叶虫生物化石
诸多化石标本
让我瞬间穿越进白垩纪甚至更古老的年代

山水滋润大地
文化润泽心田
在常山，一枚"金钉子"
衍生出一个城市的气质和品质

常山行

胡青丝

胡与柚

瓶中的柚子与我无异
时间穿透玻璃
手指触及香气之时
杜鹃正停在窗外
从对方眼中我们看到彼此

醉后不知天在水
满船清梦压星河
常山雨起,天空开始成为两个世界
一如瓶胆破碎
一如瓷画永恒

在色彩与明暗之间
我们成为一片瓷
而窗外杜鹃已去
柚枝空荡,兀自轻颤

杨与青

又一次在东方醒来
轮回般打量新的世界
一切未改,相框上的蝴蝶还在
那可是冬天的期待——
以文学的名义相约

月光吹走了春天
熟悉且温暖
屏幕见到杨青,告诉她
常山之上有一道虹
当时我也看见

花与田

春天说爱是辜负的
溪水还未成河
胡柚还未长大
常山与大地还恋恋不舍

江南的羽毛经过村子
落地成诗
每瓶胡柚汁
都赠予一个深情的吻
每座花田下
都埋有一个深爱的人

那些说不出口的话
连同透明如香气的目光
此刻,全部复活

与赵丽华做个邻居

养安子

赵丽华一个人来到田纳西,是衢州的田纳西
梨花教母不写梨花体了
她种了一百棵虚拟的梨树,名曰:梨花公社

赵丽华在梨花公社种菜、扫地、吃甘蔗。两个农妇吵架的时候
她冲上去:"别吵了,都是隔壁邻居。"
那农妇给她一个大萝卜,赵丽华就盘算着怎么腌起来
招待那些外省的同志

我要搬到梨花公社,与赵丽华做个邻居
我要用农家肥,育出一捆白菜,亲自送上门去
成为她桌上的第三道菜
第二道菜,是她做的田纳西馅饼,馅是衢州的

大雪日,我还想带一场雪上门,假装梨花纷落
想想也没必要:
这节气没有雪,与梨花公社没有梨花
都不是什么事儿
梨花教母在此,百无禁忌

在龙游，我能说出八个美人的名字

养安子

在龙游，我能说出八个美人的名字
舍利塔、沐尘塔
龙洲塔、鸡鸣塔
——这四个人，管着南部风水
而负责北部风水的
一个叫横山塔，一个叫刹下塔
还有一个湖岩塔，就黏着衢江
至于浮杯塔，既不算南，又不算北
她在衢江中间的沙洲上几百年
留住了一邑文运

我牢记住她们的名字、样子
也记住了她们的性格
我知道哪几个，要在白天见
哪几个，要在傍晚见，让余晖，勾勒出她们的轮廓
最瘦的沐尘塔，很吴越，很江南
你要送她一袭旗袍，然后她才款款而至
而浮杯塔，最适合在星空下，悄悄约见
拨开江风，能听到地下一只杯子盛放的声音
是古代的龙游之歌

八个美人，居于山，居于水边，居于人烟处
几百年，她们并不动摇
把自己立成了坐标，或者定盘之星
守着一方
还有一个美人，不在八个之列
几十年前，她就香消玉殒
可我每次路过龙南
都会在泊鲤溪的水中，捞她的幻影
再喊一喊她的名字吧：
灵山塔、灵山塔、灵山塔

再见衢江

桔小灯

已经说不出更好的话来
我站在衢江面前
路过衢江时，有时并排，并排时容易形成重叠
像某种格外贴切的爱护
有时垂直，垂直时我总比衢江的水高亢一些
所以被秋天收割的稻田是高亢的
此刻已经忘记名字的民宿是高亢的
民宿院落里的猫们，它们泥塑的身体是高亢的
凤眼蓝是高亢的，被阳光烘热的紫色呢大衣
也是高亢的
但我还是，偷偷藏起一段重叠
我要在重叠前面加上年轻和勇往直前
这样，一上路就迎风飘扬，越来越庞大的住在我身体里
的空气们
渐渐收拢到衢江水面之上
墨色的云赶来见证
那些被放空的
都是这些年我不愿意说出口的
美妙的词语和爱人
我一生都学不会更好的歌词了
只有把自己绷紧，才适合此刻的圣洁

衢州港

桔小灯

前夜有酒,前夜风尘仆仆地赶赴
而同一个清晨还有温度失误
这种跨越式的省略都没有另一种更明白
集装箱和安全帽,操作工和距离遥远的水
水底的宽阔和钢架结构
这和我心中的诗情画意有些缝隙裂变的鸿沟
我们站在风中,风一块块掉落
比如长三角经济区,比如保税物流区
一种需要语言加持的表述
更适合默默承受和反哺的顽固
我什么也不说,我是一生都坚硬的人
碰到比我更坚硬的开垦
也无非是伸出手心的劳作和身后的
浙里有衢,成就江来
轻轻握个手,这是君子和君子的交往
像水般轻盈又沉重

半个午后

桔小灯

原谅我，半个午后，这里空荡荡的
装满了人声和目光的门前空得只剩一片水流
我们在水边抽烟，聊天
我们裹紧自己的累累果实
我们是桃树下的孩子，李子和鸡蛋的香气
引诱着我们在门前，狠狠地说明
我们无须进入，因为每个孩子都拿鸡毛换过糖
现在，不要糖，鸡毛也成了沃土
我们有比它们更甜蜜和充满希冀的
炊烟袅袅和女孩
她在台阶另一端招手
像电视剧里无忧无虑的仙女
面对那么洁白的牙齿，我更确定
我只要站在门前，要么点燃，要么熄灭

溪口老街

晓雨花石

渡口接纳了飞鸟
溪水挽起裙摆拐进集市

一个挨着一个
鹅卵石说不完的心事
连着老街的尽头

那时天很蓝,星空也很蓝
铁索揽住木桥,我们日夜仰望

又一次回到这里。一粒种子
走回土壤,乌篷船停泊港湾

南边方言柔软我的童年
黄铁矿替外婆守着故乡

轮回

晓雨花石

整个下午　陷于一场美丽
瀫水在我的毛孔里翻找碧蓝

采砂船马不停蹄，我们流连
红木长成的慢时光

佛不显真身　在绿水中生根
正以世人之心观我

一只灰翅浮鸥收足展翼
飞向彼岸，飘落了谁的等待

太姆殿焚香　我们
似曾相识

又一次见到母亲
任黄昏将彼此淹没

也说龙山蛙鸣

晓雨花石

有说呓语，有说唱歌
有说打情骂俏

动物先于人类
举办世界龙山论坛大会

各路精英登台亮相
不设主席台、主持词

平、上、去、入
龙山蛙语

北乡龙丘占据主动
南乡绵竹窈窕迷人

不知是谁定了调
掌声响自四海五湖

夜听芹江

涧星

蛙鸣以外
剩余的是奔腾
是芹江水
还是未完待续的车轮？
我用三秒钟翻身
又用三秒钟沉沉睡去

偶得

涧星

一些意象飞奔而来

凌乱而毫无章法

水泥、沙土、花岗岩、大理石

铁锹、搅拌机和农民工

我眼前摆放着翻修的四面八方

说到下淤

我在心底计算逗留的时长

住宿，食农家饭

我掏出霹雳塘，掏出爹娘的面容

又默默放回裤兜

仿佛如此

夜间崭新的蛙鸣和水声

已在我耳边度过了四十多个夏天

杜泽三吃

涧星

空心桂花饼

我说桂花饼时,杜泽人面色不悦
立马用方言将其镂空
好像空心比空腹还重要

亦非与生俱来
锻造需要恰当的时间、温度、水分和烘烤
还要十足的耐心

让桂花的香味渗透皮肤占据虚空
内心还有糖浆安抚
芝麻排兵布阵,在外围效忠

空心的名头这么响
却像名字一样无足轻重
守住一腔芬芳,才是重要因素

灌肠

不是一个动作
那是一种美食
我们已经被花花肠子折腾很多年
在杜泽,他们索性将里头填满
再也出不了幺蛾子

辣椒去异味
生姜解邪毒
糯米擅长统一战线
调和好一致对外的关系
肠子成全了真皮包装
我们更关注装什么内容

简单朴素的生活不需要九曲回肠
我们喜欢它的风味,更欣赏杜泽人
发泄的过程

馄饨

宝仙阿姨做的馄饨,皮比她的脸皮还薄
四十四年的手上功夫,每天用凌晨三点的月光
打磨,揉出的韧性足以与任何东西较劲
馅儿像住在白玉房,能看穿心事

有了想法，稍一触碰

就会流出你的欲望来

宝仙阿姨这辈子就做这件事

功力能钓出百里之外的口水

她的招牌不用烫金

南来北往吧唧一下

足够保持每天的亮度

盈川怀古

黄菁华

那个以诗自鸣的男子,他本想
用剑博个百夫之长,驰骋沙场
却不想一纸诏书
将他瘦直的身子射入江南的水乡

彼时盛唐的春色已经初动
瀫江的波纹却依然如律诗般平仄交错
他放下怀中的虚名,学习蚕桑,莳种水稻
讴歌姑蔑国代代传颂的民谣
心底那尾旋转的鱼
只在虚无的月夜暗自寻觅它梦中的故乡

那时,乌云不雨,清晨浮在搁浅的禾上
盈川的百姓翘首待哺,命在旦夕
水枯石现,远方的舟楫
载不动这么多黯淡的年月

远观天象,他忍不住悲声三叹
罢!罢!罢!
且让身躯化作一柄利刃

看能否劈开那层层叠叠的屏障
引领百日不见的甘霖，濯亮
一座村庄，一座县城，乃至
浙西大地上所有的眼睛

这是真的。一个人沉了下去
一种精神立了起来
千年后，我们见他
依然是那样
炯炯有神

按：诗中所咏的男子为初唐四杰之一的杨炯，首任盈川（今龙游）县令，在任上，兴水利，劝农桑，锄豪强，得百姓爱戴。时天旱不雨，杨炯求雨不成，舍身自沉于盈川潭。殉后，被封为城隍，当地祭祀千年不绝。

余东·余西

黄菁华

稻禾插在墙上,花香茌苒门前,叫作余东
桃花高过三月,诗歌梦想飞翔,便是余西
初春,兄弟俩呷了一口自制的村酿
微醺的心便荡起了青春的模样

一匹徐徐展开的画布,是信川溪上潺潺的乡愁
水边浣纱的姑娘,美术馆里听课的小孩儿
放浪的村妪把空气摇出笑声

流落异乡的少年还能否认出梦呓中的故乡?
浙西的热土,霞光闪耀的乡村未来社区
左手作画,右手写诗,时代的血液浇灌着文化的篇章
流水中的兄弟终究洗净了命运里的伤愁

洁白的天空
五色的巨笔,大海的墨水
时代的画卷上铺满了锦绣前程和衷心诚意的祝福
祝我们的余东、余西写诗像诗,作画像画,日日高升

龙游行记

崔岩

爱,最适合置于流水里
譬如灵山江,清亮、冷冽
一眼就可以望见江底
要懂得迂回,要像姜席堰那样
善于截流,并分出一小部分
用以灌溉干渴的田地
再把多余的归其壑,引入原先的轨道

要像荷花山那样
嘴里说忘记吧忘记吧不须再提
却能循着一万年前的失落之物
找到可供回想的蛛丝马迹

也要像民居苑
搜罗关于你的一切并集纳在一起
再让绿树成荫,让树荫下的铁匠铺
就着通红炉火敲出叮叮当当的声音

还要像一个深邃的谜
让山体之中,洞窟连着洞窟

让你注意到其中几个并清空它们
而更多的，就用永不干涸的水埋起来
使你想着念着，却绝不露底

白鹭

崔岩

灵山故地左岸
沿江公路另一侧的田地里
一群白鹭栖息于此
大巴车上的人用欢呼给以赞叹

——弯曲的颈项,饱满的胸脯
就连觅食,也有闺秀般优雅的样子
洁白,白得那么格格不入
又刚刚好,作为绿野的配饰

你看它们:时而闲适,时而翻飞
然后又平静下来。并以此往复
像一些摁不住的念头,时不时就
痒痒地,撩拨一回

龙山蛙鸣

崔岩

深夜想念一个人，会把嘴巴
抿得很紧。生怕不小心
将名字念出了声。可越是这样就越容易
不自觉地弹射出含混的舌根音

关于欲望的秘密，在很沉的梦里
被以呓语的形式反复吐露
此时空山静寂，索求已降至最低
它们不知道——有人倾听

唱念声里，山林化为虚影
絮絮的经文，怎样才能嵌入谁的梦境
山的背面，灵山江于咒语之中按捺住
内心的激流
沉吟着等待：下一次丰盈

印象·宋诗之河

蒋丽英

花还在开,雨还在下
落满了一江烟
石桥下的睡莲啊
染红了思念

是谁在江里,写着从前的从前
我站在江边
雨遥望北边
穿过朦胧的岁月
静寂的时光啊
尘封了一世沧桑

雨还在下,淋湿了千年
江水连天,纷飞流年
那一碗招贤酒,还在喝
那敲断玉钗的红烛,还在烧
那梅黄杏肥花香路,还在走

这一汪水啊
丰盈了大地,透澈了人心
请许我叹一声:天上人间!

柚园雨中遐想

谢章华

春雨
淅淅沥沥
你是孕育万物的精灵
在这个展示美的季节
催开了桃花
催开了李花
转眼又催开了
洁白的——柚花

站在这碧绿的柚林中
我已置身花海
人醉了
心也醉了
风儿轻轻吹来
朋友,你醉了吗

绽放的笑脸
洁白无瑕
憧憬着金色年华
馥郁的芬芳

在春雨中散发
陶醉了
春的烂漫
秋的遐想

花径中款款而来的
是柚花仙子吗
打着红纸伞
迈着金莲步
在绿色的柚林中
吟哦唱和
翩翩起舞

吟唱的黄鹂
翻飞的紫燕
点缀着这
无垠的柚园
把丰收谱写成歌
把希望编成了舞

花开时节

谢章华

春夏秋冬编织成一年四季
梅兰竹菊享誉花中君子
桃李杏,喜欢与春风一家
从赤橙黄绿到嫣红姹紫
每一个季节,每一道风景
都会引起人们的
——无限遐思

春日春风春雨
秋月秋霜秋露
你用真心和真情
感动了世间万物
把百花催开,让鸟儿吟唱
让蝴蝶起舞,蜂儿狂欢
大地因你充满生机
世界因你风情万种

阡陌纵横,莺飞草长
桃红柳绿,水碧山环
乌瓦粉墙,拱桥荷塘

每一眼望去都是风景
每一个村落都有故事
每一处田园美如画廊
生活每个人都喜欢丰富多彩
为此，人生才被精心演绎
画家泼墨，诗人唱和
市民走进田园，农民兼职花匠
乡下人编着故事品茶赏花
城里人看着风景入村下乡

人们羡慕着花儿月月地开
赏花人醉了，种花人亦醉
一车一车地来一村一村地游
在风雨中排成长长的队
把花的风景变成人的风景
像一条条七色的彩带
将风月无边的情怀放飞……

芳村老街

谢章华

清晨
我闻着芳香
走进你的怀里
倾听你
跳动的心声
亲吻你
饱经风霜的脸庞
你仰起高高的头颅
静静地注视着
远方
这小巷里弄
这雕檐画栋
这青石街路
这拐角亭柱
这店铺民宿……
记录着生活
书写着沧桑
镌刻着风霜
千年的岁月磨砺
一代一代人

在古井边听着故事长大

在马头墙下老去

徽州的朝奉

严州的船工

睦州的茶商

而今都成了老街的——

风景

水亭门外的木船

炉山庙里的关公

前溪的竹筏

西山的炊烟

在一年又一年的

桃红柳绿中

渐渐消失

在一年又一年的

车来人往中

口口相传

早晨的包子

中午的烧酒

晚上的狗肉

桌上的柚汁

这家乡的味道

在整条街道

布满着无数的诱惑

伴着山茶油的清香

沁人心脾

又鲜辣可口……

小说

四月，当柚花爱上了员木

杨小玲

李春天第一次走进柚城常山时，春天已经进行得如火如荼。

李春天的口袋里装着李芳菲珍藏的发夹——一枚金属铜色的油茶壳。李芳菲告诉她，所有的油茶籽裂开后，就像一枚展开的三瓣花，它不会是两瓣，也不会是四瓣，就像夜空中的北斗七星，不管四季如何转换，它永远只有七颗。

李芳菲说的时候斩钉截铁，李春天差不多就相信了她，因为李芳菲当过小学老师，说的话大抵不会有错，但"三瓣花"的样子，见了才清楚。

那天下起了细密的雨，看不见雨线，雾蒙蒙地将炉山浸湿在一张水墨画中。李春天没有打伞，她闻到了芬芳的柚香，她发现在芳村不论走到哪里，都是这种气息。她难以描述这种气息，是甜蜜的、热烈的，又是矜持的，就像一个美好的姑娘。

那个姑娘叫李芳菲。

那一年的李芳菲梳着两条乌黑的辫子，穿着白色的的确良衬衫，行走在1980年4月芳村老街的鹅卵石上，像一朵芬芳的柚花。

风吹过一面短墙，一个小小的男孩在祖母的帮助下打开了大门，门轴"咯吱——"一声，发出绵长的声音，仿佛是二胡拉出的最后一个弦音。此时明式风格的镂空窗棂轻轻震动了一下，晨光里弹下飞尘。

"李老师早——"小男孩清清脆脆地喊了一声。

李芳菲上前摸了摸他的头说："莫迟到！"

小男孩拿着熟鸡蛋一路小跑，李芳菲牵住他的手，柚子花在他们的面前一朵一朵地展开，也一片一片在4月的晨光中掉落。

李芳菲是学校的代课老师，来学校不到半年，孩子们都非常喜欢她。他们说李老师身上有股好闻的香味，李老师说这是她之前在老家留下的煤渣味吧？孩子们说不是，那是柚香。李芳菲的家乡在山西，高中毕业没有考上大学，春节期间探望远嫁的小外婆，恰逢芳村小学缺个代课老师，她就留了下来，一边任教一边补习功课。

李芳菲到小学堂时，孩子们已经叽叽喳喳在操场上等她，上午有节劳动课，学校布置任务去乡里参观油茶作坊。芳村油茶的种植和压榨据说已有千年的历史，现在这项古老的手艺仍然传承，孩子们很有必要去学习体验一下。李芳菲是第一次参观，她不认识路，就叫一个熟识的孩子在前面带路。

阳光跃上了小学堂的红旗杆子，走得非常缓慢，到晌午时分它才抵达油坊上方升起的袅袅炊烟上。在这支长长的队伍中，李芳菲也像小学生一样对油茶充满了好奇。李芳菲吃过油茶，但她并不知道，在芳村的二十四个节气里，芬芳的不只是柚香，还有一半的油茶香。她更不知道，当她踏进油坊的那一刻，她会跨越千年的时光与一滴油相遇。

作坊里面有点昏暗，从外面往里面看似乎一眼望不到头，雾气升腾在上空，各种忙碌的声音也升腾在上空，水碓声、木槌声、吆喝声……迎面就能感受到那热火朝天的劳动场面。

李芳菲的目光最先停落在门边一角堆成小山似的山茶籽上，有个老奶奶坐在小板凳上剥茶籽，茶籽有鸟蛋那么大，一头有些开裂，泛着铜褐色光泽，老奶奶的手飞快地拨动着，剥落下一颗颗茶仁，茶壳子被随手丢放在脚边。

老奶奶发现了李芳菲，说："李老师，你别看这小小的茶籽，那是要经过三百多个日日夜夜才能长成的，要风吹日晒雨淋方能造就了它的一身铜墙铁壁呀！"接着老奶奶告诉她，芳村的山林中一半是柚子，一半是油茶。农历十月油茶是采收的季节，霜降前后家家户户的男女老少会提着竹篓往山上跑。采摘后趁着深秋的阳光暴晒几日，直到茶籽晒开裂口，茶仁脱壳的光景方可。

李芳菲拣了一片茶籽壳放在手心里，茶籽壳呈三瓣花形状，像一枚发夹，而里头这一面的肌理则布满了千沟万壑，仿佛是老奶奶粗糙的双手。她爱不释手地端详着，老奶奶又说："你手里那片是日头自然晒开的，自然晒裂的茶籽壳就是三瓣花的形状。"

李芳菲说："真漂亮！"

老奶奶问："见过真正的油茶花吗？"

李芳菲摇摇头说："现在是开花的季节吗？"

老奶奶微微一笑说："采摘油茶的第七天，油茶花就有蓓蕾了，不消几日满山遍野都是洁白的花朵。如果那个辰光你去山上，还能见到花果同枝的场面呢。"

李芳菲从来没有听说过一颗果子要悄悄地生长三百多天才能长成，怪不得它会有这般饱经风霜的样子。李芳菲望着老奶奶的这双手，这是非常苍老的一双手，它亲近过土地，播撒过种子，收割过庄稼，浣衣时也被流水洗涤过，做饭时被厨房中的食物浸渍过，此刻这双灵巧的手正亲近着一颗颗三百多日方能长成的油茶，亲近千年前的祖先留传下的种子，这教人如何不动容呢？

随后老奶奶起身把她带到一架巨大的水碓旁，流水哗哗地响着，从上游冲下的溪水撞动着水车，水车的另一头连动着一个圆形的碾槽，一根根木槌均匀而有节奏地敲打着槽坑里的茶仁，一下、两下、三下……一颗颗坚硬的茶仁在木槌的打击下裂开了，成为细碎的茶粉，老奶奶说："碾茶籽末只是榨油的第一步，接下来炒粉和蒸粉是关键的步骤。"

碎粉很快被师傅们搬进大铁锅里，锅下的炉火烧得红通通的，老奶奶又讲道："这炒粉的火候要适中，火太大了容易焦，火太小又炒不熟。"不多时茶籽粉经大铁锹的不停翻炒，一股淡淡清香夹杂着火焰的炙热冲上鼻间。余热未散，茶籽粉就被放进另一口铁锅里隔水蒸煮，经过十分钟的光景，师傅们又把热气腾腾的茶籽粉倒扣出来，趁热压成一个茶饼，茶饼的外边用铁箍扣着。此时的茶仁经过千锤百炼变成了黑色紧实的一块茶饼，闪着油亮的光泽，就像一个饱含蜜汁的蜂巢。

"欸哟嘿——！"李芳菲在端详茶饼的时候被一声浑厚的号子所吸引，李芳菲见过纤夫拉船，却不知榨油也有这般的声势。李芳菲循声望去，只见一根身躯庞大的木龙榨，直径足足有一米多，木桩里面是空心的，下面有一个放油孔，一片片黑色的茶饼被塞入木桩里头，并加入木块将榨仓撑得紧紧的。一个年轻的师傅穿着白色麻布马褂，裸露着结实的膀子，立在木龙榨的前方，他的手中握着一根长长的木头撞槌，一边喊着"欸哟嘿——"，一边撞击着木楔。随着撞槌一遍遍地敲向木楔，在木楔的挤压下就榨出了茶油。茶油汩汩流出，琥珀色的，就像山泉那般清澈透明。她理了下辫子弯身去闻时，闻到了浓浓的油香味，她深深地吸入一口，嗅到了一朵盛开的花朵在漫长的等待中，迎来了自己的凤凰涅槃。

"一个榨油师傅本事怎么样，关键看他掌握添加油饼和更换木楔的要领和方法。榨油不仅是个体力活，也是个技术活，不是一天两天能学成的！"见李芳菲目不转睛地看着，老奶奶感叹道。

"这个师傅本事怎么样？"李芳菲问道。

"他呀，虽然接他爹的班没有几年，但他肯吃苦，体力好，会动脑，出油率高，我们方圆几十里就数他的活做得最好！"

榨油师傅也仿佛听到了她们议论，他朝着李芳菲微微一笑，露出整齐的一排牙，李芳菲也报以羞涩一笑，阳光从顶棚射入打下稀疏的圆影，缀满在他们的身上，在弥漫着油茶香的作坊里他们像是两片洁白的花朵。

转眼过了午饭时间，孩子们从油坊里呼啦一声跑到外面。李芳菲依依不舍地跟老奶奶告别，就在她踏出门口的那一刻，她听见有人叫住了她："李老师——！"

她一怔，回过头，原来是刚才的榨油师傅也跟了出来，她的脸色绯红。榨油师傅抓着头显得有些局促，仿佛这句话酝酿了许久，他说："我读的书不多，等过段时间空了可以跟你学习文化吗？"

李芳菲咯咯咯地笑着，说："让我当你的老师？可以呀！那你叫什么名字？"

榨油师傅沉思了一下，说："我叫员木。"

李芳菲爽快地点点头，和孩子们离开了油坊。之后学校又组织了几次劳动课，让孩子们到油坊里帮忙做些力所能及的事，比如提水、剥茶籽、烧火添柴等。每次李芳菲都会沉浸在榨油师傅的号子中，在幽暗的光影中偷偷地看着他，她觉得立在木龙榨前的他是一张拉满弦的弓，而他敲出撞槌的那一刻又像一条翱翔的龙。在整个古老的油坊中，他不断地变幻着，让她涌生出一些奇怪的情愫。

6月来临时，孩子们的课差不多上完了，李芳菲匆匆回了山西老家迎接高考。那一年她考取了当地一个师专，患病的小外婆也已去世，李芳菲在常山没有什么亲人，她去常山的这条路就断了。然而有个念想却一直占据着她的内心，她想念着孩子们，想念着4月的柚花，想念着古老的油坊，于是她提起笔，却不知将念想寄给谁，后来她想到了给那个叫员木的年轻榨油师傅，或许他会倾听。

她在第一封信里写道，马上就要霜降了，她真想上山采一次油茶籽。

员木没有回信。

李芳菲又给他写了第二封信，问他为什么他喊号子是"欷哟嘿"，而不是"咿咿"呢？

员木依旧没有回音。

李芳菲又去了第三封信，告诉他"三瓣花"被她做成了发夹，同学们都说漂亮极了。

员木仿佛失踪了一般，没有讯息。

李芳菲寄出了无数封信，冬至悄悄地来临了，这时油茶采摘已经结束了，她想今年的芳村是不是个丰收年呢？她想着时，意外地收到邮局寄来的一沓退信，退信的缘由写着"查无此人"。

李芳菲在那天明明听到榨油师傅说他叫员木，那么真切的声音她怎么可能会听错呢？难道是他骗了她吗？那他为什么要骗她呢？没有理由呀！想到这儿李芳菲的心仿佛一下子掉落进一口深井之中，她疑惑又倍感失落。

自从收到退信后，李芳菲再也没有写信给他，两年后师专毕业她被分配到当地的小学教书，她去常山的念想也渐渐地淡了。但偶尔想起来时，她会轻轻一笑。

许多年过去了，当年像柚花一样芬芳的姑娘变成了一个双鬓斑白的老太。在这漫长的时光里，其实她有几次去衢州出差的机会，只要她再向前一步坐上去常山的大巴，她就可以到达芳村了，但她犹豫了，她为什么会犹豫，她自己也不知道。

李春天是李芳菲的侄女，刚刚大学毕业。有一天她发现了李芳菲首饰盒里的一朵"三瓣花"发夹，李春天死缠烂打非要李芳菲说说青葱岁月的那一段往事。李芳菲说："你们现在的年轻人都那么不矜持吗？"李春天说："山茶再矜持也有一滴油的芳香，你若再矜持就真的老了。"于是在第二天李春天就怀揣着那枚发夹，展开了一次说走就走的旅行。

此刻的李春天背着行囊走在芳村的老街上，依然是4月绵密的雨丝，依然是柚花那热烈矜持的芳香，在李芳菲离开芳村的四十年里，一切似乎都没有改变。

风吹过一面短墙，一个小小的男孩在祖母的帮助下打开了大门，门轴"咯吱——"一声发出绵长的声音，仿佛是二胡拉出的最后一个弦音。小男孩没有说话，只是平静地看着她，因为现在每一年来这里旅游的人非常多，他们已经习惯每一个异乡人的造访。

李春天想，要是那一年的李芳菲没有离开芳村，或许她现在就是老街上一名温和的居民，望着来来往往的人群，安逸地生活着。

后来李春天在导游的带领下来到芳村未来乡村的"芳油中心"，导游告诉她古法榨出的茶油色香味醇，绿色健康且营养价值更高，深受消费者的喜爱。当年的那些老作坊或废弃或重建，现在他们站着的地方是原常山轴承厂老厂房改建的，这里光木龙榨就有八台，生产规模和过去不是同日而语的。

李春天看着宽阔的油坊里，那堆积如山的茶籽，那转动的水碓、碾槽，那蒸汽袅袅的铁锅，还有那身躯庞大的木龙榨，一切是那么新鲜，又是那么熟悉。

在一台木龙榨前立着一个师傅，样子已不年轻，而他喊的号子"欸哟嘿——"，依然那么振聋发聩，久久地回响。时空在他撞击木楔的那一刻，仿佛又回到了四十年前那个热火朝天的中午，李春天看到了年轻的员木，也是那声号子，也是那般姿势，他每撞击一下，茶油就汩汩地流下，就像山中冒出的泉水。

李春天走到他的面前说："你好，你是员木吗？"

师傅茫然地说："小姑娘，我不叫员木。"

"那你认识一个叫员木的榨油师傅吗？"

师傅停下手中的活说："20世纪80年代，像我们这样的榨油师傅有不少背井离乡外出谋生，因为榨油这行当赚不了多少钱而且非常辛苦。直到十多年前常山油茶种植规模扩大，产量提高，市场又青睐咱们老祖宗留下的东西，我们才被请回家乡，重操旧业。"

李春天听了有些失望，她还是没有找到员木，李芳菲说的没错，员木在1980年的春天就消失了。但是李春天还是有收获的，她在一堆茶籽中轻易地找到一片"三瓣花"，它和她口袋中的那枚一模一样，这还能让人感到一丝欣慰。

随后李春天进入"芳展中心"，当她抬头看到橱窗上的油茶时，不禁愕然。只见上面写道：

公元前3世纪的《山海经》绪书记载："员木，南方油食也。""员木"即油茶，秦时称甘醪膏汤，汉末称膏汤枳壳茶，唐代始称油茶，沿用至今。常山是油茶的天然分布区，山茶油制作历史相当悠久，传说已有两千年，1990年版《常山县志》根据芳村镇猷辂、寿源等地家谱记载，认定常山在宋末元初已大量栽种油茶，明代中叶油茶已广及山区、丘陵，民国期间全县各地各乡均种油茶……

李春天读完时已泪流满面。她打开微信，给李芳菲发去了一条信息：我找到了员木。

很久，李春天收到了她的回复：代我向他问好！

天色渐晚，雨雾中的柚花开得有些扑朔迷离，李春天听到一个声音在说："最好的东西永远值得等待。"

我驮着你绕村一圈

周建新

龙游县黄墩村奇人奇事多,这不,眼下又出了一桩。

黄达光也有怕见人的时候。怕见人,不是他做了啥亏心昧良心的事,而是因为认识他的人,无论男女老少,一瞧见他,开口第一句就是毫不客气地责问和催促,连小孩也没大没小的这口气:

"达光哥,啥时驮着林兰去绕村?你说话算不算数?"

"达光叔,大伙都等着看你驮着林兰绕村哩,咋还不驮呢?"

"达光爷爷,你快点驮林兰姐吧,我想看猪八戒背媳妇哩。"

……

这些话虽是玩笑,但钻进黄达光的耳里却刺耳锥心,足以让他羞愧难当、无地自容、后悔莫及。

这事还得从差不多十年前说起。

那年大学刚毕业的靓妹到村里当村干部,靓妹叫林兰,她第一次参加村民代表大会发言就亮出豪言壮语:"我要让这穷山沟的绿水青山变成金山银山……"

没等林兰把话讲完,坐台下抽着旱烟的黄达光霍地站起来,鼻孔"哼"了一声,拿眼瞟着她,阴阳怪气地说:"拉倒吧!说的比唱的好听。你能在黄墩村待几年?还不是来村里镀镀金,过两年拍拍屁股远走高飞?"激动起来的他居然撂下一句狠话,也是打赌:"假如你能甩掉黄墩村穷帽子,我驮着你绕村走一圈!"

黄达光这两句话威力巨大,如果说第一句是一颗手榴弹,第二句便是一枚重磅炸弹了,震得台下的代表们瞠目结舌,一会儿看看他,一会儿又瞧瞧台上的林兰,他们不知道接下来会发生什么情况。台上的领导们也被震蒙了,连德高望重的村支部书记一时半会儿也无言以对,张着的嘴出来的声音也结结巴巴:"达光叔,你……怎么能说……说这种话……"被击中的当然是林兰,一个刚出大学校门显得稚嫩柔弱的女孩子,一个身处穷乡僻壤、举目无亲的女大学生,哪经得住这般狂轰滥炸?她拿着演讲稿的手在颤抖,泪水夺眶而出,愣在那儿足有两分钟,此时寂静得针掉地上也听得见。回过神儿来的领导们纷纷劝慰给她鼓励:"林兰,请继续往下讲。"也许她受的委屈太大、伤害太深,仍然没开口。这时黄达光觉得自己赢了,得意神气起来,他把那句最有杀伤力的话又重复了一遍:"假如你能甩掉黄墩村穷帽子,我驮着你绕村走一圈!"

台下的代表们和台上的领导们都以为林兰会哭鼻子扔下演讲稿逃出会场,都屏声静气地望着她。可出乎他们意料的是,只见林兰从口袋里掏出纸巾擦去泪水,然后用坚毅的目光和掷地有声的声音回敬他:"达光爷爷,我愿意等着您驮着我绕村走的那一天!"

话音一落,掌声雷鸣般响起,台下一片叫好声,有人提醒黄达光:"到时别说话不算数要赖哦。"黄达光却拍着胸脯发毒誓:"我黄达光一口唾沫一个钉,若要赖我是条狗!"

就是从这时开始,古稀老人黄达光和可做他孙女的林兰成了黄墩村的焦点人物。

林兰真和黄达光较上了劲儿,她赌气似的借来钱一口气租下村民的一百亩地,种上了村民从没见过的蓝莓。可接下来的故事便发生了戏剧性变化,"剧情"朝着有利于黄达光的方向发展。因为蓝莓种下的头一年不巧碰上几十年不遇的严寒,几乎冻死了一半;第二年又因施肥过量伤了根系,差不多又枯死了一半;第三年终于长果子了,却为销售发愁,结果卖掉一半,烂了一半。三年下来林兰亏了几十万元,不知在多少个夜晚她流泪到天亮。而黄达光呢,以为他赢定了,气焰更嚣张了,见人便得意地说:"想驮她恐怕都没机会啰。"

可林兰不服气不服输,咬着牙硬把失利的局势扳了过来。她请专家指导,拜师学艺,刻苦钻研跑市场,且及时把枯萎和死掉的苗木全补上。到第四年蓝莓丰收又卖得俏，一下子翻本盈利。也正是从第四年开始，局势改变了方向朝林兰这边倾斜，但离"甩掉黄墩村穷帽子"还远着呢。

林兰巧打组合拳，不仅种蓝莓，还种草莓、种葡萄、种香瓜，都成功赚了钱。村民们不再袖手旁观当看客，纷纷拜她为师跟着种这些水果。在林兰的带领下，几乎全村家家户户都种上了这些水果，而且都赚到了钱，个个脸上都挂着喜色。

唯独黄达光没种。原因嘛，谁都知道，是和林兰赌气：要是自己也跟着种，岂不是犯贱打自己的耳光？但见大伙跟着林兰种水果都鼓起了腰包，他的心里像猫抓，变得少言寡语、忧心忡忡起来，似乎还憋着一肚子气呢。他眼红别人赚钱倒是其次，要命的是他和林兰的打赌，已有人开始敲打他了，要他有个思想准备。

林兰不仅自己种植水果成功富了，还成立了合作社，带领村民发展乡村旅游，用了整整八年时间，硬把远近闻名的"贫困村"变成了人人皆知的"明星村"。她本人呢，也由"镀金村官"变成了"扎根村支部书记"，还当上了省人大代表。

黄达光输了，彻底输了。不知从哪天开始，村民们盯着他不放，讥他、催他、逼他，非让他兑现那个赌约，不依不饶，直让他不敢随便见人，常常一人到不知啥地方转悠避人。

倒是林兰宽宏大量，求村民们放黄达光一马，然后她悄悄找到黄达光，告诉他那个赌约完全是玩笑，别当真，然后鼓励他也种点蓝莓，赚点儿钱贴补家用。可是黄达光犟得很，撂给她一句很冲的话："我说过的话就是屎也要吃！只要你愿意，我一定会驮着你绕村一圈！"

林兰知道要解开他的心结，只能顺从他。此时的林兰已不是当年哭鼻子的女孩了，而是有一定工作经验的村支部书记了。她想了想，对他说："达光爷爷，假如你真的驮着我走的话，成何体统？我知道当时您多半是开玩笑，可现在看来您是认真的。这样行不行，我坐在自行车上，您推着我绕村一周，咋样？"

他沉默片刻，终于点了点头。

黄达光终于兑现了自己多年前的那个赌约，但不是驮，是让林兰坐在他自行车后座上，由他推着绕村一周。这天几乎全村男女老幼都站路边上观看，比大明星进村还热闹兴奋，见证这两个打赌者，用另一种方式来完成他们的赌约。虽然没有想象中的精彩和刺激，但成了村民们津津乐道的一段佳话。